Saint Lupin's Academy
Drachen spucken auch nur Feuer

Wade Albert White wurde in Kanada geboren, hat eineinhalb Stunden auf Hawaii verbracht und schon einmal einen Brunnen in West Kalimantan, Indonesien, gegraben. Neben dem Schreiben unterrichtet er als Halbtagskraft und versucht sich außerdem als Filmemacher. Zusammen mit seiner Frau, seinen Söhnen und einer Katze lebt White in Nova Scotia, Kanada. *Saint Lupin's Academy* ist seine erste Kinderbuchreihe.

Saint Lupin's Academy bei Planet!:

Saint Lupin's Academy
Bd. 1: Zutritt nur für echte Abenteurer!

Wade Albert
WHITE

SAINT LUPIN's ACADEMY

DRACHEN SPUCKEN AUCH NUR FEUER

Aus dem Englischen von Ulrike Köbele

PLANET!

Dieses Buch ist dem dritten Menschen links von dir gewidmet. Bitte sag ihm oder ihr Bescheid.

Eindeutig ein Prolog

An der *Saint-Lupin's-Akademie für Ausnahmslos Gefährliche und Absolut Furchterregende Abenteuer* wird jeder Schüler mit exakt demselben Maß an Fürsorge und Rücksicht behandelt. Jeder erhält acht nagelneue Hosen und ebenso viele Tuniken (eine für jeden Tag und dazu eine etwas elegantere Ausführung für besondere Anlässe), zwei Paar gut sitzender Schuhe sowie einen gelben Mantel mit der Aufschrift Achtung Abenteurer in Ausbildung auf dem Rücken. Die Ernährung der Schüler besteht aus einer ausgewogenen Diät, und einmal am Tag wird gebadet – unmittelbar bevor sie ins Bett gehen und sanft ins Reich der Träume entschlummern. Diese Behandlung entspricht übrigens rein zufällig haargenau den Anweisungen des beliebten Ratgebers *Wie Sie Schüler auf ihre zukünftigen Abenteuer (und ihr damit einhergehendes vorzeitiges Ableben) vorbereiten.*

Verständlicherweise zählen potenzielle Anwärter die Tage, bis sie sich endlich um einen Platz an der Saint-Lupin's-Abenteuerakademie bewerben können. Dies ist, wie allgemein bekannt, auf drei Wegen möglich:

1. Indem die Anwärter ein Bewerbungsformular einreichen. (In dreifacher Ausführung und mit amtlicher Beglaubigung durch ein Eichhörnchen.)
2. Indem sie den Wassergraben durchschwimmen und sich heimlich reinschleichen. (Tipp: Vorsicht vor den Zombiehaien.)
3. Indem sie in den Besitz eines offiziellen Panzerhandschuhs gelangen und Hüter des Sperlings werden, widerrechtlich eine Rechtmäßiger-Erbe-Mission aktivieren, von Eisernen Rittern gejagt und von einem Drachen mit Feuerbällen bespuckt werden, ihre alte Abenteuerakademie zerstören, überall für Chaos und Verwüstung sorgen, ihre Mission erfolgreich absolvieren, Thronerbe eines eigenen Königreichs werden und der Akademie gestatten, ihre neuen Räumlichkeiten in besagtem Königreich einzurichten. (Hinweis: Bisher ist es erst einer Schülerin gelungen, sich auf diese Weise Zutritt zu einer Akademie zu verschaffen, und sie rät ausdrücklich davon ab.)

Einmal drinnen, führen allerdings nur zwei Wege wieder hinaus:

Bestehen oder durchfallen.

Der Saphirpalast

Anne bereitete sich darauf vor, Saint Lupin's zu verlassen.

An diesem Abend fand in der Hauptstadt der Hierarchie die jährliche Verleihung des Preises der Abenteuerakademien statt, und Anne und die anderen Mitglieder ihrer Abenteurertruppe waren für die Auszeichnung in der Kategorie *Beste illegale Mission, bei der beinahe die gesamte Welt zerstört worden wäre* nominiert. Diese Kategorie war zwar nicht ganz so prestigeträchtig wie *Längstes Duell mit einem tollwütigen Pumpernickel,* aber doch immer noch besser als *Spektakulärster Tod einer Hauptfigur,* weil man diesen Preis nur bekommen konnte, wenn man tatsächlich gestorben war. Er wurde dann zusammen mit den sterblichen Überresten des Gewinners bestattet – sofern es noch welche gab. Die Nominierten durften sich auf ein vornehmes Mittagessen im Königlichen Palast freuen und saßen während der Preisverleihung in der ersten Reihe. Anschließend gab es jede Menge Empfänge und

Partys, bei denen die Gäste auf unbequemen Stühlen saßen, sich an Drinks mit kleinen Schirmchen festklammerten und so taten, als würden sie einander mögen. Es war eine große Ehre.

Es gab nur ein Problem: Anne hatte keine Lust hinzugehen.

Genauer gesagt: Sie hatte keine Lust, in ihrer schicken neuen Ausgehuniform hinzugehen.

Anne zuckte zusammen, als eine Nadel in ihren Daumen stach.

»Bitte entschuldige, Liebes«, sagte die Frau neben ihr. Ihr Name war Jocelyn, und sie war im Grunde die Rektorin der Saint-Lupin's-Abenteuerakademie – jedenfalls wenn man darüber hinwegsah, dass den offiziellen Unterlagen zufolge die eigentliche Rektorin eine orange-weiß getigerte Katze namens Ihre Königliche Hoheit Prinzessin Flauschepelz Schnurrhaar vom Clan der Mäusefänger war, die gerade neben ihnen auf einem Kissen auf dem Schreibtisch döste. Jocelyn hatte dunkelbraune Haut, einen dichten Schopf schwarzer, tadellos frisierter Haare und funkelnde braune Augen.

Anne achtete bei anderen Menschen immer besonders auf die Augen, weil sie hoffte, eines Tages jemandem zu begegnen, dessen Augen so gelb wie ihre waren.

Sie befanden sich im Direktionsbüro der Akademie, einem achteckigen Raum, dessen Wände von Regalen gesäumt waren, die nur von drei hohen Buntglasfenstern unterbrochen wurden. Anne stand auf einem Hocker und versuchte, so mucksmäuschenstill zu stehen, wie sie nur konnte, während Jocelyn an ihrer nagelneuen Ausgehuniform herumzupfte, die erst an diesem Morgen geliefert worden war. Anne beobachtete, wie sich an der Stelle, wo Jocelyn sie gepikt hatte, ein winziger roter Tropfen bildete. Sie drückte den Finger darauf, um die Blutung zu stillen. Anscheinend war an einer Abenteuerakademie selbst das Anziehen ein gefährliches Unterfangen.

Jocelyn schob den Stoff von Annes viel zu weitem Mantel zusammen und stach erneut mit ihrer Nadel zu. »Ich kann nicht fassen, dass sie dir die falsche Größe geschickt haben«, wiederholte sie zum x-ten Mal. »Ich habe ihnen die genauen Maße genannt und bei den anderen hat es doch auch geklappt.«

Was Anne ziemlich überraschend fand, wenn man bedachte, dass die Uniformen in einer Schachtel mit der Aufschrift Halsabschneider-Henrys Laden für untragbare Uniformen: Hier finden Sie alles, was Sie brauchen, wenn der grosse Tag vor der Tür steht und Sie keine andere Wahl mehr haben eingetroffen waren. Aber die Uniformen der anderen saßen wie angegossen. Und so waren ihre besten Freunde Penelope Shatterblade und Hiro Darkflame – die nebenbei auch die einzigen anderen Schüler an der Akademie waren – schon in die Hauptstadt aufgebrochen. Anne dagegen stand immer noch missmutig hier herum und musste ihre Kleidung umnähen lassen.

Nach ein paar weiteren Nadelstichen machte Jocelyn

schließlich einen Knoten und trat zurück. Sie strich die Falten an ihrer knallgelben Jacke glatt, die mit Perlknöpfen besetzt war und ganz hervorragend zu ihrer hellbraunen Hose und den Reitstiefeln aus dunkelrotem Leder passte. Wie immer sah alles an Jocelyn nach einer professionellen Abenteurerin aus; allerdings eher nach einer, die den Großteil ihrer Zeit damit verbrachte, in der Bibliothek zu recherchieren oder in einer gut gepolsterten Trainingshalle ihre Fähigkeiten im Schwertkampf zu perfektionieren, statt auf echte Abenteuer zu gehen, bei denen man mit Staub, Schmutz und anderen Unannehmlichkeiten in Berührung kommen konnte.

Jocelyn nahm das Resultat ihrer Arbeit in Augenschein. »Ich war noch nie besonders gut im Nähen, daher hoffe ich einfach mal, dass das reicht.«

Anne sah an sich hinab. Der Mantel war in einer Farbe, die sich am besten als kotzgrün beschreiben ließ. Er hatte einen breiten Kragen, der bei jeder Bewegung herumschlackerte, und drei überdimensionale Taschen. Außerdem war er mindestens eine Handbreit zu lang. An der Seite bauschte sich der Stoff unvorteilhaft, was nicht zuletzt an den unzähligen Nähten lag, die kreuz und quer darüber hinwegverliefen. Der Rest der Uniform bestand aus einer blütenweißen Hose, die wie ein Magnet jedes Stäubchen anzog, einer grellorangefarbenen Tunika und einem Paar Lederstiefel, die so steif waren, dass Anne bereits vom Stehen Blasen bekam. Als Krönung trug sie ihren wertvollsten Besitz: einen einzelnen braunen

Lederhandschuh, der mit sich überlappenden Metallstreifen besetzt war und in dessen langem, weitem Schaft sich an der Unterseite eine runde Vertiefung befand. Ihr Panzerhandschuh.

»Also«, fragte Jocelyn, »was meinst du?«

»Äh«, entgegnete Anne.

»Immer noch zu weit?«

»Nein, daran liegt es nicht.«

Jocelyn griff nach einem breitkrempigen Hut, an dessen Vorderseite ein schwarzer Schleier herunterhing, während oben eine lange Pfauenfeder herausragte. »Sollen wir dann mal den Kopfputz anprobieren?«

Anne zog eine Grimasse.

Jocelyn bemerkte ihren Gesichtsausdruck. »Hab ich eine Nadel vergessen?«

»Nein«, antwortete Anne. »Es ist nur …«

»Ja, Liebes?«

»Es ist nur … die Uniform … ist …«

Jocelyn nickte ermutigend. »Ja?«

Anne seufzte. »Sie ist hässlich.«

Im ersten Moment dachte Anne, Jocelyn würde mit ihr schimpfen, weil sie so undankbar war. Doch stattdessen fing Jocelyn an zu lachen. »Oh, meine Liebe, du hast ja vollkommen recht. Das Ding ist die reinste Katastrophe, egal wie man es dreht und wendet. Das Design ist eine Beleidigung für jeden, der auch nur das kleinste Fünkchen Modeverstand besitzt, und von den Farben bekomme ich Kopfschmerzen. Und was die Änderungen angeht: Das hätte vermutlich selbst Hund besser hingekriegt.« Bei der Erwähnung seines Namens hob Hund für einen Moment den Kopf. Das schwarze Feuerechsenmännchen lag in seinem Körbchen in einer Ecke des Büros und hielt sein Mittagsschläfchen. Doch als Hund feststellen musste, dass es nichts Interessantes zu sehen gab, ließ er ihn wieder sinken und schlief weiter.

Jocelyn warf den Hut zurück auf den Schreibtisch. »Auf den können wir zur Not auch verzichten. Was den Rest angeht, kann ich leider nichts machen. Aber auf diesen albernen Aufzug kommt es ohnehin nicht an. Es geht hier um dich, die neue Rechtmäßige Erbin von Saint Lupin's. Die Leute kommen, um dich kennenzulernen.«

»Heißt das, ich kann meine ganz normalen Sachen anziehen?«, fragte Anne.

»Nein«, erwiderte Jocelyn.

»Aber Sie haben doch gerade gesagt …«

»Es gibt eine Kleiderordnung für solche Anlässe, und die sieht nun mal eine Ausgehuniform vor. Alles andere würde gegen die Etikette verstoßen.«

»Müssen wir uns denn immer an die Etikette halten?«

Jocelyn zog eine Augenbraue hoch, und Anne seufzte innerlich. Jocelyn würde eher aufs Atmen verzichten als auf die Etikette.

Irgendwo im Haus ertönte ein entfernter Glockenschlag.

Jocelyn sah aus dem Fenster. »Du liebe Güte, ist es etwa schon Mittag?«, rief sie. »Wir müssen los.« Sie band sich den Gürtel mit ihrem Degen um.

Anne ging zu der zweieinhalb Meter großen Rüstung, die neben der Tür stand. Dabei handelte es sich um einen der drei Eisernen Ritter, die der Akademie gehörten – oder genauer gesagt Anne. Sie hatte sie zusammen mit dem Rest von Saint Lupin's geerbt, nachdem sie ihre erste Mission erfolgreich absolviert hatte. Solange sie den Panzerhandschuh trug, gehorchten sie ihren Befehlen. Interessanterweise befand sich oben in ihren Helmen ein kleiner weißer Stein, der rot aufleuchtete, wenn ihnen etwas missfiel. Der Ritter neben der Tür hatte eine schlichte hölzerne Kiste in den Händen.

Anne hielt inne.

»Stimmt was nicht?«, erkundigte sich Jocelyn.

»Ist das denn auch wirklich sicher?«, hakte Anne nach. »Dass ich mit dem Panzerhandschuh durch die Gegend reise, meine ich.«

»Warum sollte es das nicht sein?«

Anne trat unbehaglich von einem Fuß auf den anderen. »Na ja, weil ich das letzte Mal, als ich ihn anhatte, eine Level-dreizehn-Mission aktiviert habe, bei der meine Freunde und ich fast draufgegangen wären; und die ganze Welt gleich mit dazu.«

»Und genau deswegen bist du jetzt für diesen Preis nominiert«, ergänzte Jocelyn mit einem Hauch von Stolz. Sie legte

Anne einen Arm um die Schulter und drückte sie kurz. »Dieser Panzerhandschuh macht dich zu der, die du bist, Liebes: Anvil von Saint Lupin's, Hüterin des Sperlings.«

Beim Klang ihres vollständigen Namens verzog Anne das Gesicht. Sie war ein Waisenkind, seit sie ein Säugling war, und hatte immer angenommen, dass derjenige, der ihr den Namen verpasst hatte, sich nicht viel dabei gedacht hatte. Doch das hatte sich vor zwei Monaten geändert, als sie entdeckt hatte, dass sich unterhalb der Akademie die Überreste eines Labors aus der Alten Welt befanden, in dem es eine kleine Kammer mit der Aufschrift PROJEKT A.N.V.I.L. gab. Worum es sich dabei handelte und was genau das alles mit Anne zu tun hatte, war nach wie vor ein Rätsel, was nicht zuletzt daran lag, dass das Labor bei einem Brand vollständig zerstört worden war und mit ihm sämtliche Hinweise. Genau genommen war so ziemlich alles an Anne nach wie vor ein Rätsel.

»Außerdem«, fuhr Jocelyn fort, »bleibt er ja die meiste Zeit in seiner Kiste. Abgesehen davon trägst du ihn jetzt schon seit einer Stunde, und das, obwohl es hier nur so von diesen Dingern wimmelt.« Sie deutete auf die Regale, wo Tausende von Medaillons auf kleinen Filzkissen unter Glasglocken lagen. Hinter jedem von ihnen verbarg sich eine Mission, die aktiviert werden konnte, indem man das betreffende Medaillon in die dafür vorgesehene Vertiefung eines Panzerhandschuhs einlegte. Anne erinnerte sich nur allzu gut daran, was vor zwei Monaten passiert war, als sie ihren Handschuh genau hier, in diesem Büro, angezogen hatte: Ein winziges Silbermedaillon war durch die Luft gesaust und hatte sich ganz von allein mit dem Panzerhandschuh verbunden. Jocelyn zufolge war so etwas noch nie zuvor passiert. Medaillons taten das normalerweise nicht.

Anne lächelte. »Danke. Ich möchte ihn wirklich gerne tragen. Es ist bloß …«

Jocelyn erwiderte ihr Lächeln. »Vollkommen verständlich, Liebes.«

Anne gab dem Eisernen Ritter einen Wink, und er folgte ihnen auf den Flur, durch die Empfangshalle und zur Haustür hinaus. Weit und breit war niemand zu sehen. Obwohl rein theoretisch jeder auf eine Mission gehen konnte, nahm die Akademie nur Schüler auf, die mindestens dreizehn Jahre alt waren. Alle Waisenkinder, die hier gelebt hatten, als Saint Lupin's noch ein Waisenhaus gewesen war, und die noch zu jung waren, um sich an der Akademie einzuschreiben (was für alle außer Anne und Penelope galt), hatten ein passendes Zuhause gefunden. Das Trio schritt über die Zugbrücke, die sich über den Wassergraben mit den Zombiehaien erstreckte, und lief den Hügel zu einem kleinen Observatorium hinauf.

Unterwegs fiel Annes Blick auf einige große Inseln, die in der Ferne über den Himmel zogen. Es handelte sich dabei um die sogenannten Ebenen, aus denen die gesamte Welt bestand. Auch Saint Lupin's gehörte dazu. Diese Ebenen kreisten um eine gewaltige Kugel, die gemeinhin als das »Große Leuchtende Feld aus Magie«, kurz GLFM, bekannt war. Alles zusammen bildete die Hierarchie.

Neben dem Observatorium befand sich ein Kreis aus flachen Steinen. Neben diesem Kreis lag ein sechs Meter langer Drache mit schwarzen Schuppen, winzigen Flügeln und einem Stachelschwanz im Gras. Beim Klang herannahender Schritte klappte der Drache ein smaragdgrünes Auge auf.

»Hi Nana«, sagte Anne.

»Das hat ja ganz schön lange gedauert«, erwiderte Nana mit dem für sie typischen tiefen, grollenden Knurren.

»Annes Uniform musste hier und da noch ein bisschen geändert werden«, erklärte Jocelyn.

Nana musterte den Mantel. »Sicher, dass ihr dabei nichts übersehen habt?«

»Schluss jetzt. Das reicht«, antwortete Jocelyn. »Sei so gut und bring uns einfach in die Hauptstadt. Wir sind sowieso schon spät dran. Und sieh zu, dass du gleich nachkommst. Wenn wir da ohne Drachen aufkreuzen, machen wir uns zum Gespött der gesamten Zeremonie.«

»Krieg ich die Überstunden bezahlt?«, fragte Nana.

»Die Ehre, nominiert zu sein, ist Bezahlung genug.«

Nana schnaubte. »Das dachte ich mir.«

Anne streifte ihren Panzerhandschuh ab und legte ihn in die Kiste, die der Eiserne Ritter trug. Sie klemmte sich die Kiste unter den Arm, bevor Jocelyn und sie in die Mitte des Steinkreises traten.

Nana erhob sich auf die Hinterbeine. »Einmal zwei Feuerbälle Richtung Hauptstadt – kommt sofort. Von einem hochintelligenten, permanent überarbeiteten und massiv unterbezahlten Drachen.«

Jocelyn machte den Mund auf, vermutlich, um Nana erneut zurechtzuweisen, doch der Drache war schneller und spie einen Ball aus leuchtend grünem Feuer aus.

Manchen Menschen mag das Reisen mittels Feuerball eher ungewöhnlich erscheinen – ganz besonders, wenn sie mitten in einer ausgewiesenen Feuerballlandezone stehen, während gerade einer eintrifft. Aber in der Hierarchie waren Feuerballreisen das am weitesten verbreitete Transportmittel überhaupt. Und auch das furchterregendste. Anne war zwar schon einige Male per Feuerball gereist, aber sie bezweifelte stark, dass sie sich jemals daran gewöhnen würde. Mit einem Standardmodell dauerte die Reise immer acht Stunden, egal von wo nach wo. Weil es sich jedoch um einen besonderen Anlass handelte, hatte Nana ausnahmsweise Premium-Feuerbälle rausgerückt (sonst eine ausgesprochen teure Form des Reisens), mit denen man sein Ziel im Handumdrehen erreichte.

Der Feuerball setzte Anne in einer Wolke aus Rauch und Asche inmitten einer anderen runden Steinfläche ab. Da Anne wusste, dass Jocelyn jede Sekunde folgen würde, verließ sie die Landezone so schnell wie möglich. Sie kam jedoch nicht weit, bevor ein großes, rothaariges Mädchen die Arme um sie schlang und sie fast zerquetschte.

»Hi Pen«, ächzte Anne mit einem breiten Grinsen. Penelope und sie waren zusammen im Waisenhaus aufgewachsen. Und für Anne gab es nur eine Sache, über die sie sich noch mehr freute als über den Preis: nämlich darüber, diesen Preis zusammen mit ihrer besten Freundin zu gewinnen.

»Wieso hat das denn so lange gedauert?«, erkundigte sich Penelope und ließ sie los. »Das Mittagessen fängt jeden Moment an.«

Anne zupfte an ihrem Mantel. »Meine Uniform musste erst noch nachgebessert werden.«

»Wenn du mich fragst, gibt es nur einen Weg, diese Dinger besser zu machen, und zwar, indem man sie verbrennt.« Penelope zerrte an ihrem Kragen. Ihre Uniform hatte ein Cape anstelle des Mantels und sah sogar noch mitgenommener aus. »Ich bin mir ziemlich sicher, dass der, der sie entworfen hat, den Auftrag hatte, sie so hässlich und unbequem wie möglich zu machen.«

Ein zweiter Feuerball schlug in der Landezone auf, und Jocelyn trat aus der dazugehörigen Rauchwolke. Sie warf einen Blick auf Penelope und runzelte finster die Stirn. »Miss Shatterblade! Was um alles in der Welt hast du nur angestellt? Du bist ja vollkommen zerknittert!«

Penelope tippte auf das Heft ihres Schwerts, das von ihrem Gürtel hing. Das Schwert war aus Holz, wie es die Bestimmungen für Schüler im ersten Jahr vorsahen. »Ich hab ewig hier gewartet, und da dachte ich, ich könnte die Zeit nutzen, um ein bisschen mit den königlichen Wachen zu trainieren.« Penelope war die offizielle Kriegerin ihrer dreiköpfigen Abenteurertruppe, und sie liebte es zu trainieren, wann immer sich die Gelegenheit dazu bot.

»Aber du schwitzt ja«, bemerkte Jocelyn.

Penelope versuchte, unauffällig ein paar Falten an ihrer Tunika glatt zu streichen.

»Ich finde, dadurch wirkt sie irgendwie härter«, warf Anne ein. »Wer weiß, vielleicht sitzt ja auch ein hübscher Prinz im Publikum. Falls der aus irgendeinem Grund gerettet werden muss, ist es doch besser, wenn man ihr gleich ansieht, dass sie die Richtige für diese Aufgabe ist, oder?«

Jocelyn zog eine Schnute, sagte aber nichts mehr. Anne unterdrückte ein Kichern, und Penelope raunte ihr ein kaum hörbares Danke zu.

»Wo ist Hiro?«, wollte Jocelyn als Nächstes wissen.

Penelopes gute Laune verflog mit einem Schlag. »Er treibt alle in den Wahnsinn«, schimpfte sie. »Ich meine, ich weiß ja, dass Sie ihn zum Sprecher der Akademie ernannt haben, weil er Dinge supergut organisieren kann und so, aber er macht schon den ganzen Morgen nichts anderes, als alle Welt rumzukommandieren. Wenn das so weitergeht, bringt ihn bald jemand um und verscharrt die Leiche, und ich fürchte, niemand würde ihn vermissen. Zum Glück sind seine Eltern gerade angekommen und haben ihm gesagt, er soll mal einen Gang runterschalten.«

»Hiros Familie ist hier?«, fragte Anne.

»Ja«, bestätigte Jocelyn. »Sie haben sich so gefreut, als ich sie über unsere Nominierung in Kenntnis gesetzt habe.«

Anne verspürte eine plötzliche Leere. Penelope und sie hatten beide keine Familie mehr. Anne hatte ihr gesamtes Leben auf Saint Lupin's verbracht. Penelope dagegen war als kleines Mädchen dort gelandet, nachdem ihre Eltern durch einen tragischen Fehler während einer Abenteuermission ums Leben gekommen waren – einen derart unverzeihlichen Fehler, dass ihr Name seither auf ewig gebrandmarkt war. Sämtliche Akademien, an denen sich Penelope beworben hatte, hatten sie allein aufgrund ihres Namens abgelehnt. Hiro dagegen war auf eine der angesehensten Privatschulen gegangen, bevor er nach Saint Lupin's gekommen war, und Anne wusste, dass seine Eltern für den Rat der Zauberer arbeiteten.

»Kommt Nana nicht?«, erkundigte sich Penelope.

»Ich bin doch hier«, antwortete eine Stimme hinter ihnen.

Alle drei zuckten zusammen und fuhren herum. Nana saß im Steinkreis.

»Ich weiß, Drachen können schneller fliegen als der Schall, aber musst du dich ständig so anschleichen?«, fragte Jocelyn und strich ihre Jacke glatt.

»Muss ich nicht, nein, aber es ist ganz eindeutig einer der Vorzüge meines Jobs«, erwiderte Nana. »Außerdem sind noch andere Drachen hier, und ich möchte nicht, dass der Eindruck entsteht, ich wäre Menschen gegenüber weich geworden oder so. Ich habe schließlich auch einen Ruf zu verlieren.« Ihren Worten zum Trotz zwinkerte sie Anne zu, als sie an ihr vorbeitrottete.

»Also dann, machen wir uns auf den Weg«, verkündete Jocelyn. »Eine kleine Verspätung mag zwar durchaus schick sein, aber wir wollen ja auch nicht unhöflich erscheinen. Der erste Eindruck zählt, vor allem, wenn man bedenkt, dass wir heute einen neuen Schüler kennenlernen werden.«

»Ein neuer Schüler kommt nach Saint Lupin's?«, fragte Anne.

»Ja. Wir haben zahlreiche Bewerbungen erhalten, und nun, da die Renovierungen abgeschlossen sind und wir auch offiziell eröffnen können, habe ich mit dem Auswahlverfahren begonnen. So wundervoll ihr auch seid, drei Schüler sind für eine erfolgreiche Akademie einfach zu wenig. Aber ich denke, ich habe jemanden gefunden, der gut zu euch passen wird. Er wird auf der Preisverleihung zu uns stoßen und heute Abend mit uns nach Saint Lupin's zurückkehren. Ich habe ihn bisher noch nicht getroffen, aber man hat mir gesagt, er würde einen roten Mantel tragen. Haltet also die Augen offen.«

Die drei Menschen folgten dem Drachen über die Seilbrücke, die von der Feuerballlandezone auf eine der größeren Ebenen der Hauptstadt führte. Die Stadt bestand aus Hunderten von Ebenen, die durch Brücken, Seile, Leitern und in einigen Fällen sogar durch dicke Baumwurzeln miteinander verbunden waren. Türme ragten bedenklich weit über die Ränder. Üppige Gärten erstreckten sich in alle Richtungen und füllten jede noch so kleine Lücke mit hohen Bäumen und bunten Blumen, und der Himmel war mit unzähligen Luftschiffen übersät. Im Zentrum des Ganzen, auf der größten Ebene von allen, stand ein Schloss aus leuchtend blauem Stein.

»Seht ihr, das ist der Saphirpalast«, erklärte Jocelyn.

Es dauerte einige Minuten, bis sie den Palast erreicht hatten, wo sie auf Rokk trafen, den drei Meter großen Metallmann, den Anne und ihre Freunde während ihrer ersten Mission kennengelernt hatten. Er war ein Geschöpf der Alten Welt, ein sogenannter Roboter – eine Person aus Metall, die eigenständig denken und handeln konnte. Auch er gehörte zu den Dingen, von deren Existenz Anne bis vor zwei Monaten nichts gewusst hatte. Aus Rokks rechter Schulter ragte ein dritter Arm hervor, wodurch er ein bisschen bucklig aussah, und auf seinem Rücken war das Wort PALADIN eingraviert. Rokk war das einzige andere Wesen mit gelben Augen, das Anne kannte, auch wenn seine Augen leuchteten, als würden dahinter winzige Feuer brennen.

Anne winkte. »Hi, Rokk.«

»Meinen Berechnungen zufolge liegen wir aktuell dreizehn Minuten und vier Sekunden hinter dem Zeitplan zurück«, sagte Rokk.

Der Palast war schwer bewacht, und so mussten sie sich in

einer Reihe aufstellen, während die Wachleute sie nacheinander am Eingang kontrollierten. Eine Wache las Annes Namen von der Gästeliste ab, und eine zweite band ihr ein knallorangefarbenes Bändchen ums Handgelenk und ein weiteres um die Kiste mit ihrem Panzerhandschuh.

»Die gehören zusammen«, erklärte der Wachmann. »Ohne diese beiden Bändchen kommt der Handschuh nicht aus dem Schloss. Außerdem hat er bis zur Preisverleihung in seiner Kiste zu verbleiben. Er darf unter keinen Umständen vorher entnommen werden. Desgleichen darf kein Medaillon eingelegt und aktiviert werden.«

Anne sah, dass noch einige andere Leute eine ähnliche Kiste dabeihatten wie sie und ebenfalls mit Bändchen ausgestattet wurden.

Der Wachmann winkte Anne durch, und wenig später folgte auch der Rest ihrer Gruppe. Gleich hinter der Sicherheitsschleuse befand sich eine Nische mit einer großen, doppelflügeligen Tür. Über der Tür hing eine Plakette mit der Aufschrift:

MINENEINGANG

»Wer gräbt denn bitte eine Mine unter einem Palast durch?«, fragte Penelope.

»Die Minen waren schon da, bevor die Hauptstadt der Hierarchie hier entstanden ist«, antwortete Jocelyn. »Die gesamte

Ebene ist mit Schächten untertunnelt, in deren Wänden sich immer noch Edelsteine und Adern der kostbarsten Metalle finden lassen. Einer dieser Schächte wird angeblich sogar Höhle der Magie genannt.«

Rokk ließ die Minen jedoch links liegen und geleitete die Gruppe stattdessen durch den langen Hauptkorridor des Palastes. Sie kamen an weiteren Türen vorbei, die mit Plaketten gekennzeichnet waren, darunter das SEKRETARIAT FÜR GERADE LINIEN UND RECHTE WINKEL, das BÜRO FÜR SPRECHENDE KANINCHEN, DIE WINZIGE WESTEN TRAGEN und zu guter Letzt sogar an einer Tür mit der Aufschrift NAMENLOSE ABTEILUNG. Schließlich kamen sie in einen geräumigen Speisesaal, der vor lauter Menschen und Drachen förmlich aus den Nähten platzte. Während Nana davonzog, um sich einer fröhlich lärmenden Gruppe Drachen in der Ecke anzuschließen, folgten die anderen Rokk zu einem Tisch am Rande des Raumes. Dort hatte sich bereits eine kleine Menschentraube um eine kurz gewachsene Frau in Schwarz gebildet. Sie war braun gebrannt und hatte schulterlanges grau-schwarzes Haar und war offenbar gerade dabei, eine Geschichte zu erzählen.

»… also habe ich ihn einfach aus dem Fenster hängen lassen, bis er ein Geständnis ablegte«, schloss sie.

Alle lachten. Gut, alle bis auf einen Jungen, der ebenfalls mit am Tisch saß. Er hatte beigefarbene Haut, braune Augen und langes schwarzes Haar, das er zu einem Pferdeschwanz zusammengebunden hatte. Und gerade sah er ziemlich missmutig aus.

»Mutter«, sagte der Junge. »Die Arbeit, die du für den Rat der Zauberer verrichtest, unterliegt strengster Geheimhaltung. Du dürftest überhaupt nicht darüber reden!«

»Unsinn«, erwiderte die Frau unbekümmert. »Was kann es schon schaden, wenn ich eine harmlose kleine Geschichte mit meinen engsten Freunden teile? Außerdem wissen alle, dass ich sie im Handumdrehen mit der Kraft meines kleinen Fingers umbringen könnte, wenn sie auch nur ein Wort darüber verlieren.« Sie lächelte, während sie das sagte, aber in ihrem Blick lag stählerne Entschlossenheit.

Diesmal klang das Lachen der Leute etwas gedämpfter, und bald darauf löste sich das Grüppchen auf und verteilte sich unter den restlichen Gästen. Die Frau schien es nicht zu bemerken.

Anne und Penelope setzten sich neben den Jungen.

»Hi Hiro«, begrüßte ihn Anne.

Hiro nickte finster. Er war der Zauberer in ihrer Abenteurertruppe, hatte es aber nicht so mit echten Abenteuern.

Der Tisch war bereits gedeckt und bog sich förmlich unter einem Berg von Speisen: dicke Brotscheiben mit Butter, kleine Gemüsehäppchen, hoch aufgetürmte Sandwiches, eine Porzellanschüssel mit etwas, das nach Zwiebelsuppe roch, und ein violetter Saft, der nach Trauben schmeckte, als Anne einen Schluck davon nahm. Dazu gab es noch Schokoladentäfelchen,

Kuchenstücke und einen Korb mit frischem Obst. Penelope zögerte nicht lange und fing an, sich ihren Teller vollzuladen.

Jocelyn kam dazu und schüttelte der Frau die Hand. »Schön, Sie wiederzusehen, Tora.«

Die Frau strahlte. »Jocelyn, Sie sehen wie immer fantastisch aus.« Dann klatschte sie in die Hände. »Und das müssen also die berühmte Anvil und Penelope sein. Oder sollte ich lieber sagen: *berüchtigt?*« Sie zwinkerte ihnen zu und schüttelte ihnen ebenfalls die Hand. »Ich bin Tora Darkflame, Hiros Mutter. Wie wundervoll, euch beide endlich kennenzulernen. Unsere Behörde hat natürlich schon eine eindrucksvolle Akte über eure Abenteurertruppe.«

Jocelyn und Mrs Darkflame setzten sich an den Tisch, und Rokk blieb an der Wand stehen.

»Hiro erzählt ja so viel Wunderbares über Ihre Akademie«, wandte sich Mrs Darkflame wieder an Jocelyn. »Noch einmal vielen Dank, dass Sie ihn so kurzfristig aufgenommen und ihm gleich so einen ehrenvollen Platz eingeräumt haben. Raiden und ich empfinden es als große Erleichterung zu wissen, dass er in fähigen Händen ist.«

»Das ist wirklich außerordentlich freundlich von Ihnen«, erwiderte Jocelyn. »Wo Sie Ihren Mann gerade erwähnen: Wo ist er eigentlich?«

Mrs Darkflame zeigte auf einen Punkt am anderen Ende des Saals. »Da kommt er schon.«

Der Mann, um den es ging, stürmte mit sichtlich erboster

Miene auf sie zu. Er war groß und hatte einen Bauch von – höflich ausgedrückt – erstaunlichen Ausmaßen. Letzterer wurde noch durch seinen leuchtend grünen Smoking betont, der besonders um die Körpermitte herum bedenklich spannte. Dazu trug er ein drei Meter langes Silbercape, das hinter ihm herflatterte.

»Wusstest du«, verkündete Mr Darkflame, ohne sich lange mit Nebensächlichkeiten wie einer Einleitung oder Begrüßung aufzuhalten, »dass Jai Tigerclaw genau das Gleiche trägt wie ich, und das auch noch von exakt demselben Designer?«

Seltsamerweise war der eine Ärmel seines Jacketts so kurz, dass er am Ellbogen aufhörte und Mr Darkflames tiefbraun gebrannten Unterarm frei ließ. Der andere Ärmel dagegen reichte bis weit über seine Hand hinaus und sauste jedes Mal, wenn Mr Darkflame wütend damit herumfuchtelte, gefährlich durch die Luft. Und das passierte in seinem derzeitigen Zustand recht häufig.

»Ich habe einen Haufen Geld für dieses angeblich ›einzigartige‹ Outfit ausgegeben«, empörte er sich.

»Erinnere mich bloß nicht daran«, seufzte Mrs Darkflame.

»Und es war nicht mal ein Versehen«, fuhr ihr Mann fort. »Ganz im Gegenteil: Jai ist gezielt zu Henry gegangen, hat ihn gefragt, was ich bestellt habe, und dann verlangt, dass er das Gleiche für ihn anfertigt. Ich meine, ist das zu fassen? Was für eine bodenlose Unverschämtheit!« Währenddessen lief Mr

Darkflame wild gestikulierend um den Tisch herum, sodass Anne, Penelope und Hiro ein ums andere Mal in Deckung gehen mussten und der Ärmel ihre Gläser mehrfach gefährlich streifte.

»Der General hat genauso ein Recht darauf, sich wie ein Idiot anzuziehen, wie du, mein Schatz«, erklärte Mrs Darkflame geduldig.

»Aber das ist einfach unerhört!«, tobte Mr Darkflame.

»Gewiss doch.«

In diesem Augenblick stieß ein weiterer, ebenso aufgebrachter Mann zu ihnen. Anne vermutete, dass es sich um General Jai Tigerclaw handelte, was sie vor allem daran festmachte, dass der Mann genau das Gleiche anhatte wie Mr Darkflame. Auch sein überlanger Ärmel flatterte wild in der Gegend herum und stellte für alle in seiner unmittelbaren Umgebung eine Gefahr für Leib und Leben – oder zumindest für Geschirr und Glaswaren – dar.

»Sir, ich sehe mich außerstande, Ihre Beleidigungen weiterhin ungestraft hinzunehmen«, polterte der General. Er zog einen weißen Handschuh hervor und schlug Mr Darkflame damit auf die Wange. »Ich fordere Sie hiermit zum Duell!«

»Das können Sie haben!«, brüllte Darkflame, dem vor Wut fast die Augen aus dem Kopf sprangen.

Penelope hopste aufgeregt auf ihrem Stuhl herum. »Oh, wow, ein Duell!«

Hiro seufzte bloß.

»Darf ich um die Waffe Ihrer Wahl bitten?«, forderte der General steif.

Mr Darkflame schnappte sich zwei Gegenstände vom Tisch. »Salatgabeln. Auf zehn Schritt.«

»Angenommen. Wen wählen Sie als Ihren Sekundanten?«

»Hiro kann der Sekundant für seinen Dad sein«, schlug Penelope vor. »Ich bin Ihrer, General.«

»Aber ich will mich nicht mit Salatgabeln duellieren«, protestierte Hiro, als Penelope ihn von seinem Stuhl zerrte. Die beiden Männer marschierten in die Mitte des Saals und stellten sich Rücken an Rücken auf. Die Menge machte ihnen eifrig Platz.

Jocelyn erhob sich vom Tisch. »Herrschaften, bitte! Denken Sie doch an die Kinder.«

»Ganz genau«, stimmte Penelope lauthals zu. »Sorgen Sie dafür, dass wir auch was sehen können. Ich will ja schließlich nichts verpassen.«

Anne war fasziniert. Sie hatte noch nie zuvor ein Duell erlebt. Als die beiden Männer Schritt für Schritt auseinandergingen, stellte sie sich auf ihren Stuhl, um eine bessere Sicht auf das Geschehen zu haben. Dabei war ihr allerdings die Kiste mit ihrem Panzerhandschuh im Weg. Sie beschloss, sie solange auf dem Tisch abzustellen. Doch dabei piekte sie irgendetwas Spitzes in den Handrücken, worauf ihr die Kiste aus der Hand fiel und polternd auf dem Boden aufschlug. Im nächsten Moment wurde sie von einem Fußtritt außer Reichweite befördert und verschwand in der Menge aus Menschen und Drachen, die sich begierig um die Duellanten drängte.

Anne ging auf die Knie und krabbelte auf allen vieren hinter der Kiste her. Nachdem sie sich eine Weile durch das wogende Meer aus Beinen gekämpft hatte, wobei sie höllisch aufpassen musste, nicht selbst einen Tritt abzubekommen, erhaschte sie einen Blick auf etwas Dunkles, Hölzernes, das am Nachbartisch unter einem Stuhl lag. Sie robbte hinüber, doch gerade als sie die Kiste erreicht hatte, griffen zwei Hände danach. Diese Hände gehörten einem Jungen, der dem Anschein nach ungefähr in ihrem Alter war. Er hatte kurzes schwarzes Haar, hellbraune Haut und blaue Augen und trug einen tiefroten Mantel.

Anne stand auf und wischte sich den Staub von den Knien. »Du musst der neue Schüler sein, der zu uns an die Saint-Lupin's-Abenteuerakademie kommt. Danke, dass du meine Kiste gerettet hast. Ich hatte schon Angst, sie könnte etwas abbekommen.«

Der Junge sagte nichts. Stattdessen drehte er die Kiste ein paarmal herum und nahm sie von allen Seiten in Augenschein.

»Ich bin sicher, dass ihr nichts passiert ist.« Anne streckte die Hände danach aus. »Kann ich sie jetzt bitte zurückhaben?«

Doch der Junge drückte die Kiste an sich, machte auf dem Absatz kehrt und rannte durch die Menschenmenge davon.

DAS TAKTIKHANDBUCH BASISWISSEN TISCHDECKEN

rät Folgendes zur optimalen Platzierung der Salatgabel:

Die Salatgabel gilt schon lange als das Tödlichste unter den Besteckteilen. Wird Salat als Vorspeise gereicht, so hat die Salatgabel links von der Speisegabel zu liegen. Folgt der Salat auf den Hauptgang, platzieren Sie die Salatgabel rechts von der Speisegabel. Sofern jedoch noch vor dem Verzehr des Salates mit einem Duell zu rechnen ist, legen Sie die Salatgabel dorthin, wo sie am leichtesten zu erreichen ist.

Ergänzender Hinweis: Die Salatgabel eignet sich ganz besonders gut dazu, jemandem in den Handrücken zu stechen, um ihn dazu zu bringen, etwas fallen zu lassen, was Sie gerne stehlen möchten.

2

Der Preis der Abenteuerakademien

Völlig überrumpelt sah Anne zu, wie der Junge mit ihrer Kiste davonrannte.

Der Kiste mit dem Panzerhandschuh.

Ihrem Panzerhandschuh.

»Hey! Bleib stehen, du Dieb!«, brüllte sie.

Sie stürzte sich in die Masse aus Körpern und rammte sich mit den Ellbogen den Weg frei, wobei sie die vielen empörten Grunzlaute und Proteste ignorierte, die sie sich damit einfing. Ihr Blick fiel auf etwas Rotes hinter einer dicht zusammengedrängt stehenden Gruppe. Doch als sie dort ankam, musste sie feststellen, dass es sich bloß um eine Vase mit leuchtend roten Blumen handelte. Sie drehte sich nach links und rechts, wusste aber nicht mehr, in welche Richtung der Dieb gelaufen war.

Penelope kam mit Hiro im Schlepptau angerannt.

»Was machst du denn hier?«, rief sie. »Du verpasst ja alles! Mr Darkflame hat seine Gabel fallen lassen und muss sich jetzt mit einem Suppenlöffel gegen den General verteidigen.«

Hiro fasste Anne am Arm und sah sie besorgt an. »Hey, ist alles okay?«

Anne schüttelte den Kopf. »Jemand hat meinen Panzerhandschuh gestohlen.«

»Was? Wer?«, fragte Penelope. Sie zog ihr Holzschwert und ließ den Blick über die Menge schweifen.

»Ich glaube, es war der neue Mitschüler«, antwortete Anne. »Zumindest hatte er einen roten Mantel an, wie Jocelyn beschrieben hat.«

Penelope ließ ihr Schwert ein paarmal energisch durch die Luft sausen. »Zeig mir einfach, wer er ist, und ich verpasse ihm eine ordentliche Tracht Prügel.«

»Zu spät«, sagte Anne. »Ich habe versucht, ihn zu fangen, aber er ist mir entwischt.«

»Warum sollte jemand deinen Panzerhandschuh stehlen?«, wollte Penelope wissen.

»Machst du Witze?«, erwiderte Hiro. »Anne hat damit etwas Unmögliches erreicht, als sie ihre Level-dreizehn-Mission erfolgreich absolviert hat. Ich bin jetzt seit zwei Tagen hier, und es ist offensichtlich, dass sie dadurch zu einer Art Legende geworden ist. Ich wette, so mancher Abenteurer würde seine linke Hand dafür geben, nur einmal einen Blick auf diesen Handschuh werfen zu dürfen.«

Als er »linke Hand« sagte, blickte Anne auf ihr Handgelenk mit dem orangefarbenen Bändchen.

»Das ist es!«, rief sie.

Sie rannte aus dem Speisesaal und sprintete durch den weitgehend leeren Flur zurück zum Haupteingang.

Vor der Sicherheitsschleuse blieb sie stehen, und Penelope und Hiro schlossen zu ihr auf. Die Wachleute standen immer noch auf ihren Posten.

»Was war das denn?«, fragte Penelope ihre Freundin.

Anne hielt ihr Handgelenk mit dem Bändchen hoch. »Der Dieb muss noch irgendwo im Palast sein. Mit einem Panzerhandschuh kommt man hier nur raus, wenn man beide Bändchen hat.«

»Ganz schön clever«, meinte Hiro.

Weit und breit waren jedoch weder der Dieb noch sonst irgendeine verdächtige Gestalt zu sehen. Während Anne überlegte, wo sie als Nächstes nachschauen konnten, wurden sie beinahe von einer Schubkarre überrollt. Diese wurde von einem Mann geschoben, der so klein war, dass er Anne nur knapp bis zur Schulter reichte. Dafür war er mit mehr Waffen behangen als die gesamte Wachmannschaft zusammen.

»Hauptmann Copperhelm!«, rief Anne.

Der Mann sah auf. »Oh, ihr seid das«, knurrte er. Hauptmann Copperhelm war ihr Kampflehrer und außerdem Penelopes persönlicher Mentor.

In der Schubkarre lag ein alter, weißhaariger Mann in einer

langen Robe. Sein Name war Sassafras, und er war ihr Professor für Magie. Er war bekannt dafür, dass er mitten im Satz einschlief. Anstelle einer Hand wuchs ihm auf magische Weise ein Schnabeltier aus dem linken Arm. Sassafras schlief tief und fest, doch das Schnabeltier war wach und ließ sich einen Teller Partyhäppchen schmecken.

»Was macht der Zauberer in der Schubkarre?«, erkundigte sich Penelope.

Copperhelm zuckte mit den Schultern. »Er ist vor lauter Aufregung eingeschlafen. Ich war auf der Suche nach einem Ort, wo ich ihn gefahrlos abstellen kann.«

»Warum isst sein Schnabeltier Windbeutel mit Austernfüllung?«, wollte Hiro wissen.

»Damit es ruhig bleibt«, entgegnete Copperhelm.

Der Zauberer regte sich. »Was ist los?«, fragte er. »Habe ich mein Mittagsschläfchen verpasst?«

»Du hältst gerade dein Mittagsschläfchen, du Schwachkopf«, brummte Copperhelm.

»Oh, gut«, sagte Sassafras beruhigt und schlief prompt wieder ein.

»Hauptmann Copperhelm, wir brauchen dringend Ihre Hilfe«, flehte Anne.

Copperhelm musterte die Gruppe. »Lasst mich raten. Ihr habt euch das Duell im Speisesaal angeguckt, und während ihr abgelenkt wart, hat jemand den Panzerhandschuh gestohlen.«

Annes Gesicht lief rot an. »Das ist nicht … Ich habe nicht … Ich habe vom Duell überhaupt nichts mitbekommen.«

Copperhelm schüttelte den Kopf und schob die Schubkarre abseits der Sicherheitsschleuse an die Wand. »Dämliche Anfänger … kein Fünkchen Verstand im Kopf … sprengen wahrscheinlich noch die ganze Stadt in die Luft, bevor der Tag rum ist … und ich? … Hochdekorierte militärische Laufbahn … im Kampf unbesiegt … Und jetzt schiebe ich Zauberer in Schubkarren durch die Gegend und suche nach verschwundenen Panzerhandschuhen, weil ihre Besitzer nicht in der Lage sind, auch nur fünf Minuten auf sie aufzupassen.«

Mit Anne und ihren Freunden im Schlepptau marschierte Copperhelm zu den Wachleuten. »Es gab einen Diebstahl«, verkündete er. »Ihr werdet uns bei der Suche nach dem Schuldigen helfen.«

Der angesprochene Wachmann musterte ihn von Kopf bis Fuß. »Ähm, nichts für ungut, Kumpel, aber warum sollten wir auf Sie hören?«

Anstelle einer Antwort zog Copperhelm ein Kärtchen aus der Tasche und reichte es dem Wachmann. Anne las über seine Schulter mit:

ÜBERNIMM-DAS-KOMMANDO-KARTE

Nur im Notfall einsetzen

Dem Inhaber dieser Karte ist es hiermit gestattet, vorübergehend das Kommando über sämtliches verfügbares Sicherheitspersonal zu übernehmen, einschließlich (aber nicht beschränkt auf) Wachposten, Soldaten, Schildwachen, Sicherheitsleute, Ausgucke, Stadtwachen und Grenzschutz.

ACHTUNG: FÜR MACHTHUNGRIGE GRÖSSENWAHNSINNIGE NICHT ZU EMPFEHLEN.

Kaum dass der Wachmann mit Lesen fertig war, stand er stramm und salutierte vor Copperhelm. »J-jawohl, Sir! Z-zu Befehl, Sir!«, stotterte er.

»So gefällt mir das schon viel besser«, brummte Copperhelm vor sich hin.

Während der Wachmann die Karte seinen Kameraden zeigte, kamen Jocelyn, Nana, Rokk und Mrs Darkflame angerannt.

»Wo um alles in der Welt habt ihr nur gesteckt?« Jocelyn klang verärgert. »Wir haben schon überall nach euch gesucht. Die Zeremonie fängt gleich an.«

»Der neue Schüler hat meinen Panzerhandschuh gestohlen!«, rief Anne.

Auf der Stelle schlug Jocelyns Stimmung um. »Geht es dir gut?« Sie begann, an Anne herumzuziehen und zu -stochern, um herauszufinden, ob sie verletzt war.

»Ja, alles in Ordnung«, beschwichtigte Anne. »Er ist uns entwischt, aber wir glauben …«

»Habt ihr den Diebstahl gemeldet?«, schnitt Mrs Darkflame ihr das Wort ab.

»Noch nicht, aber …«

»Die hier gehören zu mir«, verkündete Copperhelm und zeigte auf die Wachleute. »Wir sehen uns mal im Umkreis des Schlosses um.« Er führte die Wachen durch die Sicherheitsschleuse nach draußen.

»Also, ehrlich gesagt«, warf Anne ein, »glauben wir, dass er …«

»Rokk, würdest du bitte mit dem Obersthofmeister sprechen?«, bat Jocelyn. »Er leitet die Zeremonie und sollte über die Vorkommnisse informiert werden. Auch wenn ich annehme, dass sie die Verleihung trotzdem wie geplant durchziehen werden. Das ist nicht das erste Mal, dass so was passiert.«

»Positiv«, sagte Rokk und machte sich auf den Weg.

»Aber …«

Jocelyn wandte sich an Mrs Darkflame. »Tora, könnten Sie sich in der Zwischenzeit mit Ihrem Netzwerk in Verbindung setzen? Sie verfügen doch zweifelsohne noch über ganz andere Mittel als der Palast.«

»Wird erledigt«, versprach Mrs Darkflame und lief los.

»Ich sage den anderen Drachen Bescheid«, meinte Nana und trabte ebenfalls davon.

»Gut, damit wäre das erledigt.« Jocelyn richtete ihre Frisur und strich ihre Weste glatt. »Dann begleite ich euch jetzt zur Zeremonie in der Königlichen Bibliothek. Ich fürchte, das Mittagessen haben wir verpasst, aber wenn wir uns beeilen, sollten wir gerade noch rechtzeitig zur Verleihung kommen.«

Annes Magen knurrte. Sie hatte kaum etwas gegessen.

»Erwachsene …«, raunte Penelope ihr zu. »Was soll man da machen?«

»Was ist mit Professor Sassafras?« Hiro zeigte auf den schlafenden Zauberer.

Jocelyn warf einen Blick in die Schubkarre. »Dem wird schon nichts passieren. Er würde die ganze Zeremonie sowieso nur verschlafen. Sein Schnabeltier passt schon auf ihn auf, oder Schnabeltier?«

Das Schnabeltier sah sie ausdruckslos an. Krümel rieselten aus seinem Schnabel.

»Wer ist dieser neue Schüler eigentlich?«, fragte Penelope.

»Nun«, antwortete Jocelyn, »angesichts der gegenwärtigen Zusammensetzung eurer Gruppe hielt ich es für klug, jemanden zu finden, der euer Team vervollständigen und die bisherige Lücke schließen kann.«

Anne verstand, was sie meinte. »Er ist ein Dieb, richtig?«

Jocelyn hüstelte verlegen.

Allen Abenteurern, ob Hüter des Sperlings oder nicht, wurde vom Beutel des Schicksals eine offizielle Rolle zugewiesen. Normalerweise bestand ein Einsteigertrupp aus einem Krieger, einem Zauberer und einem Dieb. Penelope hatte das Kriegerplättchen gezogen und Hiro den Zauberer, doch Anne hatte anstelle des Diebesplättchens den Schmied erwischt.

»Keine Sorge, Liebes«, sagte Jocelyn zu Anne. »Dein Panzerhandschuh ist bestimmt in null Komma nichts wieder da.«

Anne war sich da nicht so sicher.

Nachdem sie durch eine ganze Reihe langer Korridore geeilt waren – mal links, mal rechts, dann wieder geradeaus –, kamen sie schließlich zur Königlichen Bibliothek. Vor dem Eingang wartete eine weitere Einlasskontrolle auf sie, die sie einer nach dem anderen unter den aufmerksamen Blicken der Wachleute passierten. Als sie die Bibliothek betraten, stockte Anne der Atem. Der riesige Raum stand voller Regale, die sich über mehrere Stockwerke erstreckten. Die obersten Fächer waren nur über kunstvoll verzierte – und halsbrecherisch wirkende – Wendeltreppen zu erreichen. Das Licht fiel durch fünf hohe Buntglasfenster und eine große, kreisrunde Öffnung in der Wand, durch die Drachen ein und aus flogen.

»Das müssen bestimmt eine Million Bücher sein«, flüsterte Penelope, als sie sich unter die anderen Gäste mischten.

»Genau genommen enthält die Sammlung etwas über zwei Millionen Bände«, korrigierte Hiro. »Das umfasst den Hauptteil hier sowie die verschiedenen Sondersammlungen, die hinter Schloss und Riegel aufbewahrt werden.« Er zeigte auf einen Gang, an dessen Ende mehrere große Glasvitrinen in einer Nische standen, in denen einige ausgewählte Bücher und sonstiger Schnickschnack ausgestellt wurden.

Penelope rümpfte die Nase. »Wer sperrt denn bitte Bücher ein?«

»Einige sind ziemlich wertvoll. Andere sind uralt und müssen vor dem Verfall geschützt werden. Um die einzusehen, braucht man eine Sondergenehmigung.«

Hier und da gab es noch weitere Türen, aber die waren alle geschlossen und mit Ketten abgeriegelt. Sicherheit wurde hier offenbar großgeschrieben. Sie kamen an einer langen Reihe von Lesepulten vorbei, bevor sie nach links in den Hauptgang abbogen. Von dort gelangten sie auf eine weitläufige Fläche, wo Hunderte Stühle vor einem Podest aufgestellt worden waren, das als Bühne diente. Und auf der Bühne …

Anne blieb wie angewurzelt stehen. Am hinteren Ende der Bühne hatten sich sieben Eiserne Ritter aufgereiht. Sie waren zweieinhalb Meter groß, hatten einen Brustkorb wie ein Fass, und vorne in ihren Helmen saß ein kleiner weißer Stein, genau wie bei denen auf Saint Lupin's. Allerdings waren diese hier grün und hielten lange Stäbe anstelle von Schwertern in der Hand. Vor jedem von ihnen stand ein leerer Stuhl.

»Was ist los?«, wollte Jocelyn wissen, die von hinten zu Anne aufschloss. »Warum steht ihr alle auf dem Gang herum?«

Anne zeigte auf die Bühne.

Jocelyn legte ihr eine Hand auf die Schulter. »Es besteht nicht der geringste Grund zur Sorge, Liebes. Erstens befindest du dich nicht auf einer Abenteuermission, es ist also auch niemand hinter dir her. Und zweitens handelt es sich um Nachbildungen, die einzig und allein der Dekoration dienen. Sie werden jedes Jahr zu Ehren der berühmten Kupfernen Ritter neu entworfen, was auch ihre Farbe erklärt. Jetzt komm. Die Zeremonie fängt gleich an.«

Wirklich beruhigt war Anne trotzdem nicht. Sie wusste, dass Jocelyn vermutlich recht hatte, aber ihr schlug das Herz dennoch bis zum Hals. An die Eisernen Ritter auf Saint Lupin's war sie gewöhnt, doch ihre Begegnungen mit unbekannten Rittern hatten sie gelehrt, dass ein gesundes Misstrauen durchaus angebracht war.

Sie folgten Jocelyn nach vorne in die erste Reihe. Gleich an den ersten zehn Stühlen waren Kärtchen mit der Aufschrift RESERVIERT FÜR DIE SAINT-LUPIN'S-ABENTEUERAKADEMIE befestigt. Anne, Penelope, Hiro und Jocelyn nahmen Platz, womit noch sechs Plätze für Rokk, Copperhelm, Sassafras, Mr und Mrs Darkflame und allem Anschein nach den neuen Schüler übrig blieben. Am anderen Ende der Reihe war Raum für Nana geschaffen worden. Während das Publikum sich nach und nach auf seinen Plätzen einfand, betraten drei Männer und drei Frauen die Bühne und setzten sich auf die bereitstehenden Stühle. Nur der letzte Stuhl blieb leer.

»Das ist das Preiskomitee«, erklärte Jocelyn.

Ein Mitglied des Komitees, ein dünner Mann mit bleicher Haut, aus dessen Kopf nur noch ein paar vereinzelte weiße

Strähnen sprossen, erhob sich und trat ans Pult. Im Saal kehrte Stille ein.

»Guten Tag, verehrte Bürger der Hierarchie«, begann er. »Mein Name ist Niles Twinkletoes. Ich bin der Obersthofmeister des Saphirpalastes und werde Sie heute als Zeremonienmeister durchs Programm führen. Ich bin also gewissermaßen Ihr Reiseleiter.«

Er machte eine Pause und blicke erwartungsvoll in die Menge, erntete aber bloß ein paar vereinzelte Höflichkeitslacher.

»Nun gut.« Er runzelte die Stirn und räusperte sich. »Es ist mir eine große Ehre, Sie an diesem Nachmittag zur siebentausendeinhundertdreiundfünfzigsten Verleihung des Preises der Abenteuerakademien begrüßen zu dürfen.«

Das Publikum brach in stürmischen Beifall aus. Trotz der Sorge um ihren Panzerhandschuh spürte Anne eine kribbelige Vorfreude in sich aufsteigen.

»Zunächst muss ich Ihnen leider mitteilen, dass ein Mitglied unseres Komitees heute nicht dabei sein kann: Liren Stargazer musste aufgrund einer schweren Elfengrippe zu Hause bleiben. Wir hoffen, dass sie sich bald erholt und ihre ursprüngliche Körpergröße wiedererlangt. So, nachdem das geklärt wäre, lassen Sie uns beginnen. Der erste Preis des Tages wird in der Kategorie *Kürzeste Mission* verliehen. Nominiert sind …«

Der Obersthofmeister las drei Namen vor und beschrieb kurz, wo sie herkamen und welche Mission sie bestritten hatten. Der Gewinner war ein alter, ziemlich grau aussehender Mann, der eine Mission aktiviert hatte, um seine Brille zu finden, nur um gleich darauf festzustellen, dass er sie bereits trug. Als Preis erhielt er eine Holztafel mit einem Bronzemedaillon darauf. Der Gewinner nahm seine Auszeichnung gerührt entgegen, und alle applaudierten.

»Der Preis ist ein Missionsmedaillon?«, fragte Anne.

»Ja, aber die sind nicht echt«, antwortete Hiro. »Bloß Kopien.«

Anne fiel auf, dass der Mann stolz seinen Panzerhandschuh aus schwarzem Leder zur Schau stellte, was den Verlust ihres eigenen Handschuhs nur noch schmerzlicher machte.

Auf diese Weise ging es stundenlang weiter. Dutzende Preise wurden verliehen, darunter *Beste Nachahmungsmission, Beste unsichtbare Mission, von der niemand etwas mitbekommen hat* und *Lauteste von einem Pantomimen absolvierte Mission.* Alle Gewinner bekamen eine Holztafel mit einem bronzebeschichteten Medaillon, und alle trugen sie ihre Panzerhandschuhe. Manche waren schlicht und unauffällig, andere schrill und extravagant. Doch zu keinem Zeitpunkt trat jemand auf die Bühne, um zu verkünden, dass der Dieb gefasst worden war, und um Anne die Kiste mit ihrem Panzerhandschuh zurückzugeben. Anne drehte sich immer wieder nach links und rechts, um nachzusehen, ob die anderen Erwachsenen aus ihrer Gruppe aufgetaucht waren, aber es ließ sich niemand blicken.

»Kommen wir nun zu einer der Hauptkategorien«, verkündete der Obersthofmeister schließlich, und im Publikum machte sich eine aufgeregte Spannung breit, »dem Preis für die *Beste illegale Mission, bei der beinahe die gesamte Welt zerstört worden wäre.* Wie wir alle wissen, ist es außerordentlich schwierig, so eine Mission erfolgreich zu bestehen, und noch schwerer, nicht dafür verhaftet zu werden.«

Anne schlug das Herz bis zum Hals, während Penelope in ihrem Sitz auf und ab hüpfte. Hiro dagegen saß sogar noch kerzengerader, falls das überhaupt möglich war.

»Unser erster Nominierter ist Max Sheepstone, der ehemalige Besitzer der Reißzahnklause, der versucht hat, die Kraft kleiner, kläffender Hunde für seine Zwecke nutzbar zu machen, der arme Tropf. Sollte Max heute gewinnen, wird ihm der Preis posthum verliehen. Wer hätte gedacht, dass Pudel explodieren und dabei solchen Schaden anrichten können? Ebenfalls nominiert ist Tsunami Quibbelbibbel, deren aktueller Wohnsitz nicht näher bekannt ist. Ihr ist es gelungen, aus Versehen die richtige Antwort auf die Frage ›Wie viele Engel können auf der Spitze einer Nadel tanzen?‹ zu berechnen. Der Legende nach soll derjenige, der dieses Rätsel löst, damit angeblich das Ende aller Tage heraufbeschwören. Doch glücklicherweise hat Miss Quibbelbibbel die Antwort umgehend wieder vergessen und uns alle damit vor der sicheren Katastrophe bewahrt. Und zu guter Letzt haben wir hier noch ein Trio von der Saint-Lupin's-Abenteuerakademie, das sich unter der Leitung von Anvil, Hüterin des Sperlings, illegal auf eine Rechtmäßiger-Erbe-Mission begeben hat und damit beinahe das gesamte Raumzeitkontinuum aus den Angeln gehoben hätte. Zufälligerweise handelt es sich dabei um ebenjene Level-dreizehn-Mission, von der wir alle schon so viel gehört haben. Hut ab also vor diesen drei furchtlosen jungen Abenteurern. Von ihrem Schlag gibt es wahrlich nicht mehr viele.«

Der Obersthofmeister machte sich daran, den Umschlag zu öffnen, hielt dann jedoch kurz inne und fügte hinzu: »Ganz nebenbei bemerkt: Danke an alle Nominierten, dass sie uns nicht in die Luft gesprengt haben.«

Das Publikum lachte.

»Und der Gewinner ist …«

Er zog einen winzigen Zettel aus dem Umschlag.

»Die Saint-Lupin's-Abenteuerakademie!«

Tosender Jubel brach los. Jocelyn, Penelope und Hiro fielen Anne von drei Seiten gleichzeitig um den Hals. Anne ließ den Blick ein letztes Mal durch den Saal schweifen, in der Hoffnung, irgendjemanden zu entdecken, der in diesem Moment ihren Panzerhandschuh zurückbrachte. Doch es war niemand zu sehen.

»Ist schon in Ordnung«, flüsterte ihr Jocelyn ins Ohr. »Geh einfach hoch und hol dir deinen Preis ab.«

Während sie sich auf den Weg zur Bühne machte, fuhr der Obersthofmeister fort: »Anvil wird begleitet von ihrer Mentorin Jocelyn Abigayle Daisywheel der Dritten, der vormaligen

Leiterin der Todesberg-Abenteuerakademie, sowie von ihren beiden treuen Abenteurergefährten Hiro Darkflame und Penelope Shatterblade.«

Als Penelopes Nachname fiel, wurde hier und da Getuschel laut. Penelope verzog keine Miene, doch Anne griff trotzdem nach ihrem Arm und drückte ihn aufmunternd.

»Ich möchte Sie außerdem darauf hinweisen«, sagte der Obersthofmeister, während er nach der Holztafel mit dem Preismedaillon griff, »dass dies das erste Mal seit über fünfzig Jahren ist, dass ein Abenteurertrupp unter der Leitung eines Diebes diesen Preis erhält.«

Das stimmte nicht. Anne war Schmiedin. Sie wollte den Obersthofmeister gerade berichtigen, als hinter ihnen auf der Bühne plötzlich Unruhe aufkam.

Es waren jedoch weder Jocelyn noch die restlichen Mitglieder des Preiskomitees.

Es waren die falschen Eisernen Ritter – die angeblichen Nachbildungen der Kupfernen Ritter.

Sie bewegten sich.

Im

HANDBUCH FÜR BILDHAUER.

HERAUSRAGENDE STATUEN LEICHT GEMACHT

heißt es:

Bei der Gestaltung einer Statue gilt es einiges zu beachten: das geeignete Material (Statuen aus Schinkenspeck haben keine hohe Lebensdauer), die allgemeine optische Wirkung (Werke, die rundum mit dreißig Zentimeter langen Stacheln bewehrt sind, treffen nicht jedermanns Geschmack), den ihr zugedachten Zweck (soll sie beispielsweise später als Rammbock dienen?) und natürlich auch den Standort (die besten Kunstwerke spiegeln ihre unmittelbare Umgebung wider, was bedeutet, dass es wenig Sinn hat, sein ganzes Herzblut in ein Stück zu stecken, das bis ans Ende aller Tage hinten in einem Schrank versauern wird).

Spezialtipp #42: Bauen Sie keine Statuen, die plötzlich zum Leben erwachen und grundlos angreifen können. Das wird gemeinhin nicht gerne gesehen.

3

Die Schlacht in der Königlichen Bibliothek

Dann geschahen mehrere Dinge gleichzeitig.

Der Obersthofmeister drehte sich um und sagte zu den Rittern: »Nun, also …«

Weiter kam er nicht, denn der Ritter, der ihm am nächsten stand, zielte mit seinem Stab auf ihn. Ein lauter Knall ertönte, und aus der Spitze des Stabes schoss ein gleißender Lichtblitz. Der Obersthofmeister sackte in sich zusammen und ließ die Holztafel fallen, die klappernd in den Mittelgang rutschte.

Im selben Moment beschossen die restlichen Ritter auch die anderen fünf Komiteemitglieder mit ihren Lichtblitzen. Einer nach dem anderen kippte vornüber auf die Bühne. Jocelyn zog ihren Degen und wollte sich auf die Ritter stürzen, doch der siebte und letzte Ritter richtete seinen Stab auf sie, und sie sank neben den anderen zu Boden.

»Nein!«, schrie Anne.

Was sich als keine so gute Idee erwies. Denn damit zog sie die Aufmerksamkeit aller sieben Ritter auf sich, die daraufhin alle zugleich ihre Stäbe hoben und auf Anne richteten. Anne schluckte. Sie konnte nicht allen gleichzeitig ausweichen. Sieben Lichtblitze schossen auf sie zu, doch in allerletzter Sekunde schob sich ein verschwommener grauer Fleck vor Anne. Es war Rokk.

Die Blitze trafen Rokk in die Brust, und der Roboter verschwand in einer Kugel aus gleißendem Licht. Er wurde von der Bühne und über das Publikum hinweg zur Rückseite der Bibliothek geschleudert, wo er mit einem ohrenbetäubenden Krachen aufschlug und mehrere Lesepulte unter sich zermalmte. Durch die Wucht des Aufpralls grub er eine tiefe Schneise in die Bodenfliesen, die in alle Richtungen davonflogen. Gleichzeitig fegte die Druckwelle der Explosion auch Anne, Penelope und Hiro von der Bühne. Sie knallten auf den Boden und rutschten in die erste Stuhlreihe. Aus dem Publikum erhob sich wütendes und verängstigtes Geschrei, aber angesichts dessen, was gerade mit den Mitgliedern des Preiskomitees und dem riesigen Roboter geschehen war, schien niemand sonderlich erpicht darauf, sich den Rittern entgegenzustellen.

Eine Gestalt trat auf die Bühne. Anne erkannte den roten Mantel sofort. Es war der Dieb, der ihren Panzerhandschuh gestohlen hatte. Und genau diesen Panzerhandschuh trug er nun an seiner linken Hand. Ohne nachzudenken, sprang

Anne auf, doch Penelope und Hiro packten sie an den Armen und hielten sie zurück.

Der Junge hob die Hände. »Ruhe bitte!«

Im Saal kehrte Stille ein.

Der Junge gab den Kupfernen Rittern einen Wink mit dem Panzerhandschuh, und sie gehorchten wie die Eisernen Ritter auf Saint Lupin's. Mit ausgestreckten Stäben schritten sie nach vorne an den Rand der Bühne und versperrten den anderen damit jeden Zugang zu Jocelyn und den Mitgliedern des Preiskomitees. Sie machten keinerlei Anstalten, die Menge zu attackieren, aber ihre Botschaft war auch so deutlich genug: Wer sich rührt, dem blüht dasselbe Schicksal.

»Bitte entschuldigen Sie die Störung«, fuhr der Junge fort. »Ich verspreche Ihnen, wenn alle tun, was ich sage, ist das hier im Handumdrehen vorbei. Ich möchte Sie bitten, sich in einer Reihe aufzustellen und die Bibliothek zu verlassen. Und zwar unverzüglich. Sie haben gesehen, wozu die Ritter imstande sind, stellen Sie sie also lieber nicht auf die Probe. Sie werden, ohne zu zögern, ausnahmslos jeden mit ihren Blitzen niederstrecken, der sich weigert zu kooperieren. Der Schlag ist nicht tödlich, aber sehr, sehr unangenehm, das versichere ich Ihnen.«

Anne fiel ein Stein vom Herzen. Jocelyn und die anderen lebten noch. Das war das Allerwichtigste, auch wenn es nichts daran änderte, wie wütend Anne auf den Jungen war.

Die Kupfernen Ritter verließen die Bühne und gingen auf

die Menge zu. Mit beunruhigten Mienen liefen die Menschen zügig zum Ausgang, wie es der Junge verlangt hatte. Anne, Penelope und Hiro reihten sich in die Schlange ein und folgten den anderen durch den Mittelgang, rechts an Rokks reglosem Körper vorbei und entlang der Lesepulte nach draußen aus der Bibliothek. Sobald alle den Saal verlassen hatten, schlossen die Ritter die Metallgitter, traten einige Schritte zurück und hoben erneut ihre Stäbe. Sieben Lichtbögen vereinigten sich an dem Punkt, wo die Gitter aufeinandertrafen, und für einen kurzen Moment glühte das Metall weiß auf. Dann drehten sich die Ritter um und gingen zurück in die Bibliothek.

Anne hielt ihre Hand vor das Gitter, achtete aber darauf, es nicht zu berühren. Das Metall strahlte eine solche Hitze ab, dass sie sie gleich wieder zurückzog.

»Es ist heiß«, sagte sie.

Penelope versetzte dem Gitter einen Fußtritt, doch es rührte sich nicht vom Fleck. »Zugeschweißt.«

Die Ritter marschierten an den Lesepulten vorbei und blieben neben Rokks niedergestreckter Gestalt stehen. Einer von ihnen trat vor und kniete sich neben ihn. Anne konnte nicht genau sehen, was er da tat, aber es sah so aus, als hantierte er am Kopf des Roboters herum.

»Hey!«, brüllte Anne. »Das ist mein Freund! Lasst ihn gefälligst ihn Ruhe!«

Der Ritter ignorierte sie. Schließlich erhob er sich und reihte sich wieder zwischen seine Kameraden ein.

Der Junge gesellte sich zu den Rittern und kniete sich ebenfalls hin. Im ersten Moment hatte es den Anschein, als würde auch er sich an Rokk zu schaffen machen. Doch als er aufstand, hielt er eine Holztafel in der Hand – genauer gesagt: den Preis, mit dem die Saint-Lupin's-Abenteuerakademie gerade hätte ausgezeichnet werden sollen. Anne sah zu, wie der Junge das Bronzemedaillon von der Tafel löste und versuchte, es in die Vertiefung am Panzerhandschuh zu stecken. Offenbar wollte das Medaillon jedoch nicht halten, was den Jungen zunehmend frustrierte. Zu guter Letzt pfefferte er Medaillon und Holztafel entnervt auf den Boden.

Dann geschah etwas, das Anne niemals für möglich gehalten hätte: Einer der Kupfernen Ritter sagte etwas zu dem Jungen. Die Eisernen Ritter auf Saint Lupin's hatten nie auch nur ein Wort gesprochen, nicht mal zur Oberin, als die dort noch die Leitung innegehabt hatte. Anne konnte nicht hören, was der Ritter sagte, aber es kam offensichtlich nicht gut an. Der Junge schüttelte vehement den Kopf.

»Nein, es muss hier sein«, schrie er. »Teilt euch auf und findet es.«

Die Kupfernen Ritter zögerten, einen winzigen Augenblick nur, doch der Junge bemerkte es. Er zeigte mit dem Panzerhandschuh auf sie und brüllte: »Findet es, habe ich gesagt!«

Die Kupfernen Ritter verteilten sich zwischen den Bücherregalen. Der Junge funkelte Anne böse an und verschwand dann ebenfalls aus dem Blickfeld.

Inzwischen hatte sich das Publikum in kleinere Grüppchen aufgelöst, die lautstark darüber stritten, wer nun die Leitung übernehmen sollte. Mehrere Leute zückten Karten, die ihnen angeblich vorübergehend das Kommando übertrugen. Aber da mehrere von ihnen so eine Karte hatten, führte das am Ende bloß dazu, dass sich alle gegenseitig anschrien. Der Gewinner in der Kategorie *Häufigste Nieser während einer Mission* trat vor und versuchte, die Menge anzustacheln, bekam dann jedoch einen Niesanfall und musste weggebracht werden.

Hiro ging zu einer der Gruppen hinüber, unterhielt sich kurz mit jemandem und kehrte gleich darauf zurück. »Sie haben die Palastwache informiert, aber wie es scheint, sind die Wachleute immer noch in der Stadt unterwegs, um nach deinem Handschuh zu suchen.«

Anne zog eine finstere Miene. »Ich wette, genau so hatte er sich das vorgestellt.«

»Wer hat sich was vorgestellt?«, wollte Penelope wissen.

»Der Dieb. Wenn er nur auf den Panzerhandschuh aus gewesen wäre, hätte er auch einfach warten können, bis wir zurück auf Saint Lupin's sind, und ihn sich dann in einem unbeobachteten Moment schnappen können. Stattdessen hat er ihn hier gestohlen, weil er genau wusste, dass die Palastwache dann durch die Suche nach dem Dieb abgelenkt sein würde. So kann er sich jetzt in aller Ruhe holen, worauf er es wirklich abgesehen hat: ein ganz bestimmtes Missionsmedaillon.«

»Mitten während der Zeremonie?«, hakte Penelope stirnrunzelnd nach.

»Das ist der einzige Zeitpunkt, zu dem sie offen zugänglich sind«, meinte Hiro. »Sonst werden sie hinter Schloss und Riegel aufbewahrt.«

Anne nickte. »Hiro, du hast gesagt, dass mein Panzerhandschuh jetzt berühmt ist. Der Dieb wusste vermutlich, dass er damit die Kupfernen Ritter steuern kann.«

»Aber warum?«, fragte Penelope. »Ich dachte, die Medaillons sind bloß Fälschungen?«

»Ja, aber vielleicht wusste der Dieb das nicht.« Anne wandte sich an Hiro. »Du hast gesagt, dass die Preise Kopien sind. Weißt du auch, wovon?«

»Von berühmten historischen Missionsmedaillons«, antwortete Hiro.

»Und wo bewahren sie die Originale auf?«

Hiro zuckte mit den Schultern. »In verschiedenen Sammlungen überall in der Hierarchie. In Palästen, Museen …«

»Auch in Bibliotheken?«

»Kann schon sein. Aber das sind alles Missionen, die längst abgeschlossen sind. Es hätte überhaupt keinen Sinn, so ein Medaillon zu stehlen, es sei denn, er will unbedingt ein Souvenir.«

Anne sah zur Bühne hinüber und spürte, wie sie plötzlich ganz ruhig wurde. »Ich habe einen Plan.«

Hiro murmelte kaum hörbar: »Bitte mach, dass ich nicht

zaubern muss. Bitte mach, dass ich nicht zaubern muss. Bitte mach, dass ich nicht …«

»Entspann dich, du musst nicht zaubern«, beschwichtigte ihn Anne. Wer Magie anwendete, zahlte dafür immer einen Preis. In Hiros Fall bedeutete das, dass jedes Mal wenn er zauberte, irgendetwas Unvorhergesehenes passierte. Meistens nichts Gutes. »Zumindest jetzt noch nicht«, fuhr sie fort. »Wenn es mir gelingt, meinen Handschuh zurückzukriegen, habe ich die Kontrolle über die Eisernen Ritter. Oder die Kupfernen Ritter oder was auch immer die sind. Dann ist nur noch der Dieb übrig, um den wir uns kümmern müssen.«

»Und wie lautet der Plan?« Penelope rieb sich begierig die Hände.

Anne zeigte auf den oberen Rand der Metallgitter, wo durch die Wölbung der Decke eine schmale Lücke entstand. »Ich glaube, da passe ich durch. Ich muss nur irgendwie da rauf.«

Penelope betrachtete die Lücke. »Ich könnte versuchen, dich hochzuwerfen.«

Anne verdrehte die Augen. »Wieso überrascht mich dieser Vorschlag kein bisschen?«

»Wenn Penelope und ich unsere Arme miteinander verschränken, könnten wir so eine Art Brücke bilden, auf die du dich stellen kannst«, meinte Hiro.

»Perfekt«, antwortete Anne.

Nach einigen Anläufen gelang es Penelope und Hiro, eine stabile Standfläche zu schaffen. Sie gingen in die Hocke, damit

Anne auf ihre Arme klettern konnte. Sobald sie sicher stand, hoben sie sie in die Höhe.

Penelope grunzte. »Weißt du, dafür, dass du so klein bist, bist du überraschend schwer.«

»Na, vielen Dank auch«, erwiderte Anne.

Sie streckte die Arme so weit nach oben, wie sie konnte. Ihre Fingerspitzen reichten gerade eben bis zum Rand des Gitters.

»Ich komm nicht ganz ran«, ächzte sie. »Sosehr ich es auch hasse, das sagen zu müssen, aber ich glaube, ihr müsst mich doch hochwerfen.«

»Also auf drei«, kündigte Penelope an. »Eins, zwei …« Bei *drei* schleuderten Hiro und sie Anne in die Luft. Anne bekam den oberen Rand des Gitters zu fassen und schwang ein Bein hinüber. Danach war es ein Leichtes, ihren Körper durch die Öffnung zu zwängen und sich auf der anderen Seite fallen zu lassen. Das Klappern des Gitters hallte dröhnend durch die Bibliothek, doch weder die Kupfernen Ritter noch der Junge kamen, um nachzusehen.

»Wartet hier«, flüsterte Anne.

In geduckter Haltung schlich sie an den Lesepulten vorbei nach vorne. Ihre Augen suchten die Umgebung ab, und ihre Ohren lauschten auf jedes noch so kleine Geräusch, das darauf hindeuten konnte, dass jemand in der Nähe war. Wenn einer der Kupfernen Ritter sie sah, würden alle angelaufen kommen und sie schnappen. Sie eilte an Rokk vorbei, ohne anzuhalten. So gerne sie auch nach ihm sehen wollte, musste sie doch erst die Kupfernen Ritter ausschalten. Leise huschte sie durch den Mittelgang und auf die Bühne. Seltsamerweise waren die reglosen Körper der Komiteemitglieder bewegt worden und lagen nun zusammen mit Jocelyn ordentlich aufgereiht nebeneinander. Hatten die Ritter das getan?

Plötzlich erklangen Schritte, die sich schnell näherten. Hastig legte sich Anne neben Jocelyn auf den Boden. Gleich darauf trat der Junge hinter einem der Bücherregale hervor und lief auf die Bühne. Er hielt eine weitere Holztafel in der Hand und war so darin vertieft, dass ihm der zusätzliche Körper gar nicht auffiel.

Nachdem er an ihr vorbeigegangen war, stand Anne ganz leise auf, zog ebenso geräuschlos Jocelyns Degen und räusperte sich. Der Junge fuhr herum und erstarrte. Die Spitze des Degens war auf seine Brust gerichtet.

»Kein Wort«, raunte Anne.

Der Junge nickte.

»Gut«, sagte Anne. »Dann leg jetzt den Panzerhandschuh auf den Boden und geh langsam von ihm weg.«

Der Junge streifte den Handschuh ab, legte ihn auf die Bühne und trat einige Schritte zurück. Er wirkte beinahe verängstigt, was Anne überraschte. Sie hatte eigentlich mit deutlich mehr Gegenwehr gerechnet. Überglücklich griff sie nach ihrem Panzerhandschuh.

Einer der Kupfernen Ritter bog um die Ecke.

»Halte sie auf!«, schrie der Junge.

Der Ritter zögerte nicht. Blitzschnell schob Anne ihre linke Hand in den Handschuh und hielt sie in die Höhe, um den Ritter zum Stehenbleiben zu zwingen. Zu ihrem Entsetzen kam er jedoch weiter auf sie zu. Den Handschuh immer noch ausgestreckt, wich Anne langsam zurück. Sie war sich so sicher gewesen, dass sie die Ritter unter Kontrolle bringen konnte, dass sie sich keinen Plan B zurechtgelegt hatte.

Der Ritter hob seinen Stab.

»Nein!«, rief der Junge. »Du könntest den Handschuh beschädigen.« Er hielt Anne die Hand hin. »Gib ihn mir zurück, und ich befehle den Rittern, dich gehen zu lassen.«

»Der Panzerhandschuh gehört mir«, erwiderte Anne entschlossen. »Aber wenn du mir sagst, wonach du suchst, und aufhörst, unschuldige Leute zu erschrecken und zu bedrohen, wäre ich eventuell bereit …«

Sie kam nicht dazu, ihren Satz zu beenden. Der Handschuh riss plötzlich ihren Arm nach hinten und begann, sie in die entgegengesetzte Richtung zu ziehen. Sie versuchte, ihn abzustreifen, aber er hatte sich selbst zu einer Faust geballt, und sie bekam ihre Finger nicht auseinander. Taumelnd stolperte sie zum Rand der Bühne und fiel zu Boden. Der Ritter stürzte sich auf sie, griff jedoch ins Leere.

Der Handschuh schleifte Anne über den Boden, bog abrupt in den Durchgang zwischen zwei Regalreihen und hielt auf eine der Glasvitrinen in der Nische am anderen Ende zu. Anne bemerkte, dass die Vitrine heftig vibrierte. Und schlimmer noch: Eine uralte Holztafel, auf der ein ebenso uraltes Medaillon befestigt war, warf sich klappernd gegen die Glastür.

Ohne die Fahrt zu verlangsamen, ließ der Handschuh Anne mit voller Wucht gegen die Vitrine krachen. Trotz ihrer zierlichen Statur reichte der Schwung aus, um die Vitrine umzuwerfen. Das Glas zersprang in eine Million winziger Scherben, die auf Anne herabregneten.

Anne wagte nicht, sich zu rühren. Sie lag inmitten der zerborstenen Überreste der Vitrine, doch die Scherben hatten sich wie durch Zauberhand in winzige Glasperlen verwandelt. Das erklärte auch, warum sie keinen einzigen Kratzer abbekommen hatte. Die alte Holztafel lag neben ihr, aber das kleine Kupfermedaillon darauf hatte sich gelöst. Ehe Anne wusste, wie ihr geschah, machte das Medaillon einen Satz und fügte sich mit einem Klicken in die Vertiefung an ihrem Panzerhandschuh.

Annes Arm begann, wie wild zu zucken. Sie setzte sich auf die Knie und versuchte verzweifelt, den Handschuh abzustreifen, obwohl sie genau wusste, dass es dafür zu spät war. Das Medaillon glühte auf, und der Handschuh wurde heiß. Ein pulsierender Schmerz durchfuhr ihren Arm, und sie stieß einen Schrei aus. Sie hörte Schritte näher kommen, schenkte ihnen jedoch keine Beachtung, weil sie ihre gesamte Konzentration dafür aufbringen musste, nicht das Bewusstsein zu verlieren. Dann ließ die Hitze langsam nach. Mit letzter Kraft kroch Anne von der zersplitterten Vitrine weg und brach auf den kühlen Bodenfliesen zusammen. Als sie schließlich den Blick hob, entdeckte sie den Jungen und die sieben Kupfernen Ritter, die auf sie herabsahen.

»Es hat begonnen«, sagte der Junge.

Hinter ihm schlugen sich die Ritter mit ihren Stäben auf die Brust.

»Es hat begonnen«, sprachen sie ihm wie aus einem Mund nach.

»Tötet die Königin«, fuhr der Junge fort.

»Tötet die Königin«, wiederholten die Ritter.

Einer von ihnen trat auf Anne zu. »Gib uns das Medaillon.«

Instinktiv drückte Anne den Handschuh an ihre Brust.

»Lass sie in Ruhe«, sagte der Junge. »Es ist sowieso zu spät.«

Der Ritter ignorierte ihn. Er beugte sich vor und wollte nach Anne greifen …

… als ein dunkler Schatten von oben auf ihn herabstieß und ihn zu Boden warf. Nana war gekommen. Der Ritter versuchte mühsam, sich aufzurappeln, doch die Drachendame holte mit ihrem Schwanz aus und fegte ihn erneut von den Füßen. Durch die Wucht des Aufschlags flogen die Glasperlen in alle Richtungen. Eine seltsam geformte prallte sogar von Annes Stirn ab. Danach rührte sich der Ritter nicht mehr. Nana hockte sich auf seine Brust und stieß ein tiefes Grollen aus.

Der Junge wandte sich zu den sechs anderen Rittern um.

»Gehen wir«, befahl er.

Einer der Ritter hob den Jungen auf seine Schultern. Dann

rannten sie davon, stießen sich mit schier unglaublicher Kraft vom Boden ab und verschwanden durch die Drachentür hoch oben in der Bibliothekswand nach draußen.

Während Anne noch auf dem Boden lag und zu begreifen versuchte, was gerade geschehen war, brach plötzlich ein gleißend heller Lichtstrahl aus dem Handschuh hervor. Ein kleiner regenbogenfarbener Sperling kam zum Vorschein.

»Na, das ging ja schnell«, meinte der Sperling. »Ist es schon wieder Zeit für ein neues Abenteuer?«

DER OFFIZIELLE AMTSEID
DER KÖNIGLICHEN BIBLIOTHEKARE:

Weder lautes Reden noch Eselsohren noch unbezahlte Überziehungsgebühren noch der funzelige Lampenschein in der hintersten Ecke der Bibliothek, wo es echt gruselig ist, ja, nicht einmal hochklassiges magisches Sicherheitsglas werden mich davon abhalten, ein gewünschtes Buch schnellstmöglich herbeizuschaffen.

4

Das Kupfermedaillon

Der Sperling hieß Jeffery. Er war das Navi (kurz für: Nutzer Anweisendes Vogel-Informationssystem), das in Annes Panzerhandschuh steckte, und kam nur heraus, wenn eine Abenteuermission aktiviert wurde. Normalerweise musste er mit dem Befehl »Navi aktivieren« herbeigerufen werden, aber manchmal schien er seinen eigenen Kopf zu haben. Sein Erscheinen bestätigte nur, was Anne schon befürchtet hatte:

Das Medaillon war tatsächlich echt.

Was bedeutete, dass sie soeben eine neue Abenteuermission aktiviert hatte.

Anne starrte das Medaillon an. Es unterschied sich kaum von dem ihrer ersten Mission, nur dass dieses aus Kupfer statt aus Silber war und keinen Kratzer auf dem Deckel hatte. Dafür war das gleiche Drachensymbol vorne eingeprägt – das Zeichen von Zarala.

Nana kauerte sich neben Anne. »Bist du verletzt?«

Anne horchte einen Moment in sich hinein. »Ich glaube nicht.«

Ein metallisches Krachen hallte durch den Raum, und gleich darauf kam Penelope angerannt. Sie ließ sich neben Anne auf die Knie fallen, wodurch die Glasperlen in alle Richtungen davonrollten.

»Was ist los?«, fragte Anne.

»Hauptmann Copperhelm ist gerade angekommen und hat das Gitter aufgebrochen«, erklärte Penelope. »Er hat die Palastwache auf die Kupfernen Ritter angesetzt, aber ich hab meine Zweifel, dass sie die einholen wird. Diese Ritter sind echt superschnell.« Penelope stieß den Ritter auf dem Boden mit der Fußspitze an. »Wie hast du den besiegt?«

»Nana hat ihn aufgehalten«, sagte Anne. Sie sah zu der Drachendame hoch. »Danke übrigens.«

Nana grunzte. »Niemand greift die Schüler meiner Akademie an, solange ich in der Nähe bin.«

Anne wurde ganz warm ums Herz. So grantig sich Nana auch manchmal gab, wusste Anne doch, was für eine treue Seele sie in Wahrheit war.

Hiro kam durch den Gang gestürmt und blieb vor ihnen stehen. »Dem Himmel sei Dank, dir geht es gut. Wir haben versucht, das Gitter aufzubekommen, aber wir wollten auch nicht zu viel Lärm machen, um nicht versehentlich die Aufmerksamkeit auf dich zu lenken.«

Penelope schnaubte. »Ich hab ihm gesagt, dass Magie ganz

leise ist, aber er hat bloß die ganze Zeit irgendwas von unbeabsichtigten Nebenwirkungen gefaselt.«

Hiro reckte trotzig das Kinn nach vorne. »Das ist eine völlig berechtigte Sorge. Jemand hätte verletzt werden können. Außerdem: Wer weiß, was man hier im Palast für Strafen aufgebrummt bekommt, wenn man seine Zaubersprüche in den Sand setzt?«

»Ich fürchte, uns drohen auch so ein paar saftige Strafen«, bemerkte Anne und zeigte den anderen das Medaillon.

»Äh, bedeutet das, was ich glaube?«, fragte Penelope.

Jeffery ließ sich auf Annes Knie nieder und winkte. »Hallöchen!«

»Was … wann … wo … warum?«, stammelte Hiro.

»Damit hättest du vier der fünf W-Fragen abgedeckt«, sagte Jeffery. »Fehlt noch *wer*, aber die Antwort darauf dürfte offensichtlich sein.«

Hiro griff so heftig nach Annes Arm, dass er ihr fast die Schulter ausgerenkt hätte. »Woher hast du das Medaillon?«

Anne riss sich los. »Hey, jetzt mach mal langsam. Das Medaillon war an der Holztafel in dieser Vitrine da befestigt.«

Hiro kniete sich hin und nahm die Tafel in Augenschein. »Das sieht nicht aus, als wäre es nachgemacht. Ich denke, es ist echt.«

»Ich weiß«, erwiderte Anne, und ihr rutschte das Herz noch ein Stückchen weiter in die Hose. Wie viel Ärger blühte ihr wohl, weil sie schon wieder eine Mission aktiviert hatte? »Bevor er abgehauen ist, hat der Junge noch irgendwas gesagt, das klang, als hätte er vor, die Königin zu töten. Wir sollten lieber schnell die Palastwache informieren.«

»Holla«, meinte Penelope. »Jeffery, was für eine Mission ist das?«

»Eine Drachentöter-Mission«, zwitscherte Jeffery.

»Was?«, riefen Anne, Penelope und Hiro einstimmig, während Nana knurrte: »Wie bitte?«

»Eine Drachentöter-Mission«, wiederholte Jeffery. »Das heißt, eine Mission, bei der es darum geht, einen Drachen zu töten. Also abzumurksen, falls ihr das besser versteht. Und in diesem Fall geht es nicht um irgendeinen Drachen, sondern um die Drachenkönigin.«

Nana räusperte sich demonstrativ.

Anne spürte, wie ihre Wangen zu glühen begannen. »Nana, ich hatte keine Ahnung, dass es solche Missionen überhaupt gibt. Ich meine, ich wusste ja nicht mal, dass das Medaillon hier ist. Ich hätte niemals …«

»Schon gut«, antwortete Nana. »Ich weiß, das ist nicht deine Schuld. Trotzdem haben wir jetzt ein Problem.«

»Ich habe nicht vor, die Drachenkönigin oder irgendeinen anderen Drachen zu töten, falls du das glaubst«, versicherte Anne entschlossen. »Zur Not falle ich eben durch, wenn es gar nicht anders geht.«

»Deinetwegen mache ich mir keine Sorgen«, meinte Nana. »Aber du hast den Jungen und seine Kupfernen Ritter gehört.

Sie werden versuchen, die Königin zu töten. Und tot ist tot, egal, wer es am Ende war.«

»Aber es ist nicht ihre Mission.«

»Kann sein, dass die Angelegenheit deutlich komplizierter ist. Selbst wenn sie sie nicht töten, könnte allein die Tatsache, dass die Mission aktiviert worden ist, einen Krieg zwischen den Drachen und der Hierarchie auslösen. So oder so befürchte ich, dass diese Mission noch für großen Ärger sorgen wird.«

»Wie wahr, wie wahr«, meldete sich eine tiefe Stimme hinter ihnen zu Wort.

Sie fuhren herum. Im Gang stand ein großer Mann mit erkennbar gebräunter Haut, dunklem, an den Schläfen ergrautem Haar und einem markanten Kinn. Sein anthrazitfarbenes Jackett war frisch gebügelt, und seine schwarzen Lederstiefel glänzten. Auf seiner Schulter hockte eine Krähe. Hinter ihm folgten die sechs Mitglieder des Preiskomitees und Jocelyn.

Anne und Penelope rappelten sich hoch.

»L-lord Greystone«, stotterte Hiro.

»Was machen Sie denn hier?«, fragte Penelope.

Kurz huschte ein Hauch von Verärgerung über Greystones Gesicht. »Das hier ist die Verleihung des Preises der Abenteuerakademien. Ich bin der Abenteuerminister. Wo sollte ich also sonst sein?«

Jocelyn schien ausdruckslos vor sich hin zu starren. Anne ging zu ihr. »Alles okay?«

»Mir geht's gut, Liebes«, erwiderte Jocelyn geistesabwesend, während sie weiter Löcher in die Luft starrte.

Bevor Anne nachhaken konnte, meldete sich Hiro zu Wort. »Wir müssen den Drachen Bescheid geben«, sagte er. »Damit sie wissen, was passiert ist.«

»Niemand sagt hier irgendwem Bescheid«, verkündete Greystone. »Ich habe angeordnet, dass die Hauptstadt abgeriegelt wird. Niemand kommt rein oder raus, bevor wir die Schuldigen gefasst haben, die hinter diesem grundlosen Angriff stecken.«

»Aber es wurde eine Drachentöter-Mission aktiviert«, protestierte Anne.

Greystone lächelte. »Aus dem Grund nehme ich euch drei auch unter Arrest.«

Anne runzelte die Stirn. »Arrest?«

»Das Töten von Drachen ist illegal«, erklärte Hiro. »Die Hierarchie hat ein Abkommen mit den Drachen geschlossen, und eine Drachentöter-Mission zu aktivieren, ist ein klarer Verstoß gegen diese Vereinbarung.«

»Oh.«

»›Oh‹ trifft es ganz gut«, meinte Greystone.

»Aber wir müssen die Kupfernen Ritter aufhalten«, protestierte Anne. Sie warf Jocelyn einen flehenden Blick zu, die jedoch weiterhin ungewöhnlich schweigsam war. »Jocelyn, sagen Sie ihm, dass er uns gehen lassen muss.«

Jocelyn schüttelte den Kopf, als erwache sie aus einem Tagtraum, und sah Anne finster an. »Das werde ich nicht tun. Es ist Lord Greystones gutes Recht, euch so zu bestrafen, wie er es für angemessen hält. Und denkt dran, jeder Regelverstoß und jedes ungebührliche Betragen fließt in eure Endnote ein.«

Anne verschlug es den Atem. »Wir werden trotzdem noch benotet?«

Jocelyn zog eine Augenbraue hoch. »Ihr werdet immer benotet.«

Anne war von Jocelyns plötzlichem Gesinnungswandel wie vor den Kopf gestoßen. Der Blitz, mit dem der Kupferne Ritter sie beschossen hatte, musste sie ziemlich heftig erwischt haben. So kannte Anne sie gar nicht.

»Sobald der Palast gesichert ist, werfe ich euch in den Kerker«, kündigte Greystone an. »Bis dahin bleibt ihr drei hier in der Bibliothek. Unter Aufsicht, versteht sich.« Mit wehendem Umhang machte Lord Greystone auf dem Absatz kehrt und marschierte davon. Die Mitglieder des Preiskomitees folgten ihm.

Jocelyn wandte sich ebenfalls zum Gehen, doch Anne griff nach ihrer Hand und hielt sie zurück. »Bitte, Jocelyn, Sie müssen uns helfen.«

Jocelyn machte sich los. »Die korrekte Anrede lautet Professor Daisywheel, vielen Dank. Und ihr könnt euch am besten selbst helfen, indem ihr auf Lord Greystone hört und euch aus allem Ärger heraushaltet.« Ohne ein weiteres Wort entfernte sie sich.

Anne war sprachlos. Wie konnte in so kurzer Zeit nur so viel schiefgehen? Ihr Ausflug in die Hauptstadt verlief kein bisschen so, wie sie ihn sich vorgestellt hatte.

Hiro ließ sich gegen eines der Regale plumpsen. »Ich sollte ernsthaft darüber nachdenken, die Akademie zu wechseln.«

»Wie lautet die Mission denn genau?«, wollte Nana wissen.

»Hä?«, fragte Anne.

Nana deutete mit einem Kopfnicken auf Jeffery. »Das Missionsrätsel. Es würde zumindest schon mal helfen, wenn wir wüssten, womit wir es zu tun haben.«

Jeffery salutierte. »Kein Problem.« Er ließ sich auf einem Regalbrett nieder und sang mit schwermütiger Stimme:

Schmiede erneut die Klinge der fünfzehn Finger,
Weihe sie mit dem letzten Atemhauch eines wahren Erben,
Töte nicht die Königin der Drachen auf ihrem Thron,
und lass das Wunderwerk Herold des Todes sein.

Jefferys letzter Ton hallte traurig durch die Bibliothek.

»*Die Klinge der …* Was?«, wiederholte Anne. »*Weihe sie mit dem letzten …* Was?«

»Was für ein Harald?«, fragte Penelope.

»Nicht Harald. Ein Herold.«

»Was soll denn das für ein Name sein?«

»Kein Name«, erklärte Hiro. »Ein *Herold*. Das ist so eine Art Bote.«

»Ach so.« Penelope nickte. »Dann bedeutet es also: *Lass das Wunderwerk* Bote *des Todes sein?*«

»Ganz genau.«

»Und der Bote heißt Harald.«

Hiro schlug sich eine Hand vors Gesicht und schüttelte den Kopf.

»Moment mal«, wandte Anne ein. »Im Rätsel heißt es, ich soll die Königin *nicht* töten. Was ist das denn für eine Drachentöter-Mission, wenn man den Drachen nicht töten soll?«

»Genau genommen heißt es nur, du sollst sie nicht auf ihrem Thron töten«, meinte Hiro. »Das könnte also auch einfach heißen, dass du sie nicht töten sollst, solange sie sitzt.«

»Das wäre aber schon eine ziemliche Haarspalterei«, sagte Anne. »Vielleicht bedeutet *auf ihrem Thron* ja bloß *solange sie regiert.*«

»Aber wenn sie nicht regiert, ist sie auch nicht die Drachenkönigin«, gab Penelope zu bedenken.

»Das ist in der Tat kurios«, meldete sich Nana zu Wort. »Aber ich finde vor allem die letzte Zeile spannend. Bei uns Drachen gibt es die Redewendung: *Möge das Wunder des Lebens dich bis an sein Ende tragen.* Das sagt man, wenn man jemandem ein langes und freudvolles Leben wünscht.«

»Das ergibt ja noch viel weniger Sinn«, stöhnte Penelope.

»Zumal ein Wunder nicht ganz das Gleiche ist wie ein Wunderwerk«, warf Hiro ein.

»Darüber können wir uns später noch den Kopf zerbrechen«, beschloss Anne. Sie wandte sich an den Sperling. »Jeffery, wie viel Zeit haben wir für die Mission?« Für ihre letzte hatte sie lediglich vier Tage Zeit gehabt, und Anne hatte sie buchstäblich in letzter Sekunde abgeschlossen.

Jeffery legte den Kopf schief. »Hmmm, das ist merkwürdig. Wie es aussieht, gibt es keine Frist.«

»Eine Mission ohne Zeitlimit?«, fragte Hiro. »Ich glaube nicht, dass ich jemals von so etwas gehört habe.«

»Und was für ein Level hat sie?«, wollte Anne wissen.

Wieder legte Jeffery eine kurze Pause ein, als lauschte er auf eine weit entfernte Stimme, die nur er hören konnte. »Soweit ich das sehe, Level eins. Und es hat auch keinerlei Konsequenzen, wenn ihr sie nicht vollendet.«

»Abgesehen von einem Krieg mit den Drachen«, entgegnete Hiro. »Ich habe aber auch noch nie von einer Drachentöter-Mission gehört, die weniger als Level acht hatte.«

»Bist du dir da ganz sicher, Jeffery?«, hakte Anne noch mal nach.

»Also, wenn es noch mehr Informationen gibt, dann rückt das Medaillon sie jedenfalls nicht raus«, antwortete Jeffery. Er hüpfte auf den Panzerhandschuh und verpasste dem Medaillon einen Fußtritt.

Anne nahm das Medaillon noch einmal genauer in Augenschein. »Was bedeutet das nur alles?«

»Ich würde vermuten, dass diese Mission geschaffen wurde, um sicherzustellen, dass die Drachenkönigin unbehelligt leben kann«, meinte Nana. »Im Grunde ist das Ziel dieser Mission, sie eines natürlichen Todes sterben zu lassen.«

»Aber warum braucht man dafür eine eigene Mission?«, fragte Anne.

»Weil die Drachenkönigin nicht Teil einer anderen Mission werden kann, solange diese aktiv ist. Sie ist dadurch also faktisch geschützt, weil alle anderen Drachentöter-Missionen automatisch ihre Wirkung verlieren. Ziemlich genial, wenn man mal drüber nachdenkt.«

»Aber warum kommt dann ein Schwert darin vor?«, fragte Penelope. »Was bringt es, ein Schwert neu zu schmieden, wenn man es am Ende gar nicht braucht?«

»Das ist Standard«, erklärte Jeffery. »Es gehört zu den üblichen Anforderungen einer Drachentöter-Mission, dass ein berühmtes Schwert gefunden oder neu geschmiedet wird.«

»Aber das heißt doch eigentlich, dass die Drachenkönigin in Sicherheit ist, richtig?«, erkundigte sich Anne. »Dann müssen wir ihr das einfach nur sagen. Wegen so was würde sie doch bestimmt keinen Krieg beginnen, oder?«

»Theoretisch nicht, nein«, stimmte Nana zu. »Es sei denn natürlich, euer Dieb oder die Kupfernen Ritter sind die Offiziellen Antagonisten. Die Aufgabe des Antagonisten ist es, gegen den Helden der Mission zu arbeiten. Wenn es also wirklich deine Aufgabe ist, die Königin am Leben zu halten, dann ist es ihr Job, dich dabei scheitern zu lassen.«

»Jeffery, wer ist der Offizielle Antagonist?«

Jeffery schüttelte den Kopf. »Tut mir leid, mehr verrät das Medaillon nicht. Es verwehrt mir jeglichen Zugang zu weiteren Informationen. Ich kriege bloß eine Fehlermeldung mit dem Hinweis, dass diese Mission streng geheim ist. Wahrscheinlich, weil Drachentöter-Missionen illegal sind.«

Anne beschlich eine düstere Vorahnung. Sie steckte schon wieder mitten in einer Mission, die sie sich nicht ausgesucht hatte, und musste sich mit wer weiß was für Hindernissen rumschlagen.

»Und was jetzt?«, wollte Hiro wissen.

Anne betrachtete das Medaillon. »Irgendwer muss wohl den Dieb und seine Kupfernen Ritter aufhalten.«

»Und was heißt das für uns?«, fragte Penelope.

Anne kämpfte gegen die Panik an, die in ihr aufstieg. Sie wusste, was zu tun war, auch wenn sie sich nichts sehnlicher wünschte, als dass jemand kam und es ihr abnahm. Doch ihr blieb nichts anderes übrig, als das Unvermeidliche zu akzeptieren. Also atmete sie tief durch und tat genau das.

»Für uns heißt das«, verkündete sie entschlossen, »dass wir diese Mission antreten.«

DAS ULTIMATIVE HANDBUCH FÜR ABENTEURER

WIE MAN ERFOLGREICH ENTKOMMT

empfiehlt des Weiteren:

4) Sollten Sie versuchen, aus einem schwer bewachten Gebäude zu entkommen, kann es von Nutzen sein, für Ablenkung zu sorgen. (Zusatzbemerkung: Feuer lenkt ab.)
5) Sofern in dem betreffenden schwer bewachten Gebäude bereits die höchste Alarmstufe herrscht, ist es möglicherweise erforderlich, zu unkonventionelleren Mitteln zu greifen. Versuchen Sie es mit Magie.
6) Tunnel sind Todesfallen. Betrachten Sie sich hiermit als gewarnt.

5

Flucht aus der Hauptstadt

»Du willst diese Mission antreten?«, rief Hiro entsetzt. »Aber die ganze Hauptstadt ist abgeriegelt. Wenn wir da ausbrechen, werfen die uns vielleicht für den Rest unseres Lebens ins Gefängnis!«

Anne legte ihm eine Hand auf die Schulter. »Ich muss zugeben, dass die Sache nicht ganz ungefährlich ist, aber wenn diese Ritter wirklich vorhaben, die Drachenkönigin zu töten, bleibt uns wohl kaum eine andere Wahl. Außerdem ist das ja auch nicht das erste Mal, dass wir etwas Riskantes unternehmen.«

Hiro stöhnte. »Erinnere mich bloß nicht daran.«

Penelope rieb sich die Hände. »Ich find's jetzt schon toll. Also, was machen wir? Lenken wir die Wachleute ab? Oder rennen wir einfach los?«

»Erst mal brauchen wir einen Plan«, meinte Anne. »Weil offenbar sonst niemand vorhat, die Königin zu warnen, ist das wohl unsere Aufgabe. Nana, wie bekommt man am besten eine Audienz bei der Drachenkönigin?«

»Indem man sich nicht auf einer Drachentöter-Mission befindet«, erwiderte Nana trocken.

Anne verschränkte die Arme vor der Brust. »Ich meine es ernst.«

»Ich auch. Selbst für Drachen ist es fast unmöglich, zur Königin vorzudringen. Und diese Mission macht es nicht unbedingt einfacher, ganz egal, was ihr wahres Ziel ist. Das Beste, was ihr tun könnt, ist vermutlich, ihr ein Geschenk mitzubringen.«

»Ein Geschenk?«

»Traditionell ist es so, dass Menschen, die ein Treffen mit der Königin ersuchen, ihr eine berühmte Waffe schenken. Die Idee dahinter ist, dass sie sich gewissermaßen selbst schwächen, bevor sie sich ihr nähern. Im Gegenzug darf ihr dann jedes Mitglied der Gruppe eine Frage stellen, und sie wird sie wahrheitsgemäß beantworten.«

»Sie kann jede Frage beantworten?«, hakte Anne nach.

»Ja. Jeder Drachenherrscher besitzt eine Gabe, die sich ›der Blick des Sehenden‹ nennt. Dadurch können sie auf jede Frage eine zutreffende Antwort geben, aber das funktioniert nur einmal pro Person.«

Anne wusste sofort, wonach sie die Königin fragen wollte: nach ihrer Herkunft, nach der wahren Bedeutung von Projekt A.N.V.I.L. Würde sie wirklich die Gelegenheit dazu erhalten?

»Und wo sollen wir eine berühmte Waffe finden?«, moserte Hiro. »Die Dinger liegen ja nun nicht überall herum.«

Anne schüttelte ihren Tagtraum ab. »Die Klinge der fünfzehn Finger«, sagte sie, als ihr die erste Zeile des Missionsrätsels wieder einfiel.

»Fantastisch«, rief Penelope.

»Jeffery hat doch gesagt, zu jeder Drachentöter-Mission gehört eine berühmte Waffe, oder?«

Nana nickte. »Ich denke, das dürfte reichen. Wenn ihr diese Waffe findet, habt ihr nicht nur ein Geschenk für die Königin, sondern verhindert gleichzeitig, dass der Dieb und die Kupfernen Ritter sie in die Hände bekommen und gegen die Königin einsetzen. Damit schlagt ihr zwei Fliegen mit einer Klappe.«

»Keine Tierquälerei, wenn ich bitten darf«, tschilpte Jeffery.

»Nicht mal, wenn es um winzige fliegende Nervensägen geht?«, erwiderte Nana zuckersüß.

»Nicht mal … Hey!«

»Wenn wir die Waffe gefunden haben, kannst du uns dann zur Königin bringen?«, fragte Anne Nana.

Die Drachendame schüttelte den Kopf. »Ich würde euch wirklich gerne helfen, aber es ist mir nicht gestattet, mich in irgendeiner Form an einer Drachentöter-Mission zu beteiligen. Die Gründe dafür dürften auf der Hand liegen. Aber es ist sowieso zu gefährlich für euch, einfach vor aller Augen in der Gegend herumzureisen. Begebt euch nach unten in die Mine, sobald ihr wisst, wo ihr hinmüsst, und folgt dem westlichen

Tunnel bis ganz zum Ende. Dort gibt es eine Anlegestelle. Ich suche Copperhelm und sage ihm, er soll ein Luftschiff besorgen und euch dort abholen. Das ist alles, was ich für euch tun kann.«

»Glaubst du wirklich, dass er eins bekommt?«, fragte Anne.

Nana schnaubte. »So wie er alle naselang das Kommando übernimmt, hat er mittlerweile vermutlich schon eine ganze Flotte zusammen.«

Anne schlang die Arme um Nanas Hals und umarmte sie ganz fest. »Danke für alles.«

Nana grunzte. »Jetzt werd mal nicht gleich sentimental.«

Anne trat zurück, und die Drachendame erhob sich in die Lüfte und flog durch das runde Loch in der Wand davon. Während Anne ihr nachsah, fühlte sie, wie ihr ein Stein vom Herzen fiel. Klar, sie steckten immer noch bis zum Hals in Schwierigkeiten, aber jetzt hatten sie zumindest schon mal einen Plan.

»Und wie sollen wir bitte rausfinden, was es mit dem Schwert auf sich hat?«, fragte Penelope.

Anne deutete mit einer ausholenden Bewegung auf die Bücherregale rundherum.

Penelope wurde rot. »Ach so, klar …«

»Ich kann euch helfen«, bot Jeffery an. »Lasst mich einfach an ein paar saftigen Bänden knabbern.« Jefferys Art, an Informationen zu kommen, bestand darin, Bücher zu essen. Dementsprechend war es ein ständiger Kampf, ihn davon abzuhalten, alles zu verschlingen, was auch nur ansatzweise beschriftet war.

Anne wackelte mahnend mit dem Zeigefinger. »An der Königlichen Bibliothek wird nicht geknabbert.«

»Aber hier gibt es doch so viele Bücher!«, protestierte Jeffery. »Denen wird es gar nicht auffallen, wenn ein oder zwei davon fehlen. Oder zehn. Oder tausend.« Er setzte eine Unschuldsmiene auf.

»Das Schwert kommt gleich in der ersten Zeile des Rätsels vor, also sollten wir damit wahrscheinlich auch anfangen«, meinte Hiro. »Die Schwerterabteilung ist direkt über uns.«

Mit Hiro an der Spitze stiegen sie die Wendeltreppe in den dritten Stock hoch und machten die betreffenden Regale ausfindig. Hiro zog zwei große Bücher heraus, setzte sich auf den Boden und begann, beide gleichzeitig durchzublättern.

»Wie macht er das nur?«, fragte Penelope kopfschüttelnd.

Anne suchte sich ebenfalls ein Buch aus und gab Penelope auch eins. Annes Buch enthielt fast nur Bilder, sodass sie die einzelnen Seiten nur zu überfliegen brauchte. Nachdem sie ungefähr zur Hälfte durch war, fiel ihr allerdings ein Problem auf.

»Ich bin verwirrt«, sagte sie zu den anderen. »Hier gibt es ein ganzes Kapitel über Klingen, die fünfzehn Finger lang sind.«

Penelope sah ihr über die Schulter. »Die Länge einer Klinge wird in Fingern angegeben. Fünfzehn ist eigentlich Standard.«

Hiro blickte von seinen Büchern hoch. »Woher weißt du das?«

»Aus meinem Training mit Hauptmann Copperhelm«, entgegnete Penelope. »Zwölf bis fünfzehn Finger sind die typische Länge eines Kurzschwerts. Bei einem Langschwert sind es fünfunddreißig bis dreiundvierzig Finger.«

Hiro betrachtete die Bücher vor ihm auf dem Boden. »Aber wenn die so weit verbreitet sind, woher sollen wir dann wissen, auf welches sich das Rätsel bezieht?«

Anne blätterte zum Inhaltsverzeichnis ihres Buchs zurück. »Wenn Schwerter in Fingern gemessen werden, warum gibt es hier dann auch Kapitel über ein- und zweihändige Schwerter?«

»Das ist eine weitere Möglichkeit, sie zu kategorisieren, auch wenn die weniger oft genutzt wird«, erklärte Penelope. »Die Angaben beziehen sich auf den Griff, nicht auf die Klinge. Aber unterm Strich läuft es auf dasselbe hinaus. Fünf Finger sind so viel wie eine Hand.«

»Fünfzehn Finger wären demnach also drei Hände, richtig?«, erkundigte sich Anne.

Penelope lachte. »Schon, aber dreihändige Schwerter gibt es nicht.«

»Das wissen wir erst, wenn wir nachsehen«, erwiderte Anne.

Sie wandten sich wieder ihren Büchern zu und arbeiteten sich auf diese Weise langsam durch das gesamte Regal. Sie lasen Bücher über Schwerter, über die Herstellung von Schwertern und sogar übers Schwertschlucken. Doch auch Stunden später waren sie noch keinen Schritt weiter. Sie hatten sämtliche Bücher durchforstet, die sich auch nur ansatzweise mit Schwertern befassten, aber in keinem davon hatte irgendetwas über ein dreihändiges Schwert gestanden. Inzwischen war es später Nachmittag, und Annes Magen knurrte unerträglich.

Penelope streckte sich auf dem Boden aus. »Ich hab's euch ja gesagt«, meinte sie. »Dreihändige Waffen gibt es einfach nicht.«

Anne blätterte weiter stur in ihrem Buch. »Aber das muss es. Das ist unser einziger Hinweis.«

»Also, wenn nicht zufällig plötzlich eins der Bücher aus dem Regal fällt und auf wundersame Weise genau auf einer Seite über dreihändige Schwerter aufschlägt, die wir bis dahin übersehen haben, haben wir wohl Pech gehabt.«

Ein breites Grinsen stahl sich auf Annes Gesicht. »Du hast recht. Genau das brauchen wir jetzt.« Sie schob die Hand in die Innentasche ihres Mantels und zog ein schmales rotes Büchlein hervor, in dessen Einband eine tiefe Schnittwunde klaffte, die notdürftig geflickt worden war.

Penelope setzte sich auf. »Du hast das Handbuch mitgebracht?«

»Das habe ich immer dabei.«

Anne hatte *Das ultimative Handbuch für Abenteurer* in der Bibliothek von Saint Lupin's gefunden. Dabei handelte es sich um ein magisches Buch, das Abenteurer immer genau zur rechten Zeit mit den nötigen Informationen versorgte. Leider war das Handbuch während ihrer ersten Mission von einem Schwert durchbohrt und schwer beschädigt worden. Anne hatte ihr Bestes gegeben, es zu reparieren. Doch das war ihr nur bedingt gelungen.

»Funktioniert es?«, wollte Hiro wissen.

Anne betrachtete den Einband. Dort stand momentan: *Das informative Kochbuch für Angelfreunde. Wie man Brokkoli zubereitet.*

»Äh, keine Ahnung.«

Sie schüttelte das Buch, und der Titel veränderte sich zu *Das ultimative Handbuch für Abenteurer. Berühmte Waffen der Hierarchie.*

»Schon besser.«

Anne schlug die erste Seite auf. »Hört euch das mal an«, rief sie aufgeregt und las vor: »Das Dreihändige Schwert des Wächters ist eines der mächtigsten Artefakte aus der Alten Welt. Es wurde von einer Schmiedin gefertigt, die den klangvollen Namen Äbtissin der Schwerter trug, und ist die einzige Waffe, die in der Lage ist, einen Drachenherrscher zu töten.« Anne ließ das Buch sinken und strahlte. »Das muss die Waffe sein, um die es im Rätsel geht.«

»Steht da zufällig auch, wo man es finden kann?«, fragte Penelope.

Anne überflog die Seite. »Nein.«

»Das stimmt nicht ganz«, wandte Hiro ein. »Es heißt, dass

es von einer Äbtissin geschmiedet wurde. Den Titel trägt normalerweise nur jemand, der einer Abtei vorsteht. Wenn wir rauskriegen, um welche Abtei es sich handelt, hätten wir zumindest schon mal einen Ort, wo wir mit der Suche anfangen können.«

Anne schlug das Buch zu und schob es wieder in ihre Tasche. »Das sollte für den Anfang reichen. Hauptmann Copperhelm wartet wahrscheinlich schon an der Anlegestelle auf uns, wir sollten uns also lieber auf den Weg in die Mine machen.«

Sie liefen die Treppe nach unten ins Erdgeschoss und schlichen durch den Mittelgang zum Ausgang der Bibliothek, wo sie hinter einem Regal in Deckung gingen und vorsichtig um die Ecke lugten. Zwei Wachposten standen vor der Tür.

»Wie sollen wir an den vorbeikommen?«, flüsterte Hiro sorgenvoll.

»Keine Angst, die übernehme ich«, verkündete Penelope und trat aus der Deckung, bevor Anne oder Hiro sie aufhalten konnten. Dann ging sie schnurstracks auf die Wachleute zu. Anne und Hiro folgten ihr.

»Und was glaubt ihr, wo ihr hinwollt?«, fragte der Wachmann.

»Wir hauen ab«, antwortete Penelope.

Die Wachposten wechselten einen Blick und prusteten lauthals los.

»Sagt wer?«, fragte die Wachfrau.

»Die Sicherheitsverordnung. Paragraf 111, Abschnitt A. Meinen Berechnungen zufolge stehen Sie beide schon seit mehr als drei Stunden hier rum. Das heißt, Sie sind verpflichtet, zum Ausgleich eine ebenso lange Pause einzulegen.«

Die Wachposten wirkten plötzlich ziemlich betreten.

»Wir hatten schon Pause«, sagte der Wachmann. »Vor einer Weile.«

Penelope verschränkte die Arme vor der Brust. »Und da haben Sie die volle Pflichtzeit ausgeschöpft?«

Die Wachfrau ließ den Kopf hängen. »Nein. Uns ist das Nichtstun zu langweilig geworden, und da haben wir beschlossen, früher auf unseren Posten zurückzukehren.«

Penelope schüttelte den Kopf. »Was für eine Schande. Mir ist in meinem ganzen Leben noch kein Wachmann untergekommen, der derart nützlich und ununaufmerksam war wie Sie beide. Vielleicht sollte mal jemand mit Ihrem Vorgesetzten darüber reden, wie Sie Ihre Zeit sinnvoller verschwenden können.«

»Bitte«, flehte der Wachmann. »Wir versprechen es. Das ist unser allererster Regelverstoß. Ich weiß nicht, was über uns gekommen ist. Normalerweise liebe ich es, fürs Nichtstun bezahlt zu werden. Ich bin sogar mal zur Schlafmütze des Monats gekürt worden.«

Die Wachfrau nickte eifrig.

Penelope strich sich nachdenklich übers Kinn. »Nun ja, unter Umständen wären wir bereit, dieses eine Mal über Ihr fehlendes Fehlverhalten hinwegzusehen. Aber dafür erwarte ich ab sofort tadelloses Faulenzen.«

Die beiden Wachposten wirkten erleichtert. »Oh, wir fangen gleich damit an, Miss. Wir können auf der Stelle rumgammeln. Ich hätte da sogar ein paar Würfel in der Tasche.«

»Und wir können einfach hier rausspazieren?«, fragte Penelope.

»Wir haben euch gar nicht gesehen«, beteuerte die Wachfrau.

Die Wachposten verzogen sich, und Penelope führte Anne und Hiro aus der Bibliothek. Sie liefen den Weg zurück, den sie gekommen waren: durch die zahlreichen verschlungenen Korridore des Palasts über den Hauptflur bis zum Palasteingang.

Unterwegs meinte Anne: »Das war fantastisch, Pen.«

Penelope reckte stolz das Kinn. »Wenn man mit Hauptmann Copperhelm trainiert, bekommt man das eine oder andere mit.«

»Ich bin beeindruckt, dass du den genauen Paragrafen kanntest«, staunte Hiro.

Penelope grinste. »Ich hatte nicht die leiseste Ahnung. Aber Copperhelm sagt, dass die meisten Wachleute sich auch nicht damit auskennen. Man muss es nur richtig rüberbringen.«

Vor dem Palasteingang tummelten sich weitere Wachleute, aber keiner von ihnen schien die drei Nachwuchsabenteurer zu bemerken. Und wenn doch, waren sie ihnen wohl egal.

Anne, Penelope und Hiro eilten zu der Nische, in der der Mineneingang lag. Anne drückte auf die Klinke, aber die Tür rührte sich nicht vom Fleck. Also zog sie ihr neues Multifunktions-Taschenmesser hervor, das sie gebastelt hatte, nachdem sie ihr altes im Auge eines Zombiehais verloren hatte. Sie kniete sich vors Schlüsselloch und begann, das Schloss zu knacken.

»Beeil dich«, flüsterte Penelope.

»Ich mach ja, ich mach ja«, zischte Anne.

Einer der Wachmänner von der Sicherheitskontrolle sah zu ihnen rüber. »Kann ich euch Kindern helfen?«

Das Schloss gab nach.

»Ich hab's«, sagte Anne, und die Tür ging auf.

»Hey, halt!«, rief der Wachmann. »In dem Bereich ist der Zutritt verboten!«

Schnell schlüpften die drei Abenteurer durch die Tür. Anne schaffte es, das Schloss im selben Moment zu verriegeln, als der Wachmann von draußen auf die Klinke drückte.

Sie konnten hören, wie er auf der anderen Seite der Tür brüllte: »Ich brauche den Schlüssel!«

Vor ihnen lag eine steile Treppe, die von Fackeln erhellt wurde und weit in die Tiefe führte – weiter, als sie von hier aus sehen konnten. Anne und Penelope rannten los, immer zwei Stufen auf einmal nehmend, aber Hiro blieb oben stehen und betrachtete die Tür.

Anne bremste ab. »Hiro, komm schon!«

Hiro leckte sich die Lippen. »Sobald sie die Tür aufkriegen, dauert es nicht lange, bis sie uns einholen. Ich habe eine Idee.« Er zog ein dünnes grünes Buch aus seiner Manteltasche. Anne erkannte die neueste Ausgabe des Versandhauskatalogs des Rats der Zauberer, den er als Zauberbuch benutzte. Hiro erklärte: »Diesen Monat war der Brennpunkt-Zauber dabei. Damit kann ich die Tür zuschweißen wie es die Ritter vorhin in der Bibliothek getan haben.«

Anne und Penelope rannten zurück nach oben. »Ich hab kein gutes Gefühl dabei«, meinte Penelope.

Draußen erklangen weitere Rufe. »Ich weiß nicht, ob das der geeignete Zeitpunkt ist, deine Zauberkraft auszuprobieren«, gab auch Anne zu bedenken.

»Vertraut mir, ich kriege das hin«, versicherte Hiro.

Anne nickte, wenn auch zögerlich. Immerhin war Hiro nun mal der Zauberer ihrer Gruppe, und im Grunde hatte er recht: Sie konnten nicht schnell genug rennen, um den Wachleuten langfristig zu entkommen. Hiro hob die Hand, zielte auf das Schloss und begann, seinen Spruch aufzusagen. Ein stecknadelkopfgroßer weißer Lichtpunkt erschien, und das Schloss fing an zu glühen.

»Wow, das funktioniert ja echt«, stellte Penelope überrascht fest.

Das Schloss glühte heller und heller. Dann rutschte es ein Stück nach unten. Und dann noch ein ganzes Stück weiter.

»Äh, gute Arbeit«, sagte Anne. »Aber ich glaube, das reicht jetzt.«

Hiro verstummte, aber der Zauber hielt weiter an. Ein dicker Klecks aus geschmolzenem Metall tropfte zischend auf den Boden und sengte ein Loch in die Holzdielen. Sekunden später rann auch der Rest des Schlosses an der Tür nach unten. Das Metall war so heiß, dass die massive Eichenholztür in Flammen aufging.

»Ups«, sagte Hiro.

»Los jetzt!«, rief Anne.

Penelope packte Hiro am Arm und zog ihn hinter sich her. Drei Stufen auf einmal nehmend rannten sie die Treppe hinunter, während sich die Tür hinter ihnen in ein loderndes Inferno verwandelte.

»Gut, aber das Feuer dürfte sie schon auch ein paar Minuten aufhalten, oder?«, meinte Hiro.

Am Fuß der Treppe befand sich ein langer Korridor. Sie rannten hindurch, bis ihnen zwei Türen den Weg versperrten. An der ersten hing ein Schild mit der Aufschrift:

WILLKOMMEN
IN DER
HÖHLE DER MAGIE

Diese Tür war verschlossen.

Sie versuchten es an der zweiten Tür, und die ging tatsächlich auf. Dahinter lag eine riesige Höhle. Dutzende Gleise führten in alle möglichen Tunnel. Sie nahmen den mit der

Aufschrift WESTLICHER TUNNEL, wie Nana es ihnen beschrieben hatte.

Hinter ihnen auf der Treppe und im Korridor war das Getrappel von Schritten zu hören. Die Wachleute kamen.

»Zu Fuß hängen wir sie nie ab«, sagte Anne.

Neben dem Gleis zum westlichen Tunnel lag eine umgekippte Lore. Penelope rannte hin. »Helft mir, die aufzurichten.«

Zu dritt stellten sie sich neben den Wagen und stemmten sich mit aller Kraft dagegen. Langsam, ganz langsam geriet die Lore ins Kippen und landete schließlich mit lautem Scheppern passgenau auf den Gleisen.

Penelope steckte die Hand hinein. »Ich bin mir ziemlich sicher, dass ich weiß, wie das funktioniert«, meinte sie. Sie griff nach dem Hebel auf dem Boden der Lore und schob ihn nach vorne. Und tatsächlich: Wie Penelope vermutet hatte, löste sich die Bremse.

Nur leider fuhr die Lore nicht von selbst, oder jedenfalls nicht, bis sie den Tunneleingang erreicht hatten, von wo aus es abwärts ging. Anne, Penelope und Hiro stellten sich hinter die Lore und schoben. Die schweren Räder setzten sich mit lautem Kreischen in Bewegung, aber selbst sie konnten das Gebrüll der herannahenden Wachleute nicht übertönen. Die drei Abenteurer drehten sich um und stellten fest, dass die Männer direkt auf sie zukamen.

»Schneller«, ächzte Anne. Sie stemmten sich gegen die Lore,

und das Gefährt rollte langsam los. Als sie zum Tunneleingang kamen, waren sie bereits in einen zügigen Laufschritt verfallen, doch die Wachleute hatten sie fast eingeholt.

»Sie sind da!«, schrie Hiro.

Gerade als die Wachen zu ihnen aufschlossen, erreichte die Lore den Abhang. Penelope und Hiro sprangen hinein, aber Anne geriet ins Stolpern. Penelope packte ihren Arm und zog sie in den Wagen, während sich von hinten eine Hand um Annes Schuh schloss. Sie trat mit dem anderen Fuß zu, und der Wachmann jaulte auf und ließ los.

Die Lore nahm rasend schnell Fahrt auf und bretterte die Gleise hinab.

Penelope wischte sich über die Stirn. »Hui, das war knapp.«

»Ich glaube, es ist immer noch knapp«, bemerkte Hiro.

Er zeigte nach hinten. Eine weitere Lore mit vier korpulenten Wachleuten an Bord sauste hinter ihnen her. Anne besah sich die Strecke, die vor ihnen lag. In der Ferne konnte sie eine Weiche ausmachen. Wenn es ihr gelang, die Weiche umzustellen, nachdem sie drübergefahren waren, würde die zweite Lore auf ein anderes Gleis umgeleitet werden.

»Schnell«, kommandierte Anne. »Wir brauchen etwas, womit wir den Schalter da vorne erreichen können.«

Penelope gab ihr einen Metallstab. »Wie wär's damit?«

Anne nahm den Stab und lehnte sich über die Seitenwand. Sie rasten mit irrer Geschwindigkeit auf den Schalter zu und hatten nur diese eine Chance. Als sie über die Gabelung fuhren, holte Anne mit aller Kraft aus und schlug zu. Volltreffer. Die Wucht des Aufpralls jagte einen stechenden Schmerz durch ihren Arm und riss ihr den Metallstab aus der Hand, aber sie hatte es geschafft. Die Weiche verschob sich, und Sekunden später rollte der zweite Wagen in die falsche Richtung davon.

Ihre eigene Lore blieb auf dem Hauptgleis. Bei jeder Unebenheit geriet sie quietschend ins Schwanken und drohte zu entgleisen. Einige nervenzerfetzende Minuten später erschien ein Licht am Ende des Tunnels.

»Da vorne ist die Anlegestelle«, bemerkte Hiro. »Wir sollten vermutlich abbremsen, sonst fahren wir noch über den Rand der Ebene hinaus.«

»Ohne Bremse kann ich nicht abbremsen«, erwiderte Penelope.

»Was ist mit der Bremse?«, fragte Anne.

»Äh, erinnerst du dich an den Metallstab, den ich dir gegeben hab? Das war sie.«

Anne krallte die Finger in die Seitenwände der Lore, während sie auf den Anlegesteg zuschossen. Sie wollte gerade vorschlagen, es mit Rausspringen zu versuchen, als vor ihnen auf dem Gleis plötzlich eine große, dunkle Gestalt auftauchte und es um sie herum finster wurde.

»Runter!«, schrie Anne.

Alle drei zogen die Köpfe ein und wappneten sich für den unvermeidlichen Zusammenstoß mit dem, was auch immer da vor ihnen stand. Doch bevor die Lore gegen irgendetwas prallen konnte, ertönte ein ohrenbetäubendes Gebrüll, und rote Flammen züngelten an den Außenwänden ihres Gefährts entlang.

Und dann blitzte etwas grellgrün auf.

Laut dem DEZERNAT FÜR GERÖLLLAWINEN,
SCHLAMMLAWINEN, SCHNEELAWINEN UND
WASSERRUTSCHEN
sind dies die drei häufigsten Gründe
für die Entstehung von Lawinen:

1) Starker Wind.
2) Starker Schneefall.
3) Wenn Sie mit Ihrem Feuerball gegen einen Berghang krachen.

Hinweis: Lösen Sie niemals eine Lawine ohne behördliche Genehmigung aus.

6

Die Schmiedin

Etwas stimmte nicht.

Das Innere des Feuerballs knisterte vor Energie, was vollkommen normal war. Das war es also nicht, was hier nicht stimmte. Grüne Flammen tanzten auf der Innenseite der Oberfläche. Auch das war völlig in Ordnung und nicht das, was hier nicht stimmte. Was *nicht* stimmte, waren die roten Funken, die darin herumsausten, Annes Uniform ansengten und kleine Brandwunden auf ihrer rechten Hand und ihrem Gesicht hinterließen. Doch bevor sie deswegen so richtig in Panik geraten konnte, schlug der Feuerball mit ein, zwei, drei Hüpfern auf dem Boden auf. Anne überschlug sich mehrere Male, auch wenn sie sich krampfhaft bemühte, sich auf den Beinen zu halten. Glücklicherweise kam der Feuerball nach dem vierten Hüpfer zum Stehen. Unglücklicherweise tat er das, indem er explodierte. Anne rutschte über das felsige Gelände und durchpflügte eine Schneewehe, wobei sie eine

Fontäne aus pudrigen weißen Flocken hinter sich herzog. Sie sprang auf und klopfte sich die Schneekristalle von der Kleidung.

Der Feuerball hatte Anne auf einem Berghang abgesetzt. Der Himmel war wolkenverhangen, und von allen Seiten heulte der Wind. Hinter ihr war ein Stück nackter Boden zu sehen, der noch leicht vor sich hin dampfte, wo die Hitze des Feuerballs den Schnee geschmolzen hatte. Der Rest des Abhangs war tief verschneit. Von Penelope und Hiro fehlte jede Spur.

»Hallo?«, rief Anne.

»Hier«, meldete sich Penelopes gedämpfte Stimme.

Anne blickte den Abhang hinab. Einige Meter weiter unten streckte Penelope ihren Kopf aus einer Schneewehe. Noch etwas dahinter kam auch Hiro zum Vorschein. Anne wickelte sich in ihren Umhang, kletterte über den nächsten Schneeberg und kämpfte sich durch den Tiefschnee, der ihr bis zu den Oberschenkeln reichte, zu Penelope vor. Hiro kam aus der entgegengesetzten Richtung dazu.

»Waren eure Feuerbälle auch irgendwie … anders?«, fragte Anne, als sie alle wieder zusammen waren.

»Das kann man wohl sagen«, meinte Penelope und hielt einen angesengten Ärmel hoch. »Nana ist ganz schön neben der Spur. Diese Mission muss sie ziemlich erschüttert haben.« Sie sah sich um. »Apropos: Wo steckt sie eigentlich? Sonst kommt sie doch immer gleich nach.«

»Sie darf sich nicht an einer Drachentöter-Mission beteiligen, schon vergessen?«, erwiderte Hiro.

»Aber genau das hat sie gerade getan«, entgegnete Penelope.

Hiro zuckte mit den Schultern. »Vielleicht hat Copperhelm es diesmal doch nicht geschafft, ein Schiff aufzutreiben, und da hat sie beschlossen, uns ausnahmsweise zu helfen.«

Dass Nana nicht dabei war, war ein ziemlicher Rückschlag. Und schlimmer noch: Sobald sich rumsprach, auf was für einer Mission sie sich befanden, würde wahrscheinlich auch kein anderer Drache mehr bereit sein, ihnen zu helfen.

Anne hob ihren Panzerhandschuh. »Navi aktivieren.«

Jeffery kam in einem Lichtblitz herausgeschossen. »Wow, du hast uns endlich zum Großen Marshmallow gebracht. Hast du dran gedacht, ein Geschenk mitzunehmen? Wie ich höre, reagiert er ziemlich übellaunig, wenn man ihm nichts mitbringt.«

»Das ist kein Marshmallow«, sagte Anne. »Nana hat uns auf irgendeinem schneebedeckten Berg abgesetzt.«

»In dem Fall: Solltet ihr eine Schneeballschlacht planen, will ich zu Penelope ins Team. Sie hat echt Schmackes in ihrem Wurfarm.«

»Wir machen auch keine Schneeballschlacht«, erwiderte Anne. »Wir möchten, dass du uns sagst, wo wir hier sind.«

Jeffery zuckte mit den Schultern. »Weiß der Geier.«

»Ich dachte, du hättest so einen guten Orientierungssinn.«

»Ich habe nach wie vor keinen Zugriff.« Er tippte auf das Medaillon, um seiner Aussage Nachdruck zu verleihen.

»Was?«, fragte Hiro. »Soll das heißen, du kannst uns überhaupt nicht helfen?«

»Na ja, ich kann immer noch unangemessene und sarkastische Kommentare vom Stapel lassen«, meinte Jeffery.

Anne verdrehte die Augen. »Navi deaktivieren.«

Jeffery verschwand in einem weiteren Lichtblitz.

Anne zog das Handbuch hervor. Diesmal lautete der Titel: *Das ultimative Handbuch für Abenteurer. Orte, von denen Sie nie geglaubt hätten, sich jemals dort wiederzufinden.* Drinnen stand nur ein einziges Wort: *Hier.* Und das blieb so, egal wie heftig sie das Buch auch schüttelte.

»Sieht aus, als müssten wir selbst rausfinden, wo wir sind und wo wir hinmüssen«, seufzte Anne schließlich und steckte das Handbuch wieder weg.

»Ich glaube, die dringendere Frage ist, wo wir was zu essen herbekommen«, befand Penelope.

»Also meiner Meinung nach«, warf Hiro ein, »lautet die allerdringendste Frage: Hat noch jemand das Gefühl, dass die Erde bebt?«

Kaum dass Hiro es ausgesprochen hatte, spürten Anne und Penelope es ebenfalls. Der Boden vibrierte immer heftiger, und von oben näherte sich ein dumpfes Grollen. Als sie hochsahen, erkannten sie auf den ersten Blick, dass das an der Wand aus Schnee liegen musste, die in rasender Geschwindigkeit auf sie zukam. Bevor sie auch nur blinzeln konnten, riss die Lawine sie bergab. Nach einer halben Ewigkeit spülte die Schneemasse sie in das Tal am Fuße des Berges.

Penelope stemmte sich heraus. »Na, das war ja mal erfrischend.«

Hiro spuckte eine größere Menge Schnee aus. »Ich glaube, die Wüste ist mir lieber.«

Als auch Anne sich freigekämpft hatte, legte sich plötzlich ein Schatten über die Gruppe. Er gehörte zu einem Mann mit einem Schnauzbart, der einem Walross zu Ehren gereicht hätte. Der Mann trug eine Lederrüstung, die offenbar schon einiges mitgemacht hatte, und an seinem Gürtel hing ein Schwert. Obwohl er deutlich abgerissener aussah als die königlichen Wachen in der Hauptstadt, war er ganz klar als Soldat der Hierarchie zu erkennen.

»Ist das eure Lawine?«, erkundigte sich der Wachmann.

»W-wie bitte?«, stotterte Anne.

»Habt ihre eine behördliche Genehmigung, diese Lawine auszulösen?«, fragte der Wachmann genauer nach. »Ich gehe mal nicht davon aus, da alle Anträge für eine solche Genehmigung über unsere Dienststelle hier vor Ort laufen und ich mich nicht erinnern kann, in letzter Zeit einen erhalten zu haben.«

Anne, Penelope und Hiro stellten fest, dass die Lawine sie am Rand eines kleinen Dorfs abgesetzt hatte, das nun halb unter Schnee und Eis begraben lag. In einigen Häusern konnten sie mürrische Gesichter ausmachen, die durch teilweise verschüttete Fenster hinauslugten.

»Das ist nicht unsere Lawine«, sagte Penelope. »Wir sind gerade erst aus der Hauptstadt gekommen.«

»Also haben wir es mit unerlaubtem Lawinensurfen zu tun, hm? Tja, dafür gibt's normalerweise fünf Jahre Arbeitslager und eine saftige Geldbuße, aber da ihr neu seid, bin ich bereit, es ausnahmsweise bei einer Verwarnung zu belassen. Seht nur zu, dass das nicht wieder vorkommt.«

»Danke«, antwortete Anne, die immer noch damit beschäftigt war, sich Schnee aus den Ohren zu schütteln.

»Wobei ... Moment mal.« Der Wachmann zog ein Blatt Papier aus seiner Tasche. »Das hätte ich fast vergessen. Heute Morgen ist eine Mitteilung reingekommen. War mir ganz entfallen, bis ihr die Hauptstadt erwähnt habt. Ihr habt gesagt, ihr kommt von da?«

»Ja«, sagte Anne, plötzlich nervös. »Warum fragen Sie?«

Der Wachmann faltete das Papier auf. »Weil ich glaube, dass ich hier einen Haftbefehl gegen euch habe.«

»Einen Haftbefehl?«, wiederholte Hiro.

»Ganz recht«, bestätigte der Wachmann. »Standard-Abenteurertrupp im ersten Ausbildungsjahr. Zwei Mädchen, ein Junge. Steht alles hier drin.«

»Wie kann denn jetzt schon ein Haftbefehl raus sein?«, raunte Penelope Hiro und Anne zu. »Wir sind doch gerade erst aufgebrochen.«

»Genau genommen stimmt das nicht ganz«, flüsterte Hiro. »Standard-Feuerbälle benötigen immer acht Stunden, um ihr Ziel zu erreichen. Weißt du noch?«

»Müsste es dann jetzt nicht mitten in der Nacht sein?«, fragte Penelope. »Es war später Nachmittag, als wir abgehauen sind, aber der Typ meinte, es wäre schon Morgen.«

Wenn das stimmte, bedeutete das, dass sie rund sechzehn Stunden unterwegs gewesen waren – doppelt so lange wie normal. In dem Fall stand Nana aber mal so richtig neben der Spur. Rauszufinden, was schiefgelaufen war, brachte sie in ihrer jetzigen Situation allerdings auch nicht weiter.

Anne zeigte auf den Zettel, den der Wachmann in der Hand hielt. »Darf ich mal sehen?«

»Sicher«, sagte der Wachmann und gab ihn ihr.

Anne las sich den Haftbefehl mit wachsender Beunruhigung durch. Darin standen tatsächlich ihre vollen Namen, ihr Alter und genaue Personenbeschreibungen. Doch dann entdeckte sie unten auf der Seite einen winzigen Hoffnungsschimmer. Sie hielt kurz inne, um sich zu sammeln, und gab den Zettel zurück.

»Scheint alles soweit in Ordnung zu sein«, meinte sie. »Wir sind gerne bereit, Ihre Fragen zu beantworten, Wachtmeister …«

»Stinkwater«, ergänzte der Wachmann und starrte sie durchdringend an, als würde er darauf warten, dass einer von ihnen anfing zu lächeln, zu kichern oder auch nur ein dezent belustigtes Räuspern von sich zu geben. Als das nicht geschah, hielt er den Haftbefehl hoch. »Ist dein vollständiger Name Anvil?«

»Ja«, bestätigte Anne. Penelope und Hiro neben ihr wirkten angespannt, doch sie ignorierte sie und richtete ihre ganze Aufmerksamkeit auf den Wachmann.

»Und du gehst auf die Saint-Lupin's-Abenteuerakademie?«, fuhr er fort.

»Ja.«

»Und die Namen deiner Begleiter sind Hiro Darkflame und Penelope Shatterblade?« Er stockte kurz. »Hmmm. Shatterblade. Besteht da zufällig eine Verbindung zu diesem Ehepaar, bei dessen Mission damals alle ums Leben gekommen sind?«

Penelope lief dunkelrot an.

»Ja, das sind unsere Namen«, bekräftigte Anne, um das Gespräch am Laufen zu halten und ihrer Freundin weitere Demütigung zu ersparen.

Hiro beugte sich zu Anne rüber und zischte ihr ins Ohr: »Was machst du da? So werden wir noch verhaftet.«

Anne schüttelte den Kopf. »Vertrau mir.«

Der Wachmann ließ den Zettel sinken. »Tja, dann seid ihr ganz offensichtlich die Gruppe, die ich suche.«

Hiro war kurz davor zu hyperventilieren, doch Anne bemühte sich, ihr Gesicht so ausdruckslos wie möglich zu halten. »Sollten Sie dann jetzt nicht unsere Rollenplättchen überprüfen, um sicherzugehen?«, fragte sie.

Der Wachmann grunzte, als wäre er nicht sonderlich begeistert, dass ihm eine Abenteurerschülerin im ersten Ausbildungsjahr sagte, wie er seinen Job zu machen hatte. »Vermutlich. Nicht, dass es am Ende Probleme wegen irgendwelcher Formalitäten gibt.«

Anne wandte sich an Penelope und Hiro. »Zeigt ihm eure Plättchen.«

Hiro zog widerstrebend sein Plättchen aus der Tasche und reichte es dem Wachmann. Penelope tat es ihm gleich, auch wenn es ihr sichtlich schwerfiel, nicht laut herauszuschreien, für was für einen Riesenfehler sie das hielt.

Der Wachmann nahm die Plättchen unter die Lupe. »Scheint soweit alles in Ordnung zu sein. Eine Kriegerin und ein Zauberer, genauso steht es im Haftbefehl.«

Anne verkniff sich ein Lächeln, während sie ihr eigenes Plättchen aus ihrer Tasche fischte. »Und hier ist meins«, sagte sie und überreichte es ihm.

Der Wachtmeister las die Aufschrift. »Schmiedin?« Er überflog den Haftbefehl noch mal. »Aber hier steht, dass du Diebin bist.«

Anne zuckte mit den Schultern. »Hm, tja, dann sind wir wohl nicht die Truppe, die Sie suchen. Viel Glück dabei. Klingt, als wären die echt gefährlich.«

Der Wachmann räusperte sich streng. »Nicht so schnell. Erwartest du ernsthaft, dass ich dir glaube, von der Saint-Lupin's-Akademie wären gleich zwei Abenteurertrupps bestehend aus einer Anvil, einer Penelope und einem Hiro unterwegs, die exakt auf diese Beschreibung passen?«

»Ich erwarte überhaupt nichts, Wachtmeister Stinkwater«, entgegnete Anne. »Ich weise lediglich darauf hin, dass die Beschreibung im Haftbefehl nicht auf uns zutrifft. Was meiner Auffassung nach bedeutet, dass wir gehen dürfen.«

Der Wachmann rang sichtlich um Fassung, aber anscheinend fiel ihm kein überzeugendes Gegenargument ein. Anne streckte ihre Hand aus, und er gab ihr widerwillig ihr Plättchen zurück.

»Nun gut«, brummte er. »Aber falls ihr jemanden seht, der aussieht wie … na ja, ihr halt, und … so heißt wie ihr und sich auf einer illegalen Mission befindet, deren Ziel es ist, die Drachenkönigin zu töten, verlange ich, dass ihr das auf der Stelle meldet.«

Anne nickte. »Selbstverständlich.«

Der Wachmann steckte den Haftbefehl in seine Tasche, und Penelope und Hiro machten sich eilig auf den Weg, bevor er es sich anders überlegen konnte. Doch Anne blieb noch mal stehen, um eine letzte Frage zu stellen. »Sie wissen nicht zufällig, ob es hier auf der Ebene ein Kloster oder so was gibt?«

Der Wachmann schüttelte den Kopf. »Nee, tut mir leid.«

»Oh«, sagte Anne enttäuscht. Aus irgendeinem Grund war sie überzeugt gewesen, dass er Ja sagen würde.

»Ich hätte allerdings eine Äbtissin im Angebot«, fuhr er fort. »Sie lebt auf der anderen Seite der Stadt.«

Jetzt wurde Anne hellhörig. »Hier lebt eine Äbtissin?«

»Schon seit Jahren.« Der Wachmann zeigte auf die Straße, die durch das Dorfzentrum führte. »Folgt einfach der Hauptstraße. Nach ungefähr dreißig Minuten kommt ihr zu einer Schmiede. Einer großen. Könnt ihr gar nicht übersehen. Gerüchten zufolge war die Äbtissin früher mal Waffenschmiedin oder so was, und zwar eine ziemlich gute, wenn man den Geschichten glauben darf. Aber hier in der Gegend besteht keine große Nachfrage für solches Zeug. Daher fertigt sie vor allem nützlichen Kleinkram an, was halt gerade benötigt wird.«

»Danke«, sagte Anne aufgeregt.

Der Wachmann nickte und ging.

Anne drehte sich zu den anderen um, doch bevor sie irgendwas sagen konnte, schüttelte Hiro den Kopf. »Ich weiß, was du denkst«, meinte er. »Aber das kann nicht die Äbtissin sein, von der im *Handbuch für Abenteurer* die Rede war. Sie müsste Tausende von Jahren alt sein.«

»Na und?«, entgegnete Anne. »Sassafras hat vor zwei Monaten seinen tausendersten Geburtstag gefeiert.«

»Tausend Jahre alt zu sein ist aber nicht dasselbe, wie zehnmal so alt. Außerdem: Woher hätte Nana wissen sollen, dass wir auf der Suche nach einer Äbtissin sind?«

Anne ließ sich nicht beirren. »Hör zu, im Handbuch stand, dass das Dreihändige Schwert von jemandem namens Äbtissin der Schwerter geschmiedet wurde, richtig? Und dass das Schwert ein Artefakt aus der Alten Welt ist. Das passt alles zusammen. Vielleicht wusste Nana das ja längst und durfte es uns bloß nicht sagen. Ich meine, warum hätte sie uns sonst hierher schicken sollen, wenn das hier nicht die richtige Ebene wäre?«

»Aber dann wäre die Äbtissin so alt wie die Hierarchie«, protestierte Hiro. »Wie wahrscheinlich ist es, dass jemand so lange lebt?«

»Auch wenn ich es nicht gerne zugebe: Er hat nicht ganz unrecht«, pflichtete ihm Penelope bei.

Anne grinste. »Es gibt nur einen Weg, das rauszufinden.«

Anne, Penelope und Hiro kämpften sich durch den knietiefen Schnee den Waldweg entlang, bis sie zu der Schmiede kamen. Es handelte sich um ein hohes Gebäude mit einem langen, dünnen Schornstein, aus dem eine stete Rauchfahne in den Himmel stieg. In der Nähe stand ein steinernes Häuschen mit Reetdach sowie mehrere kleinere Schuppen und ein nach einer Seite hin offener Unterstand mit aufgestapelten trockenen Feuerholzscheiten. Als sie näher kamen, drang das gleichmäßige Klirren von Hammerschlägen an ihre Ohren.

Offenbar hatte erst vor Kurzem jemand auf dem Hof zwischen den Gebäuden und der Schmiede Schnee geräumt. Sobald die drei die Lichtung erreicht hatten, konnten sie den restlichen Weg mühelos zurücklegen. Die doppelflügelige Tür an der Vorderseite der Schmiede war geschlossen, wohl um den Wind abzuhalten. Aber in einer der Seitenwände befand sich eine kleinere Pforte, die von einem Stock offen gehalten wurde.

Anne trat ein. Es dauerte einen Moment, bis sich ihre Augen an die Dunkelheit drinnen gewöhnt hatten und sie sich umsehen konnte. Am hinteren Ende stand ein großer Brennofen neben einem Kohlenverschlag. An den Wänden reihten sich zahlreiche Werkzeuge, und von der Decke hingen mehrere Ketten, die offenbar dazu dienten, schwere Objekte zu heben.

Die Mitte des Raumes nahm ein massiver Amboss ein, und von dort schien auch das metallische Klirren zu kommen. Vor dem Amboss stand eine hochgewachsene Frau mit blasser Haut und langem gelbgoldenem Haar, das sie mit einer Lederkordel zurückgebunden hatte. Sie trug eine schmutzige Lederschürze, riesige Lederhandschuhe und eine Brille mit getönten Gläsern. In einer Hand hielt sie eine Zange, in der anderen einen großen Hammer. In gleichmäßigem Rhythmus hieb sie auf den Gegenstand in der Zange ein, und bei jedem Schlag stob ein Funkenregen auf.

Als Anne die Hand hob, um an den Türrahmen zu klopfen, hörte die Schmiedin plötzlich auf zu hämmern, legte den Kopf schief und sagte, ohne sie anzusehen: »Valerian, so heißt man nun wirklich keine Gäste willkommen.«

Anne runzelte die Stirn. Erwartete die Schmiedin jemanden und hatte Anne mit diesem Besucher verwechselt? Sie wollte sich gerade vorstellen, als sie aus dem Augenwinkel eine Bewegung wahrnahm.

Es war die Spitze eines Schwerts, und sie zeigte genau auf sie.

Und die Person, die dieses Schwert hielt, war niemand anders als der Junge, der ihren Panzerhandschuh gestohlen hatte.

Sollten Sie jemanden heimlich angreifen wollen, hält

DAS ULTIMATIVE HANDBUCH
FÜR ABENTEURER

SO FÜHREN SIE EINE GEHEIMOPERATION DURCH

folgende Tipps bereit:

Schritt 1: Schleichen Sie sich an.
Schritt 2: Gehen Sie zum Angriff über.

7

Die Äbtissin der Schwerter

Anne machte keinen Mucks.

Der Arm des Jungen zitterte, wodurch die Spitze des Schwerts durch die Luft tanzte. Ein Schweißtropfen rann über seine Stirn und in sein Auge. Er wischte ihn hastig mit dem freien Arm weg.

»Was wollt ihr hier?«, fragte er.

Anne runzelte wieder die Stirn. »Wieso wir? Was machst *du* hier? Und was sollte die Aktion mit meinem Panzerhandschuh? Mag ja sein, dass du ein Dieb bist, aber das heißt noch lange nicht, dass du einfach so hingehen und anderer Leute Sachen klauen kannst.«

Der Junge – Valerian hatte die Schmiedin ihn genannt – fuchtelte jetzt noch heftiger mit seinem Schwert herum. »Geht weg! Ihr macht alles kaputt.«

Anne blieb unschlüssig auf der Türschwelle stehen. Ihr schlug das Herz bis zum Hals, und sie wusste nicht so recht, was sie tun sollte. Sie wollte ganz sicher nicht erstochen werden, aber sie hatte auch nicht vor, einfach wieder abzuziehen. Wenn diese Frau die Schmiedin war, nach der sie suchten, brauchten sie ihre Hilfe, um das Schwert zu finden. Aber wenn der Junge hier war und die Frau ihn kannte – und danach sah es eindeutig aus –, auf wessen Seite stand sie dann?

»Warum gehst du nicht rein?«, fragte Penelope. Sie drängte sich an Anne vorbei und marschierte in die Schmiede. Hiro folgte ihr. Valerian wich einige Schritte zurück und richtete sein Schwert dann reihum auf sie.

»Darum«, sagte Anne.

»Ach so«, meinte Penelope. »Das ist in der Tat ein guter Grund.«

Am anderen Ende des Raums tauchte die Schmiedin die Zange in ein Wasserfass. Es zischte laut, und eine riesige Dampfwolke stieg auf.

»Steck das Schwert weg, Valerian«, sagte die Schmiedin, die sich immer noch nicht zu ihnen umgedreht hatte. Sie legte den Gegenstand, der in der Zange klemmte, auf eine Werkbank und setzte ihre Arbeit fort. Scheinbar störte sie sich nicht im Geringsten daran, dass plötzlich ein Abenteurertrupp in ihrer Schmiede geschneit war und der Junge dessen Mitglieder bedrohte.

»Aber sie wollen mich aufhalten«, protestierte Valerian.

»Und das sollten sie auch«, entgegnete die Schmiedin. »Ich habe dich nach Saint Lupin's geschickt, weil ich gehofft habe, dass du dort Freunde findest, und nicht, damit du eine sinnlose Mission aktivierst.«

Das Schwert tanzte immer noch bedrohlich vor Annes Gesicht herum. Langsam wurde sie wütend. Erst hatte dieser Junge – Valerian – ihr ihren Panzerhandschuh gestohlen und jetzt richtete er sein Schwert auf sie? Für wen hielt der sich eigentlich? Sie beschloss, die Tatsache zu ignorieren, dass sie gestern genau dasselbe mit ihm gemacht hatte.

Hinter sich hörte sie ein leises Schaben, als Penelope ihr Schwert zog.

»Die Mission ist nicht sinnlos«, widersprach Valerian. »Irgendjemand muss die Königin aufhalten.«

Die Schmiedin seufzte. »Deine Absichten sind ehrenvoll, aber gute Absichten allein lösen keine Probleme. Genug ist genug. Steck das Schwert weg.« Diesmal war ihrem Tonfall anzuhören, dass es endgültig war und sie keinen Widerspruch duldete.

Valerian warf Anne einen mörderischen Blick zu, ließ die Waffe dann aber gehorsam sinken. Er schob das Schwert vorsichtig zurück in die Scheide und hängte es an einen hölzernen Knauf an der Wand. Links und rechts davon reihten sich noch Dutzende weitere Schwerter nebeneinander.

Die Schmiedin legte Hammer und Zange auf einer langen Werkbank ab. Sie kam durch den Raum auf sie zu, zog ihre Lederschürze aus und hängte sie an einen Holzhaken neben der Tür. Die Handschuhe steckte sie in ihren Gürtel. Jetzt, aus der Nähe, wurde deutlich, dass ihre Haut nicht nur vollkommen weiß war, sondern irgendwie wächsern wirkte und glatt wie Marmor war. Sie würdigte Anne und ihre Freunde keines Blickes, als sie an ihnen vorüberging, auch wenn das aufgrund ihrer dunklen Brille schwer zu erkennen war.

»Kommt mit«, war alles, was sie sagte.

Die vier Kinder folgten der Schmiedin über den Hof zu dem kleinen Steinhäuschen. Valerian hielt demonstrativ Abstand zu den anderen, was Anne schon ein bisschen unverschämt fand. Wenn hier jemand einen Grund hatte, misstrauisch zu sein, dann waren das ja wohl sie – und zwar *seinetwegen.*

Im Gehen murmelte die Schmiedin leise vor sich hin, fast so, als würde sie ihre Schritte zählen, und als sie die Hand nach der Tür ausstreckte, berührte sie erst den Rahmen und fuhr dann mit den Fingern bis zur Klinke.

Das Innere des Häuschens war schlicht, aber makellos. Sechs Stühle standen in gleichmäßigen Abständen um einen massiven Eichenholztisch. In den Regalen reihten sich Gläser, mehrere Tellerstapel und Tassen. Kräuter und getrocknete Pflanzen hingen in kleinen Sträußen von den Dachsparren. Im Ofen knisterte ein Feuer vor sich hin.

»Bitte, nehmt Platz«, forderte sie die Schmiedin auf, und alle setzten sich – bis auf Valerian, der an der Wand stehen blieb.

Die Schmiedin ging zu einem der Regale und tastete sich zu den Tassen vor. Da erst erkannte Anne, dass die Frau nichts sehen konnte. Sie beobachtete, wie sie eine Tasse nach der anderen sorgfältig abtastete und auf den Tisch stellte.

»Valerian«, sagte die Frau, »wärst du so freundlich, unseren Gästen Tee einzuschenken?«

»Jawohl, Äbtissin«, antwortete Valerian. Er ging zur Feuerstelle, nahm den Kessel, der dort hing, und füllte die Tassen mit einer dampfenden grünen Flüssigkeit. Der Duft von Minze erfüllte den Raum, und Penelope schlang dankbar die Finger um die warme Tasse und nahm einen großen Schluck. Hiro und Anne waren etwas vorsichtiger und tranken nicht gleich.

Als Valerian die Schmiedin angesprochen hatte, war Anne hellhörig geworden. »Stimmt es?«, fragte sie. »Sind Sie die Äbtissin der Schwerter?«

Die Schmiedin holte einen Laib Brot aus einem Schrank und begann, ihn in Scheiben zu schneiden. »Ich fürchte, eine Äbtissin der Schwerter gibt es schon lange nicht mehr. Die Abtei wurde vor Jahren geschlossen.«

»Aber hat er Sie nicht gerade ›Äbtissin‹ genannt?«

»Das macht er immer, wenn er sauer auf mich ist. Normalerweise nennt er mich ›Mutter‹. Mein Name ist Emmanuelle.« Sie bot Anne und ihren Freunden das Brot an. Penelope schnappte sich eine dicke Scheibe und biss herzhaft hinein.

»Ich bin Anne«, erwiderte Anne. »Die anderen Mitglieder unseres Abenteurertrupps heißen Penelope und Hiro.«

»Freut mich, euch kennenzulernen.«

»Haben Sie das Dreihändige Schwert geschmiedet?«, platzte es aus Penelope heraus.

Emmanuelle lachte. »Ich mag ja vielleicht alt sein, junge Dame, aber so alt dann auch wieder nicht.«

»Wissen Sie denn, wo wir das Schwert finden können?«, fragte Anne.

Emmanuelle hob die Hand. »Bevor wir uns mit den Schwertern befassen, sollten wir vielleicht erst mal sicherstellen, dass die Mission, auf der ihr euch befindet, auch wirklich die ist, für die sie alle halten. Sonst betreiben wir den ganzen Aufwand am Ende für nichts und wieder nichts. Leg bitte deinen Panzerhandschuh auf den Tisch.« Die Schmiedin tastete sich zu dem leeren Stuhl neben Anne vor und setzte sich.

Anne zögerte. Ihr war durchaus schon in den Sinn gekommen, dass diese Frau ihren Sohn losgeschickt haben konnte, um den Panzerhandschuh und das Medaillon zu stehlen. Auch wenn es im Moment eher nicht den Anschein hatte.

Emmanuelle schien Annes Zurückhaltung zu spüren, denn sie sagte: »Ich möchte nur sichergehen, dass das Medaillon echt ist. Wenn es dir hilft, kann gerne einer deiner Freunde in die Schmiede gehen, ein Schwert holen und es mir über den Kopf halten, damit ich nicht versuche, dich irgendwie übers Ohr zu hauen. Ich empfehle das in der schwarzen Scheide. Es ist ein bisschen schwerer, eignet sich aber am besten zum Zustechen.«

»Tut mir leid«, sagte Anne. »Ich wollte nicht unhöflich sein, aber bisher haben wir mit Leuten, denen wir auf unseren Missionen begegnet sind, nicht die besten Erfahrungen gemacht.«

»Verstehe«, erwiderte Emmanuelle. »Und ich habe den größten Respekt vor deinem Misstrauen. Ganz besonders unter den gegebenen Umständen. Aber du bist zu mir gekommen, und es steht dir frei, jederzeit wieder zu gehen. Wir können hier weitermachen oder nicht, das liegt ganz in deiner Hand.«

Die Offenheit der Frau beruhigte Anne ein bisschen. Sie beschloss, darauf zu vertrauen, dass Nana sie niemals wissentlich einer gefährlichen Situation aussetzen würde. Endlich legte sie die Hand mit ihrem Panzerhandschuh auf den Tisch. Die Schmiedin strich mit den Fingern über die Oberfläche, wobei sie immer wieder anhielt und daran herumdrückte und -zog, um die Verarbeitung der Nähte zu überprüfen.

»Was für eine meisterliche Arbeit«, murmelte sie.

Nachdem sie den Handschuh gründlich untersucht hatte, wandte Emmanuelle ihre Aufmerksamkeit dem Medaillon zu und tastete langsam dessen Oberfläche ab. Nach ein paar Minuten hielt sie inne und schüttelte den Kopf.

»Ach Valerian, warum konntest du nicht die Finger davon lassen?«, seufzte sie.

Valerian stand stocksteif in der Ecke und starrte auf den Boden.

Schließlich ließ Emmanuelle den Panzerhandschuh los und legte die Hände in den Schoß. »Nun, es ist in der Tat ganz und gar echt.«

»Und außerdem aktiviert«, ergänzte Anne.

»O ja«, mischte sich Penelope ein. »Und ihr Valerian arbeitet mit einer Gruppe Ritter zusammen, die versuchen, die Mission zum Scheitern zu bringen.«

»Das sind Kupferne Ritter«, meinte Valerian. »Und ich arbeite nicht *mit* ihnen. Ich *kontrolliere* sie. Sie machen, was ich sage – das haben sie zumindest.«

»Was soll das heißen?«, fragte Anne.

Er sah sie finster an. »Sie sind gegangen. Sie meinten, nach dem, was in der Bibliothek passiert ist, bräuchten sie mich nicht mehr. Das hier sollte meine Mission sein, aber dann bist du gekommen und hast sie mir gestohlen. Sie sollten meine Antagonisten sein, nicht deine.«

»Das spielt keine Rolle«, warf Emmanuelle ein. »Die Königin kann nur mit diesem einen Schwert getötet werden, und das ist gut versteckt. Vertraut mir. Nicht mal Valerian weiß, wo es sich befindet.«

Anne musterte Valerian, der standhaft ihrem Blick auswich. »Ich bin mir nicht ganz sicher, ob das stimmt.«

Emmanuelle stellte mit Nachdruck ihre Tasse ab. »Valerian, du hast doch wohl nicht …«

Valerian reckte trotzig das Kinn. »Doch, habe ich. Ich habe das Versteck in deinen Unterlagen gefunden und es den Kupfernen Rittern verraten. Wenn du mich fragst, hat die Königin nichts Besseres verdient.« Er riss die Tür auf und stürmte hinaus.

Emmanuelle senkte den Kopf. Anne, Penelope und Hiro schwiegen. Keiner wusste, was er sagen sollte.

Nach einigen Minuten ergriff Emmanuelle das Wort. »Ich bringe euch zum Schwert«, verkündete sie. »Aber nur, damit wir es an einen sichereren Ort bringen können.«

»Wir brauchen das Schwert als Geschenk für die Königin«, entgegnete Anne. »Es gibt da etwas, das ich sie fragen muss.«

»Tut mir leid, aber das sind meine Bedingungen.«

Anne sah ihre Freunde an. Penelope wirkte unzufrieden, sagte aber nichts. Hiro nickte zustimmend. Anne war traurig, dass sie ihre Frage doch nicht würde stellen können, aber die Drachenkönigin zu retten und einen Krieg zu verhindern war nun mal wichtiger.

»Okay«, stimmte sie schließlich zu. »Abgemacht.«

»Gut. In dem Fall werdet ihr das hier brauchen.« Emmanuelle zog ein kleines Kärtchen aus ihrer Brusttasche und legte es auf den Tisch.

Penelope nahm die Karte und las vor. »›Weise Alte Frau.‹ Wofür ist das?«

»Wie ihr sicher wisst, ist es verboten, sich in eine laufende Mission einzumischen«, antwortete Emmanuelle. »Aber wenn ihr einverstanden seid, dass ich die Rolle eurer Mentorin übernehme, sollten wir keine Probleme bekommen.«

»*Sollten?*« Hiro wirkte beunruhigt.

»Und was ist mit Valerian?«, fragte Anne.

»Ich glaube, es ist am besten, wenn wir ihn mitnehmen«,

sagte Emmanuelle. »Wegen der Ritter werde ich mal ein Wörtchen mit ihm reden. Ansonsten ist er aber ein wirklich guter Junge. Er hat bloß Schwierigkeiten zu akzeptieren, dass es im Leben nicht immer so läuft, wie wir uns das vorstellen.«

»Und wo ist jetzt dieses Schwert?«, fragte Penelope begierig.

»Nicht so schnell«, bremste Emmanuelle. »Erst müssen wir zu meiner alten Abtei.«

»Aber sollten wir das Schwert nicht lieber so schnell wie möglich holen?«, erkundigte sich Anne.

»Ja, aber dazu werde ich meine Augen brauchen.«

Anne rutschte unbehaglich auf ihrem Stuhl herum. »Äh, sagten Sie gerade, Ihre ›Augen‹?«

Emmanuelle nahm ihre Brille ab. Dort, wo ihre Augen hätten sein sollen, klafften zwei tiefe, dunkle Höhlen. »So seltsam das auch klingen mag: Meine Augen sind der schnellste Weg, zum Schwert zu kommen«, erklärte sie. Sie setzte ihre Brille wieder auf und nahm noch einen Schluck Tee. »Ihr habt meinen … Zustand vielleicht schon bemerkt.« Sie krempelte einen Ärmel hoch und zeigte ihnen ihren langen, marmorweißen Arm. »Früher war ich aus Fleisch und Blut wie ihr, aber jetzt werde ich zu Stein.«

»Was ist passiert?«, wollte Penelope wissen.

Emmanuelle seufzte. »Das ist eine lange Geschichte, und es bringt nichts, die Geister der Vergangenheit zu wecken.«

»Aber es hat etwas mit der Drachenkönigin zu tun, oder?«, folgerte Anne.

»Ja. Sie und ich hatten … eine kleine Meinungsverschiedenheit in einer persönlichen Angelegenheit. Das hier ist meine Strafe dafür, dass ich es gewagt habe, ihre Ansichten infrage zu stellen. Das wäre im Grunde auch nicht weiter schlimm, wenn Valerian nicht wäre. Die Menschen geben sich nicht gerne mit mir ab, weil sie fürchten, ich könnte den Fluch irgendwie auf sie übertragen. Dadurch leben wir ziemlich isoliert hier draußen im Wald.« Sie schüttelte den Kopf. »Kinder sollten nicht darunter leiden müssen, was ihre Eltern in der Vergangenheit getan haben.«

Anne bemerkte, wie Penelope neben ihr ganz starr wurde.

»Was hat das alles mit Ihren Augen zu tun?«, fragte Hiro.

Emmanuelle lächelte finster. »Die Verwandlung kann man nicht aufhalten. Früher oder später werde ich zu einer bewegungsunfähigen Statue werden, und das macht mich verwundbar. Ich fand es daher klüger, meine Augen selbst in Sicherheit zu bringen, bevor das Schicksal seinen Lauf nimmt. Ich möchte verhindern, dass jemand anders sie findet und durch sie in den Besitz des Schwerts gelangt. Es schien mir die beste Lösung, sie eigenhändig zu entfernen.«

Hiro schnappte hörbar nach Luft. »Sie haben sich selbst die Augen rausgenommen?«

»Ja, nachdem sie vollständig zu Stein geworden waren. Dadurch konnte ich ohnehin nicht mehr viel damit anfangen.«

»Aber warum …«

Emmanuelle stand auf. »Genug der Fragen. Wir müssen los.«

Sie führte sie nach draußen und zu einer windschiefen Hütte abseits des geräumten Hofs. Während sie durch den knietiefen Schnee stapften, fehlte von Valerian weiterhin jede Spur.

»Ich könnte ein bisschen Hilfe gebrauchen.« Emmanuelle legte die Hand auf eine zweiteilige Schiebetür. »Es ist schon lange her, dass ich irgendwas von hier benötigt habe. Daher vermute ich, dass die Tür ziemlich festgerostet sein dürfte.«

Anne und Penelope nahmen sich die eine Seite vor, Emmanuelle und Hiro die andere. Anne packte den Türgriff und zog, so fest sie konnte. Eine ganze Weile tat sich gar nichts, doch dann setzte sich die Tür langsam und unter lautem Protestgequietsche in Bewegung. Anne stemmte die Füße in den Boden, nahm all ihre Kraft zusammen und zog. Nach minutenlanger Plackerei war die Tür schließlich offen.

In der Hütte war es dunkel und roch faulig. Regale mit allerlei Krempel säumten die Wände. Annes Blick blieb jedoch an dem riesigen Gegenstand im Zentrum des Raumes hängen. Das Ding bestand größtenteils aus zwei hölzernen, miteinander verzurrten Ruderbooten. In der Mitte der Boote befand sich eine breite Bank, und im Rückraum stand jeweils eine geräumige Truhe. Am Heck der Boote waren zwei große Propeller befestigt, und im Boden, direkt vor den Bänken, waren Pedale eingelassen.

»Was ist das?«, fragte Anne.

»Sieht wie ein total schräger Schlitten aus«, meinte Penelope.

Hiro blickte sich nervös um. »A-aber doch kein Wolfsschlitten, oder?«

Emmanuelle legte ihre Hand auf das Dollbord des ihr am nächsten stehenden Bootes. »Genau genommen ist das ein Luftschiff. Ich habe es selbst entworfen. Es hat keine Antimagie-Verkleidung; dafür gibt es zwei Ballons, die ihm Auftrieb geben. Bewegt wird es durch reine Muskelkraft. Nicht meine liebste Art zu reisen, aber zur Not …«

Anne, Penelope und Hiro machten sich daran, den Schnee vor der Hütte wegzuschaufeln. Dann fädelten sie ein Seil durch die Metallösen vorne an den Booten und zerrten das Luftschiff nach draußen. Nach Emmanuelles Anweisungen holten sie die Ballonhüllen aus dem hinteren Teil der Hütte und befestigten sie mit jeder Menge Seile und Haken an den Booten. Emmanuelle hängte unter jeden der Ballons ein Gerät, das ein bisschen wie eine merkwürdige Öllampe aussah. Diese Lampen würden die Luft in den Ballons erhitzen und dadurch für den nötigen Auftrieb sorgen, erklärte sie.

Sie brauchten fast den ganzen Tag, um das Luftschiff fertig zu machen und mit Vorräten zu beladen. Irgendwann tauchte auch Valerian wieder auf, und während sie darauf warteten, dass sich die Ballons mit Luft füllten, nahm Emmanuelle ihn beiseite und unterhielt sich lange mit ihm. Anne, Penelope und Hiro kauerten sich derweil auf einen umgestürzten Baumstamm. Sie rückten so dicht wie möglich zusammen, um sich vor der kühlen Abendluft zu schützen, und ließen sich ein Abendbrot aus Trockenfleisch, Käse, Nüssen und Beeren schmecken. Die Zeitkomprimierung innerhalb eines Feuerballs gaukelte dem Kopf zwar vor, dass die Reise nur wenige Sekunden gedauert hatte, doch der Körper bekam trotzdem die vollen Auswirkungen der tatsächlich verstrichenen Zeit zu spüren. Das bedeutete, dass sie seit über einem Tag nichts Richtiges mehr gegessen hatten, und dementsprechend gierig verschlangen sie ihr Mahl.

»Also, glaubt ihr, es ist sicher?«, fragte Hiro zwischen zwei Bissen.

Anne fegte ein paar Krümel von ihrem Mantel. »Was meinst du?«

Hiro zeigte auf Emmanuelle und Valerian. »Glaubt ihr, es ist sicher, mit ihnen zu reisen?«

»Warum sollte es das nicht sein?«, wollte Penelope wissen.

»Hast du etwa schon vergessen, dass es Valerian war, der Annes Panzerhandschuh gestohlen und damit diesen ganzen Schlamassel überhaupt erst verursacht hat?«

Penelope zuckte mit den Schultern. »Er war aufgebracht.«

Hiro ließ fast seinen Käse fallen. »Aufgebracht? Seinetwegen könnte es zu einem Krieg zwischen Menschen und Drachen kommen.«

»Die Drachenkönigin hat seiner Mutter etwas Schreckliches angetan. An seiner Stelle würdest du genauso handeln.«

»Wenn meine Mutter mich dabei erwischen würde, wie ich eine illegale Drachentöter-Mission aktiviere, würde sie mich in einem Geheimverlies irgendwo auf einem hohen Berg einsperren, das von einer Truppe Meuchelmörder bewacht wird. Ganz egal, aus welchem Grund ich das getan hätte.«

»Du machst dir also überhaupt keine Sorgen, Pen?«, erkundigte sich Anne, die insgeheim eher Hiro recht gab.

»Hört mal, ich sage ja nicht, dass wir ihm gleich das Schwert aushändigen sollten, wenn wir es finden. Aber wir sollten echt nicht so hart mit ihm ins Gericht gehen«, meinte Penelope, und ihre Stimme klang plötzlich ungewohnt streng. »Und selbst wenn wir *ihm* nicht hundertprozentig trauen können, ist da immer noch Emmanuelle. Sie hat sich eigenhändig die Augen rausgerissen, um das Schwert zu schützen. Wir sollten zumindest *ihr* vertrauen.«

»Du hast recht«, sagte Anne beschwichtigend. »Das sind wirklich gute Argumente. Ich denke, Hiro ist einfach nur vorsichtig.«

»Gegen Vorsicht ist ja auch nichts einzuwenden. Aber die Mission abzubrechen, kommt nicht infrage«, erwiderte Penelope.

»Von Abbrechen war auch nie die Rede«, stellte Anne klar.

»Gut.«

Die drei Freunde verfielen in ein unbehagliches Schweigen, bis Emmanuelle und Valerian sich zu ihnen gesellten.

»Zeit zu gehen«, verkündete Emmanuelle. »Wir werden einige Stunden brauchen, um zur Abtei zu kommen. Je früher wir also aufbrechen, desto besser.«

Valerian und Emmanuelle nahmen auf der Bank in dem einen Ruderboot Platz, während sich Anne, Penelope und Hiro auf die Bank in dem anderen zwängten. Valerian reichte ihnen eine lange Stange und zeigte ihnen, wie man sie an dem Propeller am Heck befestigte.

»Zum Lenken«, erklärte er.

»Los geht's«, sagte Emmanuelle. Sie löste die Seile, mit denen das Luftschiff an Holzpflöcken im Boden befestigt war. Im Nu stieg es in die Höhe. Schon bald lag die Ebene weit unter ihnen und war nur noch an den Lichtern aus dem Dorf zu erkennen, die vom Schnee zurückgeworfen wurden.

Anfangs wurden sie von einer kräftigen Brise angetrieben, wodurch das Fliegen sie keinerlei Anstrengung kostete. Doch nach etwa einer Stunde flaute der Wind ab, und sie mussten in die Pedale treten. Auf diese Weise brachten sie Dutzende von Ebenen hinter sich. Ein großer Teil davon war unbewohnt und bestand lediglich aus schneebedeckten Hügeln und Wäldern, aber auf etwa der Hälfte davon befand sich zumindest ein Dorf oder eine kleine Stadt und manchmal sogar eine Burg oder ein Schloss mit spiralförmig gewundenen Türmen. Sie überflogen Getreidefelder und Weiden voller grasender Rinder, Schafe und Strauße. Auf einer Ebene entdeckten sie eine richtig große Stadt mit bunten Dächern, die sich an einen der vielen Berghänge schmiegte.

Nach einer Weile hatten sie die dichter besiedelten Ebenen hinter sich gelassen und kamen in eine kargere Gegend, wo sich nur noch vereinzelt Spuren von Leben fanden. Trotzdem wies Emmanuelle Valerian an, sich möglichst tief im Schatten zu halten, damit sie auf keinen Fall gesehen wurden. Sie wollte kein Risiko eingehen. Inzwischen war es weit nach Mitternacht, und Anne spürte, wie die Müdigkeit sie zu übermannen drohte. Der Wind hatte wieder aufgefrischt, sodass sie nicht mehr in die Pedale treten mussten. Hiro und Emmanuelle waren im Sitzen eingenickt. Valerian starrte hinauf zu den Sternen und schien sich ganz in seine eigene Welt zurückgezogen zu haben.

Anne stützte ihr Kinn auf den Rand des Bootes und sah nach unten ins GLFM – das Große Leuchtende Feld aus Magie im Zentrum der Hierarchie. Nachts war es deutlich dunkler, wie glühende Kohlen in einem verlöschenden Feuer.

»Woher weiß es das?« Penelope beugte sich über Annes Schulter.

»Woher weiß wer was?«, fragte Anne.

»Das GLFM. Tagsüber ist es hell, und nachts wird es dunkel. Aber woher weiß es, welche Tageszeit gerade herrscht?«

»Keine Ahnung«, gestand Anne. »Magie wahrscheinlich.«

Sie schloss die Augen und döste ein.

Plötzlich richtete sich Penelope kerzengerade auf. »Riechst du das?«

Anne schüttelte die Müdigkeit ab und schnüffelte. »Nein.«

»Hol mal tief Luft.«

Anne atmete ein, und diesmal nahm sie einen Hauch von

faulen Eiern wahr. Im Lampenschein bemerkte sie außerdem, dass kleine Teilchen durch die Luft trieben, die aussahen wie winzige graue Schneeflocken.

Anne hielt sich die Hand vor Mund und Nase. »Was ist das für ein Zeug?«

»Keinen blassen Schimmer. Aber es wird immer mehr«, sagte Penelope.

Anne griff hinüber ins andere Boot und zog Emmanuelle am Ärmel. Die fuhr aus dem Schlaf hoch. »Was ist?«

»Irgendwas stimmt hier nicht«, sagte Anne. »Es riecht komisch, und da ist so ein grauer Staub in der Luft.«

Die Schmiedin zog die Augenbrauen hoch. »Das kann nicht sein.« Sie wandte ich an Valerian. »Bring uns irgendwohin, wo wir einen besseren Ausblick auf die Umgebung haben.«

Valerian drehte die Öllampen auf, und das Luftschiff stieg höher. Vor ihnen lag ein Feld aus mehreren kleinen Ebenen, doch Valerian steuerte das Luftschiff mühelos hindurch wie ein geborener Flieger. Die Wolke aus grauen Flocken wurde dichter, und gleich hinter den Ebenen war ein seltsamer roter Schimmer zu erkennen.

»Wissen Sie, was das für ein Gestank ist?«, fragte Anne.

»Schwefel«, antwortete Emmanuelle. »Vom Vulkan.«

Penelope hustete. »Sagten Sie: *Vulkan?*«

Emmanuelle nickte. »Da liegt die Abtei.«

»Sie haben die Abtei auf einem *Vulkan* errichtet?«, fragte Anne.

»Einem inaktiven Vulkan. Oder zumindest war er das früher.«

Während sie sich ihren Weg zwischen den Ebenen hindurchbahnten, leuchtete der Himmel rot und orange auf. Direkt vor ihnen lag eine riesige Ebene, auf der ein gewaltiger Berg stand. Und gerade ausbrach. Lavaströme wälzten sich die Hänge hinab, und die Spitze explodierte in einem Gemisch aus Gas und Felsbrocken.

»Wir müssen umdrehen«, rief Emmanuelle. »Sofort.«

»Aber was ist mit Ihren Augen? Und dem Schwert?«

Emmanuelle antwortete nicht. Sie griff nach der Lenkstange, aber sie hatte kaum die Hand darum geschlossen, als Penelope plötzlich nach Luft schnappte.

»Achtung!«, brüllte sie.

Anne sah gerade noch rechtzeitig hoch, um mitzubekommen, wie etwas Orangefarbenes pfeifend an ihnen vorbeizischte.

»Lavagestein«, sagte Emmanuelle.

Inzwischen schwebte das Luftschiff über der Ebene, und als der Vulkan erneut ausbrach, flog eine ganze Ladung von Gesteinsbrocken direkt auf sie zu. Diesmal trafen einige davon die Boote. Dort, wo sie abprallten, blieben dunkle, verbrannte Flecken zurück. Hiro erwachte mit einem Aufschrei, als ein Lavabrocken ins Heck ihres Bootes plumpste.

»Die Truhe brennt«, rief Anne.

»Werft sie über Bord«, befahl Emmanuelle.

Anne und Penelope versuchten, die Truhe anzuheben, doch sie war zu schwer. Penelope riss die Lenkstange los. »Versuch's mal damit«, schrie sie.

Mit vereinten Kräften rammten Anne, Penelope und Hiro die Lenkstange unter die Truhe. Sie nutzten die Sitzbank als Hebelpunkt und schafften es so, die Truhe aus dem Boot zu stemmen. Allerdings brach dabei die Lenkstange in der Mitte durch. Die Truhe segelte durch die Luft und verteilte ihren Inhalt aus Lebensmitteln und anderen Ausrüstungsgegenständen großzügig in der Umgebung.

Die dritte Explosion war so heftig, dass die Druckwelle das kleine Luftschiff ordentlich durchrüttelte. Die Insassen gingen in Deckung, als ihnen das Lavagestein um die Ohren flog. Valerian brüllte irgendetwas, das jedoch keiner verstand.

»Was?«, rief Anne zurück.

Er zeigte nach oben. Der Ballon auf Annes Seite hatte Feuer gefangen. Das Luftschiff bekam Schlagseite, als dem Ballon langsam die Luft ausging und das Boot darunter an Höhe verlor.

»Schneidet die Seile durch«, befahl Emmanuelle.

»Aber dann haben wir nur noch einen Ballon«, erwiderte Anne.

»Ja, aber der brennt wenigstens nicht.«

Emmanuelle hielt ihr ein Messer hin, doch noch bevor Anne danach greifen konnte, krachte ein riesiger Felsbrocken durch die Mitte des Luftschiffs und durchtrennte die Seile und Streben, die die beiden Boote zusammenhielten. Kaum dass die Boote getrennt waren, trieben sie in unterschiedliche Richtungen davon. Das Boot mit Emmanuelle und Valerian stieg schwankend höher, während das, in dem Anne, Penelope und Hiro saßen, mit beängstigender Geschwindigkeit abwärts trudelte. Es zog einen eindrucksvollen Schweif aus Feuer und Rauch hinter sich her. Selbst wenn die Lenkstange noch intakt gewesen wäre, hätten sie keine Möglichkeit gehabt, ihren Absturz irgendwie zu kontrollieren. Das Einzige, was sie tun konnten, war, sich festzuhalten und zu hoffen, dass sie nicht in die Weite des Nachthimmels geschleudert wurden.

»Notfall«, japste Hiro.

»Das ist die Untertreibung des Jahres!«, schrie Penelope.

Hiro zeigte auf den Panzerhandschuh. »Notfall. Signal.«

»Ach du meine Güte, das habe ich ja ganz vergessen!«, sagte Anne.

Jeffery war mit einem Notfallsignal ausgerüstet, das er pro Mission einmal einsetzen konnte. Wenn es Anne gelang, das Signal schnell auszulösen, konnte Nana sie vielleicht rechtzeitig retten, bevor sie auf dem Boden aufschlugen. In einer Notsituation durfte Nana ihnen doch bestimmt immer noch helfen.

Anne hob ihren Panzerhandschuh. »Jeffery!«

Jeffery kam in einem Lichtblitz herausgeschossen. »Hey, ich will ja echt nicht rumnörgeln, aber ihr solltet wirklich mal

Flugstunden nehmen. Nur so unter uns: Eure Steuerkünste lassen zu wünschen übrig.«

»Schick das Notfallsignal aus!«, brüllte Anne.

»Erstens: Es gibt keinen Grund, so zu schreien. Ich sitze direkt vor dir. Zweitens: Glaubst du wirklich, irgendein Drache wird auf euer Notfallsignal reagieren, während ihr euch auf einer Drachentöter-Mission befindet?«

»Jetzt mach schon!«

Jeffery zuckte mit den Schultern. »Du bist die Hüterin.« Seine Augen leuchteten auf und sandten zwei kleine Lichtkugeln aus, die in den Himmel stiegen und dort zu dem riesigen Bild eines Drachen explodierten.

Das Boot drehte sich immer noch wie wild um die eigene Achse, und Anne wurde langsam schwindelig. Sie kniff die Augen zu und flüsterte: »Komm schon, Nana.«

»Übrigens«, bemerkte Jeffery, »nur zur Information: Es ist nicht zu empfehlen, während des Fluges die Augen zu schließen.«

»Navi deaktivieren«, zischte Anne genervt.

»Hey, warte do…«, protestierte Jeffery und verschwand.

»Anne, hilf mir mal!«, rief Hiro. »Zieh an dem Seil!«

Anne folgte der Richtung, in die sein Finger wies, und entdeckte ein Seil, das lose um den Ballon herumflatterte. Sie bekam es zu fassen und zog mit einem Ruck daran. Im selben Moment zog Hiro neben ihr an einem anderen Seil. Dadurch verschob sich der Schwerpunkt des Ballons zurück in die Mitte, und das Boot hörte auf zu trudeln. An der Geschwindigkeit ihres Falls änderte sich dadurch nichts, nur dass sie jetzt mehr oder weniger senkrecht hinabstürzten. Die Unterseite des Bootes rasierte die Spitzen mehrerer Bäume ab und vermied es nur um Haaresbreite, gegen einen Felsvorsprung zu krachen. Sie schwebten über das hohe Gras einer üppigen Weide, an deren Ende ein kleiner Geräteschuppen stand.

»Nicht den Schuppen, nicht den Schuppen, nicht den Schuppen«, wiederholte Anne mantraartig, doch vergebens.

Sie krachten punktgenau durch das Dach.

Und gingen in einem gewaltigen Feuerball auf.

DAS ULTIMATIVE HANDBUCH FÜR ABENTEURER

UND IMMOBILIENBESITZER

rät:

Wenn Sie ein Eigenheim errichten wollen, gibt es eine Vielzahl ausgezeichneter Standorte, die nicht nur den Wert Ihres Hauses, sondern auch dessen Außenwirkung beträchtlich erhöhen. Ein aktiver Vulkan gehört nicht dazu.

8

Statue vs. Lavakäfer

Qualm hing in der Luft. Anne hielt sich ihren Ärmel vor den Mund. Sie lag auf dem Lehmboden des Geräteschuppens, doch bis auf ein paar Beulen und Schrammen war sie unverletzt. Zumindest schien nichts gebrochen zu sein. Sie rappelte sich mühsam auf und humpelte mit wackligen Knien zum Ruderboot. Der Ballon war vollkommen erschlafft und brannte immer noch, die Sitzbank war in der Mitte durchgebrochen, und vom Propeller fehlte jede Spur. Vermutlich war er abgerissen worden, als sie durch das Dach gekracht waren – das, nebenbei bemerkt, ebenfalls in Flammen stand.

Hiro war auf der anderen Seite des Bootes gelandet und versuchte gerade, hustend auf die Beine zu kommen. Anne eilte zu ihm und half ihm auf.

»Wo ist Penelope?«, fragte sie.

Hiro wurde von einem weiteren Hustenanfall übermannt und konnte bloß den Kopf schütteln.

Mit wachsender Verzweiflung suchte Anne den Raum ab, doch von ihrer Freundin fehlte jede Spur. Schließlich entdeckte sie zwei Beine im Inneren des Ruderbootes. Sie gehörten Penelope, die im Bug unter einem brennenden Stück Ballonhülle lag. Schnell zog Anne den Stoff weg. Penelope hatte die Augen geschlossen, und in ihrer Stirn klaffte eine tiefe Wunde.

»Wir müssen das Feuer löschen«, sagte Anne.

»Keine Zeit«, keuchte Hiro. »Müssen sie raustragen.«

Hiro schnappte sich das Sitzkissen von der Bank und warf es neben dem Boot auf den Boden, um die Landung etwas abzufedern. Dann packten sie gemeinsam Penelopes Arme und versuchten, sie rauszuziehen, doch sie rührte sich nicht vom Fleck. Anne stellte fest, dass einer ihrer Füße unter der Bank eingeklemmt war. Sie griff danach, um ihn herauszuziehen, aber die Bank hatte sich mit der Seitenwand des Bootes verkeilt.

Hiro hustete. »Der Qualm … dichter.«

Ohne sich um die zunehmende Hitze und die züngelnden Flammen zu scheren, stieg Anne in das Boot und stemmte einen Fuß seitlich gegen die Bank. Sie zog, so fest sie konnte, aber die Bank gab kein bisschen nach. Hiro sprang ihr zur Seite und griff sich eine der zerbrochenen Streben. Er schob sie unter die Bank, und mit vereinten Kräften gelang es ihnen, diese um ein paar Millimeter zu verrücken. Nachdem sie den ganzen Vorgang einige Male wiederholt hatten, schafften sie es schließlich, die Bank weit genug hochzustemmen, dass sie

Penelopes Fuß herausziehen konnten. Sie packten Penelope wieder bei den Armen und rollten sie über die Seitenwand aus dem Boot, sodass sie zielgenau auf dem Kissen landete.

»Komm schon«, presste Anne zwischen ihren zusammengebissenen Zähnen hervor.

Hiro und sie kletterten aus dem Boot und ließen sich auf der anderen Seite hinabfallen. Dann packte jeder von ihnen einen Zipfel des Kissens, und gemeinsam zogen sie Penelope darauf über den Boden. Die Tür ließ sich zum Glück leicht öffnen, und so zerrten sie das Kissen hinter sich her nach draußen in die Kühle der Nacht, bis sie einen ausreichend großen Sicherheitsabstand zwischen sich und das brennende Gebäude gebracht hatten. Dann ließen sie sich erschöpft auf den Boden fallen und atmeten tief durch. Die Luft war immer noch voller Asche, aber immerhin drohte sie nicht mehr sie zu ersticken.

Anne und Hiro sahen zu, wie das restliche Dach einstürzte. Eine Säule bunter Flammen stieg in den Himmel und hüllte schon bald den gesamten Schuppen ein.

Penelope hustete und schlug die Augen auf. »Was ist passiert?«, fragte sie benommen.

»Wir sind abgestürzt, und du hast einen Schlag abbekommen und bist ohnmächtig geworden«, erklärte Anne.

»Was? Schon wieder?«

Während ihrer ersten Mission waren Penelope und Anne von der Zugbrücke auf Saint Lupin's gesprungen, und Penelope hatte sich den Kopf angeschlagen und war bewusstlos in den Wassergraben gefallen. Sie betastete die frische Beule auf ihrer Stirn. »Na, wenigstens ist die auf der anderen Seite, dann ist das zumindest wieder ausgeglichen. Aber ich muss echt aufpassen, das schadet sonst noch meinem Ruf.«

»Was jetzt?«, wollte Hiro wissen.

Der Ascheregen aus dem Vulkan wurde dichter, und ein Lavastrom floss unaufhaltsam den Berghang hinab, direkt auf sie zu.

Anne sah sich um. »Als Allererstes müssen wir Emmanuelle und Valerian finden.«

»Was ist mit den Augen?«

»Sie sind die Einzigen, die wissen, wo die sind.«

»Ich kann nicht fassen, dass wir unsere Weise Alte Frau verloren haben«, sagte Penelope. »Und das nach nicht mal einem Tag. Das muss ein neuer Rekord sein. Dafür kriegen wir von Jocelyn garantiert eine schlechte Note.«

»Na ja, da wir uns genau genommen schon wieder auf einer illegalen Mission befinden, rechne ich nicht damit, dass wir auf irgendeinem Gebiet gute Noten bekommen«, meinte Anne.

»Copperhelm wird noch schlimmer sein«, stöhnte Penelope. »Ich kann ihn jetzt schon hören: ›Früher, als ich in eurem Alter war, haben wir besser auf unsere Weisen Alten Frauen aufgepasst.‹«

Anne verdrehte die Augen. »Das ist nicht gerade hilfreich.«

Hiro deutete auf zwei identisch aussehende Türme. »Ich

glaube, die andere Hälfte des Luftschiffs ist in diese Richtung geflogen.«

Anne nickte. »Dann lasst uns gehen.«

Sie machten sich auf den Weg zu den Türmen. Um hinzukommen, mussten sie ein weiteres Grasfeld überqueren, das ebenfalls in Flammen stand. Es war von einem Holzzaun umgeben, der auf der gegenüberliegenden Seite an die Abtei grenzte. Auf dem Gelände befanden sich Dutzende Gebäude, die durch zahlreiche Innenhöfe und Tore miteinander verbunden waren. Sie sahen ziemlich verfallen aus, und fast alle brannten lichterloh. Nachdem sie ein paarmal falsch abgebogen und in irgendwelchen Sackgassen gelandet waren, erreichten die Freunde endlich ihr Ziel.

Die beiden Türme wurden von einem tiefen Graben getrennt, dessen Boden mit spitzen Felsen übersät war. Er ersteckte sich in beide Richtungen, so weit das Auge reichte. Anne, Penelope und Hiro waren am Fuß des einen Turms angekommen, und auf der anderen Seite, in einem leeren Hof am Fuß des anderen Turms, stand das angeschlagene Luftschiff. Obwohl es von einer dicken Ascheschicht bedeckt war und der Ballon ziemlich zusammengesunken im Wind flatterte, wirkte es alles in allem noch überraschend gut in Schuss. Von Emmanuelle und Valerian fehlte allerdings jede Spur.

Um sie zu finden, mussten sie irgendwie auf die andere Seite des Grabens gelangen, doch die einzige Brücke war zerstört. Weit oben gab es noch eine Verbindung zwischen den beiden

Türmen, die allem Anschein nach intakt war. Die Türen des ersten Turms waren verdächtig verkohlt und hingen lose in den Angeln, doch die drei Abenteurer wagten sich trotzdem vorsichtig hinein. Das Innere bestand aus einem einzigen großen, offenen Raum, an dessen Wand sich eine Wendeltreppe nach oben schraubte – oder jedenfalls mal geschraubt hatte. Denn jetzt war die Treppe kaum mehr als eine brennende, qualmende Ruine, von der nur noch vereinzelte Stufen übrig waren, die hier und da aus den Wänden ragten.

»Wie sollen wir da denn hochkommen?«, fragte Penelope.

»Ich glaube, das können wir nicht«, meinte Anne. »Und einen anderen Weg nach oben sehe ich nicht.«

Sie gingen wieder nach draußen. Der Turm war aus großen, unbehauenen Steinen gebaut worden, die mehr schlecht als recht zusammenpassten. Im Laufe der Zeit waren die Außenwände vom Wetter glatt geschliffen worden, aber die Ritzen und Spalten zwischen den Steinen boten immer noch genug Halt für Hände und Füße.

»Ich denke, so geht's«, sagte Anne.

»Aber du hast doch gerade gesagt, es gibt keinen Weg nach oben«, protestierte Hiro.

»Im Turm, ja«, erwiderte Anne. »Hier an der Außenseite müsste es funktionieren. Wir können da hochklettern. Wenn wir auf der dem Vulkan abgewandten Seite bleiben, sind wir auch gleichzeitig vor der Hitze geschützt.«

Hiro stöhnte laut. »Aber die liegt direkt über dem Graben.«

»Sieh's doch mal so«, meinte Penelope. »Wenn wir abstürzen, durchleben wir nur ein paar Sekunden entsetzlicher Todesangst, bevor wir zermatscht werden.«

»Je früher wir losklettern, desto früher haben wir es hinter uns«, beschloss Anne. Sie stellte einen Fuß auf einen hervorspringenden Stein, tastete mit der Hand nach einem weiteren und zog sich hoch. Binnen kürzester Zeit war sie bereits drei Meter über dem Boden.

»Kommt schon«, rief sie. »Es ist nicht so schlimm, wie es aussieht.«

»Na wunderbar«, brummte Hiro. Trotz seiner Bedenken folgte er Anne, wobei er sich an denselben Ritzen und Vorsprüngen nach oben hangelte wie sie. Penelope machte sich als Letzte an den Aufstieg.

Anfangs kamen sie zügig voran, doch nach etwa der Hälfte der Strecke geriet Anne ins Stocken. Es gab nur einen kleinen Vorsprung, an dem sie sich festhalten konnte, und der befand sich seitlich von ihr. Und der nächste führte sie noch weiter zur Seite, statt nach oben.

»Warum umrunden wir den Turm?«, fragte Hiro.

»Das ist der einzige Weg, den ich finden kann«, antwortete Anne. »Aber immerhin sind wir so nicht mehr über dem Graben.«

»Das ist nicht gut«, sagte Hiro. »Ganz und gar nicht gut.«

»Kletter einfach weiter«, erwiderte Anne.

Sie mussten noch ein ganzes Stück seitwärts klettern, bis sie sich praktisch auf der anderen Seite des Turms befanden. Obwohl die Eruptionen nicht mehr so heftig waren, wurde es hier trotzdem deutlich heißer. Der Ascheregen war dichter und die Luft voller kleiner brennender Partikel. Schließlich fand Anne zwei Vorsprünge, die wieder nach oben führten, und hangelte sich geschickt daran hoch. Doch kurz bevor sie das obere Fenster erreicht hatte, wurde die Wand über ihr auf einmal vollkommen glatt.

»Warum halten wir an?«, rief Penelope unter ihr. »Das Wetter hier lädt nicht gerade zum Sonnenbaden ein.«

»Ich kann mich nirgends mehr festhalten«, rief Anne.

Penelope reckte den Kopf. »Was ist mit dem Fensterbrett?«

Anne versuchte, danach zu greifen, aber ihr fehlte mindestens eine halbe Armlänge.

»Zu weit weg«, rief sie nach unten.

»Und wenn du springst?«

»Was?«

»Ich sagte: Und wenn du springst?«, wiederholte Penelope.

»Dann könnte ich sterben!«

»Also, wenn wir noch lange hier draußen bleiben, stirbst du garantiert.«

Anne sah hoch zum Fensterbrett. Ihre Chancen, es zu erreichen, standen bestenfalls fünfzig zu fünfzig. Und selbst wenn sie sprang und es schaffte, konnte das Fensterbrett immer noch unter ihrem Gewicht nachgeben. Sie schüttelte den Kopf. Sie konnte entweder wieder nach unten klettern oder die ganze Nacht hier hängen und alle erdenklichen Szenarien durchspielen oder …

Anne entschied sich zu springen.

Einen nervenzerfetzenden Augenblick lang hing sie in der Luft. Dann berührte ihre Hand das Fensterbrett, und sie krallte sich mit aller Kraft daran fest. Sie zog sich hoch und schaffte es, den Ellbogen ihres anderen Arms über das Brett zu schieben. Danach war es ein Kinderspiel (na ja, verglichen mit dem Rest jedenfalls), sich nach oben und ins Innere des Turms zu ziehen.

Sie gönnte sich jedoch keine Verschnaufpause, sondern drehte sich gleich wieder um und streckte die Arme aus dem Fenster.

»Ich fang dich auf«, rief sie Hiro zu.

Hiro griff nach oben. Sie bekamen einander an den Ellbogen zu fassen, und Anne half ihm hoch. Penelope folgte gleich darauf. Sie war größer und kam daher von selbst ans Fensterbrett.

Hiro sank an der Wand nach unten und schloss die Augen. »Nie wieder klettern.«

»Komm«, sagte Anne. »Wir müssen weiter.«

Anne, Penelope und Hiro rannten über die Brücke in den anderen Turm hinüber, dessen Inneres glücklicherweise unbeschädigt war. Sie rasten die Treppe runter und stolperten förmlich in den Hof hinaus, wo das verunglückte Luftschiff lag.

Völlig außer Atem sah Anne sich um und keuchte: »Wo können sie bloß hingegangen sein?«

Penelope zeigte auf den Boden.

Der Ascheregen fiel nach wie vor dicht und reichlich, aber sie konnten gerade so noch zwei Paar Fußspuren ausmachen, die von dem Luftschiff zu einem großen steinernen Gebäude am anderen Ende des Innenhofs führten. Natürlich stand auch dieses Gebäude in Flammen.

»Sie müssen darin Zuflucht gesucht haben«, meinte Anne.

Aus dem Gebäude kam ein gedämpfter Aufschrei. Anne, Penelope und Hiro sprinteten über das Kopfsteinpflaster und stürmten hinein.

Emmanuelle lag in der Mitte eines großen Raums auf dem Boden. Valerian hatte sich einen Stuhl geschnappt und hielt ihn wie ein Löwenbändiger vor sich, um einen Käfer abzuwehren, der größer war als ein Eiserner Ritter. Der Käfer schimmerte und pulsierte in Gelb, Rot und Orange wie ein zum Leben erwachter Klumpen Lava. Jedes Mal wenn der Stuhl den Käfer berührte, geriet das Holz in Brand. Und schlimmer noch: Überall, wo der Käfer hintrat, versengte er den Boden und hinterließ ein brennendes Loch. Durch diese Löcher konnten sie sehen, dass unter dem Boden immer noch mehr Lava hereinströmte und sich zwischen den Grundmauern sammelte.

Anne und Hiro rannten zu Emmanuelle. Sie war benommen, aber noch bei Bewusstsein, und sie halfen ihr auf. Währenddessen zog Penelope ihr Schwert und eilte Valerian zu Hilfe. Sie versetzte dem Panzer des Käfers einen Hieb, woraufhin ihr Holzschwert in Flammen aufging. Sie wedelte damit durch die Luft, bis das Feuer erlosch. Dann wichen Valerian und sie zurück und gesellten sich zu den anderen.

»Was ist das für ein Ding?«, brüllte Penelope gegen das Getöse der Flammen an.

»Ein Lavakäfer«, antwortete Valerian. »Wir sind hergekommen, um die Augen zu holen, aber das Vieh hat uns angegriffen, bevor wir sie erreichen konnten.«

»Wo sind sie?«, fragte Anne.

»Da drüben.« Valerian zeigte zum hinteren Ende des Raums, wo die riesige Statue einer Frau in fließenden Gewändern stand. Der Lavakäfer blockierte ihnen den Weg dorthin.

»Ich helfe euch, sie zu holen«, sagte Emmanuelle.

»Ihr drei geht zur Statue«, kommandierte Penelope. »Wir kümmern uns um dieses Vieh.«

Penelope und Valerian stürmten mit lautem Gebrüll auf den Käfer zu. Er ging sofort zum Angriff über, doch sie wichen rechtzeitig zurück. Seine Füße hinterließen frische, zischende Brandlöcher im Boden.

Anne und Hiro führten Emmanuelle an der Wand entlang zur Rückseite des Raumes, um den Löchern und dem Kampfgeschehen so weit wie möglich aus dem Weg zu gehen. Als sie zur Statue kamen, beugte sich Emmanuelle zu ihnen runter und erklärte: »Ich komme nicht an den Kopf ran, und wir haben keine Zeit, etwas zu suchen, worauf ich mich stellen kann, deswegen müsst ihr das machen. Ihr müsst die Augen nacheinander entfernen, und zwar das rechte zuerst. Um die Augen rauszunehmen, müsst ihr draufdrücken und sie dabei gleichzeitig drehen – erst eine Vierteldrehung nach links und dann zwei Vierteldrehungen nach rechts. Ihr habt bloß diesen einen Versuch. Wenn ihr auch nur eine falsche Bewegung macht, bleiben sie für immer in der Statue stecken.«

»Alles klar«, bestätigte Anne.

»Das hier wirst du brauchen.« Emmanuelle gab Anne einen Lederbeutel mit einem Riemen zum Umhängen. Anne verstand zwar nicht so recht, wofür sie den brauchen sollte, hängte ihn sich aber trotzdem über die Schulter.

»Wir helfen dir rauf«, sagte Hiro.

Die Statue war gut und gerne doppelt so hoch wie ein normaler Mensch und damit sogar größer als Rokk. Hiro und Emmanuelle verschränkten ihre Hände und hoben Anne an der Seite der Statue nach oben. Sie klammerte sich an deren Bein und trat auf Hiros Schulter. Er grunzte vor Anstrengung, blieb aber standhaft. Von dort konnte Anne sich mit etwas Schwung in die Hand der Statue hinaufziehen.

Um sie herum brannte das Gebäude, und Penelope und Valerian kämpften unter lautem Geschrei mit dem Käfer, der lärmend durch den Raum stampfte. Anne tat ihr Bestes, das Chaos zu ignorieren und sich ganz auf ihre Aufgabe zu konzentrieren. Sie brauchten diese Augen. Sie hangelte sich am

Arm der Statue zu deren Kopf weiter. Dann schnappte sie hörbar nach Luft.

»Was ist?«, rief Hiro.

»Die Augen sind riesig«, antwortete Anne.

Angesichts der Größe der Statue war das eigentlich auch nur logisch, aber es war doch nicht ganz das, womit Anne gerechnet hatte. Die Augen waren so groß wie ihre Faust. Sie sah zu Emmanuelle hinab. »Ich dachte, das wären Ihre Augen.«

»Das sind sie auch«, entgegnete Emmanuelle. »Ich habe sie durch Magie an die Größe der Statue anpassen lassen. Wenn tatsächlich jemand hier danach suchen sollte, wird er nicht so leicht darauf kommen, dass sie sich in der Statue verstecken. Aber sie werden trotzdem ihren Zweck erfüllen. Vertrau mir.«

So wie die Dinge standen, blieb Anne ohnehin nichts anderes übrig. Sie betrachtete das Gesicht der Statue. Es sah aus wie eine deutlich jüngere Version von Emmanuelle.

»Moment, das rechte Auge fehlt«, sagte Anne.

»Was soll das heißen?«, fragte Emmanuelle.

»Es heißt, dass es verschwunden ist«, antwortete Anne. »Irgendjemand ist uns zuvorgekommen.« Sie versuchte, nicht darüber nachzudenken, was das bedeuten mochte.

»Darüber machen wir uns später Gedanken. Nimm dir das andere«, drängte Emmanuelle.

Anne legte die Hand auf das linke Auge. Es füllte ihre komplette Handfläche aus. Obwohl es aus Stein war, fühlte es sich irgendwie komisch an, das zu tun. Sie holte tief Luft und drückte es dann nach innen, während sie es gleichzeitig erst eine Vierteldrehung nach links und dann zwei Vierteldrehungen nach rechts drehte. Darauf hörte sie ein leises Klicken, und das Auge fiel aus seiner Höhle. Es war schwerer, als Anne erwartet hatte, doch sie fing es auf und steckte es in den Lederbeutel.

»Ich hab es«, rief sie nach unten.

»Vorsicht!«, brüllte Hiro.

Der Boden bebte, und die Statue kippte leicht nach vorne. Anne rutschte an deren Arm nach unten und ließ sich fallen. Zusammen mit Hiro führte sie Emmanuelle zurück zur Wand, dorthin, wo der Boden noch etwas stabiler schien. Der Lavakäfer zwang Penelope und Valerian in Richtung Statue.

Da kam Anne eine Idee. »Pen, mach dich bereit loszulaufen«, schrie sie.

Penelope hob ihr Schwert zum Zeichen, dass sie verstanden hatte.

»Ich brauch noch mal eure Hilfe«, sagte Anne zu Hiro und Emmanuelle. Sie stellten sich hinter die Statue, stemmten sich mit vereinten Kräften gegen den Sockel und brachten die Statue zum Schwanken. Anne wartete, bis der Käfer nah genug herangekommen war, und rief: »Jetzt!«

Penelope und Valerian sprangen zur Seite, und Anne, Hiro und Emmanuelle versetzten der Statue einen letzten Stoß. Sie kippte nach vorne auf den Käfer und krachte mit ihm durch den geschwächten Boden.

Anne und ihre Begleiter drängten sich an der Wand zusammen. Der Raum brannte mittlerweile lichterloh, und der Boden war so durchlöchert, dass es keinen sicheren Weg zurück zur Tür gab.

»Wir halten hier nicht mehr lange durch«, stellte Hiro fest.

»Jetzt wäre ein guter Zeitpunkt, auf unser Notfallsignal zu reagieren, Nana«, flüsterte Anne mehr zu sich selbst.

Kaum dass sie es ausgesprochen hatte, gab der Boden endgültig nach. Die Dielen unter ihren Füßen zersplitterten, und sie stürzten auf den See aus Lava zu.

Anne öffnete den Mund, um zu schreien …

… und wurde jäh von einem grünen Licht unterbrochen.

Als der Feuerball sich auflöste, fand Anne sich auf einer ringförmigen Ebene mit einem großen Loch in der Mitte wieder. Es gab ein paar Bäume und struppige Büsche, aber das war eigentlich auch schon alles. Der innere Rand der Ebene bestand aus sorgfältig behauenen Steinen, die mit filigranen Symbolen verziert waren. Weit unten war das GLFM zu sehen. Nach dem Stand der Sonne zu urteilen, musste es später Nachmittag sein, was bedeutete, dass ihre Reise wieder volle sechzehn Stunden gedauert hatte. Ein Sechzehn-Stunden-Feuerball ließ sich noch auf alle möglichen äußeren Umstände schieben. Aber beim zweiten Mal konnte es sich nicht länger um einen Zufall handeln.

Eine große graue Gestalt kam auf sie zu.

»Hallo, mein Name ist Rokk«, sagte Rokk.

Anne war überrascht, ihn zu sehen. »Wie bist du hierhergekommen?«

Der Roboter blickte sich um. »Das ist mir nicht bekannt. Ich nehme eine Lücke in meinem Speicher wahr.«

»Verstehst du es denn nicht?«, fragte Penelope. »Nana hat ihn geschickt. Sie hat Jefferys Notfallsignal empfangen, uns per Feuerball hierher versetzt und Rokk hinterhergeschickt, weil sie uns nicht selbst begleiten kann. Er kann sich bloß nicht daran erinnern, weil er von dem Blitzschlag in der Bibliothek immer noch benommen ist.«

»Kann sein«, erwiderte Anne. Sie wandte sich an Emmanuelle und Valerian. »Das ist Rokk. Er ist … ein Freund von uns.«

»Freut mich, dich kennenzulernen, Rokk«, sagte Emmanuelle.

»Und wo sind wir jetzt?«, fragte Hiro, der sich die Ascheflocken von den Schultern fegte.

»Hoffentlich genau dort, wo wir sein müssen, um das Schwert zu holen«, antwortete Emmanuelle, während Valerian sie zu den anderen hinüberführte.

»Das ist der richtige Ort«, sagte Valerian. »Ich erkenne ihn aus deinen Aufzeichnungen.«

»Ich hab noch nie eine Ebene gesehen, die so eine Form hatte«, meinte Anne.

»Das liegt daran, dass das hier streng genommen auch gar keine Ebene ist. Es handelt sich um ein Überbleibsel aus der Alten Welt, einen sogenannten Röhrengang«, erklärte Emmanuelle. »Damit sind die Leute früher gereist.« Sie streckte die Hand aus. »Das Auge, bitte.«

Anne nahm die große Steinkugel aus dem Beutel und reichte sie Emmanuelle. Bei Tageslicht betrachtet war das, was sich wie Stein anfühlte, leicht transparent, und man konnte deutlich die innere Struktur eines Auges ausmachen.

»Denken Sie, die Kupfernen Ritter haben das andere genommen?«, fragte Anne.

»Ich hoffe nicht«, erwiderte Emmanuelle. Anne hatte damit gerechnet, dass Emmanuelle sich das Auge wieder einsetzen würde, aber angesichts seiner Größer war das offensichtlich nicht möglich. »Irgendwo hier auf dem Ring müsste sich eine Säule befinden, ungefähr hüfthoch und aus schwarzem Stein.«

Bis auf Emmanuelle begaben sich alle auf die Suche. Schon nach wenigen Minuten stolperte Anne buchstäblich über genau so eine Säule, als sie sich einen Weg durch dichtes Gestrüpp bahnen wollte.

»Hier drüben«, rief sie.

Die anderen gesellten sich zu ihr. Rokk riss das Gestrüpp mit einer einzigen Handbewegung weg, sodass sie besser an die Säule kamen. Dann trat Emmanuelle vor.

»Röhrengang aktivieren«, sagte sie.

Oben auf der Säule tat sich eine kleine Öffnung auf, aus

der eine schwarze Kugel aufstieg, die etwa so groß wie Annes Faust war.

»Retina-Scan. Bitte stehen Sie still«, ertönte eine Stimme aus der Kugel.

Emmanuelle hielt sich den steinernen Augapfel vors Gesicht. Ein roter Lichtstrahl schoss aus der Kugel und strich über das Auge.

»Identität verifiziert«, sagte die Stimme. »Aktiviere Röhrengang. Bitte warten Sie zu Ihrer eigenen Sicherheit hinter der gelben Linie, bis sich die Iris vollständig geöffnet hat.«

Da erst bemerkte Anne die verblichene gelbe Linie, die um den inneren Rand des Rings verlief. In der Mitte des Lochs erschien ein winziger Lichtpunkt, der größer und größer wurde, bis er an den steinernen Rand stieß. Wo sich gerade eben noch völlige Leere und ein tiefes Loch befunden hatten, erhob sich nun eine glatte Trennschicht, die aussah wie die Oberfläche eines dunklen, trüben Teichs.

»Und wo ist jetzt das Schwert?«, fragte Anne, auch wenn sie der Verdacht beschlich, dass sie die Antwort bereits kannte.

Emmanuelle deutete auf die Wand. »Da drin.«

EINE KURZE GESCHICHTE DES DREIHÄNDIGEN SCHWERTS

Es war einmal eine mächtige Kriegerin, die war eine erbitterte Kämpferin auf dem Schlachtfeld und eine ebenso erbitterte Kämpferin abseits davon. Ja, sie war es sogar dann noch, wenn sie beim Abendessen jemanden um das Salz bat, denn so war sie nun einmal gestrickt. Und doch gab es eine Kreatur, die sie nie hatte bezwingen können. Also wandte sie sich an die beste Waffenschmiedin im ganzen Land.

»Kannst du mir eine Waffe schmieden, mit der ich das Biest besiegen kann?«, fragte die Kriegerin.

»Das kann ich«, sagte die Schmiedin. »Ich schmiede dir die mächtigste und tödlichste und wunderschönste Waffe, die die Welt je gesehen hat.«

Die Schmiedin machte sich sogleich an die Arbeit. Sie benötigte ein ganzes Jahr, und als sie fertig war, stimmte alle Welt darin überein, dass dies die mächtigste, tödlichste und wunderschönste Waffe war, die je geschmiedet worden war. Wie sich herausstellte, war sie außerdem die teuerste Waffe, die je geschmiedet worden war, und die Kosten dafür trieben drei kleinere Königreiche in den Ruin. Die Schmiedin gab der Kriegerin die Waffe, die Kriegerin benutzte sie, um das Biest zu töten, und das Volk frohlockte. Eine Woche später kamen alle bei einem verheerenden Erdbeben ums Leben, denn so etwas passiert nun einmal, wenn man beschließt, sich in einem erdbebengefährdeten Gebiet anzusiedeln.

Zur gleichen Zeit lebte in einem weit entfernten Königreich ein dreizehnjähriges Mädchen, das sich im Garten eine eigene Schmiede gebaut hatte. Darin schmiedete sie eines Nachmittags das Dreihändige Schwert, weil sie fand, dass das »voll mega« wäre.

9

Die Klinge der fünfzehn Finger

»Und was genau ist *da drin*?«, fragte Anne.

Valerian hob einen kleinen Stein auf und warf ihn auf die Trennschicht. Der Stein plumpste mitten hindurch und hinterließ Kreise, die sich auf der Oberfläche ausbreiteten. Als die kleinen Wellen gegen den Rand des Röhrengangs schlugen, erhaschte Anne einen kurzen Blick auf eine tiefe Grube, aus deren Wänden Hunderte Kristallstrukturen ragten. Der Boden war kaum auszumachen, schien aber flach und ohne auffallende Merkmale zu sein.

Penelope stieß einen leisen Pfiff aus. »Das ist ja ganz schön tief.«

Das Wort *tief* wurde von der Trennschicht zurückgeworfen, was etwas merkwürdig klang, während sich die restlichen Wogen legten und die Oberfläche wieder glatt und undurchsichtig wurde.

»Wie sollen wir denn da runterkommen?«, fragte sie.

Das Wort *runter* hallte laut nach.

»Keine Sorge«, sagte Emmanuelle. »Wir konnten einen Teil der Ausrüstung bergen, bevor wir von Bord gegangen sind.«

Sie nahm ein aufgerolltes Seil aus ihrem Rucksack und hängte es sich über die Schulter. Dann zog sie einen Metallpflock hervor, der an einem Ende spitz zulief und am anderen eine Öse hatte, wodurch er ein bisschen wie eine riesige Nadel aussah.

Hiro drehte sich zu Anne um. »Ich dachte, wir hätten uns darauf geeinigt, dass wir nicht mehr klettern?«

Emmanuelle hielt ihnen den Metallpflock hin. »Jemand müsste den hier im Boden verankern.«

Rokk nahm ihn ihr ab, trat einige Schritte zurück und rammte ihn so heftig in die Erde, dass der Boden unter ihren Füßen erzitterte. »Ich denke, das wird halten«, sagte er.

»Es ist auf jeden Fall praktisch, dich in der Nähe zu haben«, meinte Emmanuelle.

Valerian führte Emmanuelle zu dem Pflock, und sie fädelte das Seil durch die Öse und band es fest. Dann traten sie zurück an den Rand, und sie warf das andere Ende des Seils hinab. Anne sah zu, wie es durch die Oberfläche des Röhrengangs fiel und aus ihrem Blick verschwand.

»Was, wenn es nicht bis nach unten reicht?«, fragte Penelope.

»Ich fürchte, das ist das einzige Seil, das wir retten konnten«, antwortete Emmanuelle. »Aber die Wände sollten genug Halt bieten, falls ihr das letzte Stück klettern müsst.«

Anne riss die Augen auf. »*Ihr?* Soll das heißen, Sie kommen nicht mit?«

Emmanuelle schüttelte den Kopf. »Hinter diesem Röhrengang liegt eine andere Welt. Wenn ich sie betrete, verschlimmert sich mein Zustand rapide.«

»Und was ist mit uns?«, wollte Penelope wissen.

»Für euch sollte es sicher sein.«

»Warum gibt es eigentlich immer so viele *Solltes* in unseren Missionen?«, brummte Hiro.

Anne richtete den Blick wieder auf die Trennschicht. »Wie können wir es finden?«, fragte sie. »Das Dreihändige Schwert, meine ich. Wenn wir da unten sind. Liegt es einfach da rum? Ist es irgendwo versteckt?«

»Das weiß ich nicht«, gestand Emmanuelle. »Ich kenne auch nur seinen ungefähren Aufenthaltsort. Ich habe es selbst noch nie gesehen.« Sie trat von der Kante zurück, das Auge immer noch in der Hand.

»Machen wir das jetzt wirklich?«, raunte Hiro Anne zu.

Anne runzelte die Stirn. »Wie meinst du das?«

»Emmanuelle sagt, sie hätte das Schwert nie gesehen, und wir sollen ihr einfach glauben, dass es da unten ist? Und was ist mit Valerian? Woher wissen wir, dass wir ihm nicht bloß helfen, seine Mission zu Ende zu führen?«

»Hör nicht auf ihn«, sagte Penelope zu Anne und klopfte Hiro auf den Rücken. »Er ist nur nervös.«

Hiro warf ihr einen mörderischen Blick zu.

»Hört mal, ich sage ja nicht, dass wir nicht vorsichtig sein sollten«, meinte Anne in einem Versuch, beiden irgendwie gerecht zu werden. »Aber wir müssen dieses Schwert holen, bevor die Kupfernen Ritter es in die Finger bekommen. Was Valerian betrifft: Emmanuelle hat ihm ins Gewissen geredet, und er hat Penelope geholfen, gegen den Lavakäfer zu kämpfen. Und wenn alle Stricke reißen, haben wir ja immer noch Rokk.«

Hiros Miene blieb finster, doch er erklärte sich einverstanden.

Weil Rokk am schwersten war, kletterte er voran. Denn wenn das Seil ihn tragen konnte, dann konnte es die anderen auch tragen. Außerdem würde ihm ein Sturz im Zweifelsfall von allen am wenigsten ausmachen. Als Nächstes kam Anne, und dann folgten die anderen, auch Valerian.

Anders als Reisen per Feuerball oder mittels eines Portals fühlte sich der Übertritt durch den Röhrengang nach überhaupt nichts an. Man bekam gar nicht mit, dass man von einem Ort zum anderen gelangte. Wie auch immer der Röhrengang die beiden Seiten miteinander verband, der Wechsel verlief absolut reibungslos. Der einzige Unterschied war, dass Anne, solange sie auf der Ebene oberhalb des steinernen Rings stand, nicht in die Grube hinuntergucken konnte. Doch nachdem sie sich ein Stück weit hinabgelassen hatte und hochsah, stellte sie fest, dass sie die andere Seite problemlos erkennen konnte. Auch Emmanuelle, die am Rand auf sie wartete.

Die Kristallstrukturen an den Wänden der Grube schimmerten in den verschiedensten Blautönen. Viele von ihnen erstreckten sich von einer Seite zur anderen, wodurch eine Art dreidimensionales Labyrinth entstand. Wie Penelope befürchtet hatte, reichte das Seil nicht ganz bis zum Grund. Als Rokk ans Ende des Seils kam, stellte er sich auf einen der größeren Kristalle.

»Diese Gebilde scheinen ausreichend stabil zu sein«, sagte er.

Rokk kletterte weiter hinab, und Anne folgte ihm, auch wenn sie einen etwas anderen Weg nehmen musste, weil sie viel kleiner war als er. Trotzdem gab es genügend Kristalle, an denen sie sich festhalten konnte. Sie waren glatt und kalt, aber Anne schaffte es bis nach unten, ohne abzurutschen. Wenige Augenblicke später landete Penelope neben ihr, und kurz darauf stießen auch Hiro und Valerian dazu.

Obwohl die Grube ziemlich tief war, konnte Anne auch hier unten noch gut sehen. Ein undefinierbares blaues Licht ging von einer riesigen Kristallsäule aus, die aus der Mitte der Grube gewachsen war, kaum dass sie den Boden erreicht hatten. Als sie sich näherten, erschien über der Säule ein Gegenstand: ein kleiner Kristallschlüssel.

»O Mann«, meinte Penelope. »Ich will dem, der es gemacht hat, ja nicht zu nahe treten, aber das ist echt mal ein seltsames Schwert. Und so klein.«

»Ich glaube, das ist nur ein Schlüssel«, erwiderte Anne.

»Wahrscheinlich kann man damit irgendein Schloss öffnen, hinter dem sich das Schwert verbirgt.«

»Da bin ich aber erleichtert. Ich wollte schon sagen, wer auch immer das Ding *Dreihändiges Schwert* genannt hat, lag ganz schön daneben. Das ist ja höchstens groß genug für eine Hand.«

Rokk hob Anne auf seine Schultern. Sie wollte nach dem Schlüssel greifen, doch ihre Hand glitt einfach hindurch.

Valerian schnappte hörbar nach Luft. »Ist er kaputt?«

»Entspann dich«, erwiderte Anne. »Es ist bestimmt nur ein Hologramm.«

Sie waren schon einmal auf einen holografischen Schlüssel gestoßen, daher wusste Anne, was zu tun war. Sie streckte die Hand mit dem Panzerhandschuh aus, und als der Handschuh den Schlüssel berührte, verschwand dieser.

Anne hielt sich den Handschuh vors Gesicht. »Schlüssel aktivieren«, sagte sie.

Der Schlüssel kam wieder zum Vorschein, nur dass er diesmal über dem Handschuh schwebte. Anne griff mit dem Panzerhandschuh danach und bekam ihn zu fassen. Obwohl sie wusste, dass es sich lediglich um eine Lichtprojektion handelte, fühlte er sich überraschend solide an.

»Seht mal, ob ihr ein Schlüsselloch finden könnt«, bat sie.

Rokk setzte Anne ab, und alle machten sich auf die Suche.

»Hier«, rief Penelope im nächsten Moment von der anderen Seite der Säule.

Anne und die anderen eilten zu ihr. Etwa auf halber Höhe der Säule befand sich ein kleines Loch. Ohne zu zögern, steckte Anne den Schlüssel hinein und drehte ihn. Es klickte, und dann begann das blaue Licht zu pulsieren.

»Äh, soll das so?«, fragte Hiro.

Das Pulsieren wurde stärker.

»Vielleicht sollten wir ein bisschen Platz machen«, schlug Anne vor und trat einen Schritt zurück.

Die anderen folgten umgehend ihrem Beispiel. Doch das Pulsieren nahm weiter zu, und die Säule fing an, heftig zu vibrieren.

»In Deckung!«, rief Anne, und das Grüppchen stob auseinander.

Als Anne weglaufen wollte, geriet sie auf dem unebenen Boden ins Straucheln und fiel hin. Rokk stürzte sich auf sie und schirmte sie gerade noch rechtzeitig ab, bevor die Säule explodierte. Kristallsplitter flogen in alle Richtungen.

Rokk half Anne auf.

»Bist du verletzt?«, fragte Rokk. »Hast du irgendwelchen Schaden an Kopf, Hals, Rumpf, Armen, Händen, Beinen, Füßen und/oder sonstigen Gliedmaßen erlitten?«

»Meinen Gliedmaßen geht es gut, danke«, antwortete Anne. »Und danke, dass du mich gerettet hast. Ist bei dir alles in Ordnung?«

»Mein Körper scheint unversehrt zu sein.«

Die Explosion hatte die obere Hälfte der Säule glatt abgesprengt. Valerian ging hin und nahm den verbliebenen Stumpf in Augenschein. »Sie ist hohl«, stellte er fest.

Anne warf einen Blick hinein. Am Boden der hohlen Säule lag eine lange, flache, kunstvoll verzierte Truhe. Rokk beugte sich vor, hob sie heraus und setzte sie auf dem Boden ab. Anne kniete sich hin und öffnete den Deckel, unter dem Dutzende zersplitterte Metallteile zum Vorschein kamen.

»Das ist bloß ein Haufen Schrott«, befand Penelope.

»Das ist kein Schrott«, widersprach Valerian. »Das sind die Überreste einer zerbrochenen Klinge.«

Anne nahm einen Metallsplitter heraus und begutachtete ihn. Dann nahm sie noch einen und hielt beide zusammen. Sie passten nicht.

»Versuch's mal hiermit«, meinte Penelope und gab ihr ein anderes Stück.

Anne hielt das Fragment an das erste. Diesmal passten sie perfekt zueinander, genau wie Puzzleteile.

»Ich vermute, wir müssen die Teile alle wieder zusammensetzen, wenn wir das Schwert haben wollen«, folgerte Anne.

Sie machten sich daran, die Teile nach und nach aus der Truhe zu holen. Schnell wurde klar, dass es deutlich mehr als nur ein paar Dutzend waren. Als sie fertig waren, lagen Hunderte von Metallstücken vor ihnen.

Hiro kratzte sich am Kopf. »Es kann gar nicht sein, dass diese Teile alle da drin waren. Die Truhe ist nicht mal annähernd groß genug.«

»Aber du hast doch mit eigenen Augen gesehen, wie wir sie rausgeholt haben«, erwiderte Penelope.

»Vielleicht ist das Innere dieses Behältnisses größer als das Äußere«, sagte Rokk.

»Die komische Truhe ist unser geringstes Problem«, meinte Anne. »Ich bin mir ziemlich sicher, dass die Teile zu mehr als nur einem Schwert gehören. Ich sehe mindestens ein Dutzend Griffe.«

»Aber wenn es mehr als ein Schwert gibt, woher sollen wir dann wissen, welches das richtige ist?«, fragte Hiro.

»Vielleicht sind die ja beschriftet«, schlug Penelope vor.

»Einige Teile tragen tatsächlich eine Inschrift«, stellte Valerian fest und hielt ihnen zwei Metallstücke hin. Auf dem einen war eine Reihe winziger Zahlen zu erkennen, auf dem anderen ein kleines Quadrat.

Stück für Stück fügten sie die Einzelteile zusammen – vorsichtig, weil manche ziemlich scharfe Kanten hatten –, bis sie eine ganze Reihe von (kaputten) Schwertern beisammenhatten. Es dauerte eine gefühlte Ewigkeit und verlangte ihnen ihre ganze Geduld ab. Rokk scannte jedes Teil, das sie hochhielten, und schließlich lagen dreizehn vollständige Schwerter vor ihnen, die alle gut und gerne zweieinhalb Meter lang waren und auf den ersten Blick absolut identisch schienen. Sie traten zurück, um ihr Werk zu betrachten.

»Sieht zufällig irgendjemand was, das ›Ich bin das echte Dreihändige Schwert‹ schreit?«, fragte Penelope.

Valerian ging in die Hocke und nahm die Inschriften auf den ersten beiden Klingen unter die Lupe. »Die Zahlen sind auf jedem Schwert verschieden«, verkündete er. »Daran können wir das richtige Schwert wahrscheinlich erkennen.«

»Aber welche Zahlen sind die richtigen?«, entgegnete Hiro. »Sie bestehen alle aus Gruppen von immer drei Ziffern, was bedeutet, dass ihr Wert höher als fünfzehn ist, selbst wenn man die Ziffern einzeln zusammenzählt.«

Plötzlich kam Anne eine Idee. Sie sah auf ihre Hände und dann wieder auf die Schwerter.

»Das ist es«, murmelte sie. »Die Klinge der fünfzehn Finger.«

»So weit waren wir schon«, erwiderte Hiro schulterzuckend.

Anne streckte ihre Hände aus. »Es heißt doch: Etwas an den Fingern abzählen. Vielleicht ist das hier ganz wörtlich zu verstehen, und das Rätsel bedeutet, dass wir eine Klinge mit fünfzehn Ziffern finden müssen.«

Sie sahen sich die Schwerter an und zählten die Ziffern darauf, doch auf keinem waren genau fünfzehn. Auf den meisten waren deutlich weniger.

»So viel zu dieser Theorie«, murmelte Anne.

»Was ist mit den Formen?«, fragte Hiro. »Auf einem der Stücke, das Valerian gefunden hat, war ein Quadrat, und ich bin mir ziemlich sicher, dass ich irgendwo auch ein Dreieck und einen Kreis gesehen habe, aber ich kann sie auf keiner der Klingen entdecken.«

Hiro beugte sich vor und nahm eine Klinge in Augenschein. Er drehte einige Metallteile um, bis er fand, wonach er suchte. »Hier ist das Dreieck. Und auf der anderen Seite stehen zehn Ziffern.« Er überlegte. »Wenn man die Anzahl der Ziffern nimmt und die drei Seiten des Dreiecks dazurechnet, ergibt das dreizehn.«

Anne schaltete sofort. »Wenn auf allen so ein Zeichen ist, müssen wir wahrscheinlich die Anzahl der Ziffern mit der Anzahl der Seiten der Formen addieren …«

»Bis wir die finden, die genau fünfzehn ergibt«, ergänzte Penelope.

Sie sahen sich noch einmal alle Schwerter an, nur dass sie diesmal auch die Rückseiten der Klingen untersuchten. Hiro schrieb die Summen in sein Notizbuch.

»Ich glaube, das hier könnte es sein«, meinte Anne und hielt ein Metallstück hoch. »Vorne stehen neun Ziffern drauf und hinten ist eine Figur mit sechs Seiten.«

»Das ist das Einzige, bei dem genau fünfzehn rauskommt«, bekräftigte Hiro nach einem Blick in sein Notizbuch.

»Ju-huu!«, rief Penelope und klatschte mit Anne ab.

Hiro und Valerian konnten sich ein freudiges Grinsen nicht verkneifen.

Rokk blieb unbewegt wie immer.

Nun, da sie das Dreihändige Schwert – oder zumindest dessen Einzelteile – gefunden hatten, mussten sie nur noch dafür sorgen, dass die Kupfernen Ritter es nicht in die Finger bekamen. Anne zog den Lederbeutel hervor, den Emmanuelle ihr gegeben hatte, und legte die Metallstücke vorsichtig hinein. Dann klappte sie den Beutel zu und verschloss ihn sorgfältig mit einem Lederband.

»Verstreut die restlichen Teile auf dem Boden«, wies sie die anderen an. »Die Säule können wir nicht reparieren, aber falls noch jemand anderes hier runterfindet, sollten wir es demjenigen wenigstens so schwer wie möglich machen, dahinterzukommen, dass wir das richtige Schwert schon mitgenommen haben.« Schnell mischten sie die Einzelteile der anderen Schwerter durch und warfen sie in alle Richtungen.

Obwohl der Lederbeutel lediglich die Fragmente eines einzigen Schwertes enthielt, war er so schwer, dass nur Rokk ihn überhaupt anheben konnte. Er hängte ihn sich mühelos um den Hals. Penelope machte sich als Erste an den Aufstieg, dann folgten Valerian, Hiro und Anne. Rokk bildete diesmal die Nachhut. Als sie die Stelle erreichten, an der das Ende des Seils herabbaumelte, sah Penelope hoch.

»Bei dieser Mission wird eindeutig zu viel geklettert«, stöhnte sie.

»Vielleicht ist es das Beste, wenn wir zusammen gehen«, sagte Rokk. »Ich bin in der Lage, alle auf einmal zu tragen.«

Anne nickte. Je früher sie hier wegkamen, desto besser.

Rokk packte das Seil mit zwei Händen und nahm Penelope und Hiro mit seinem dritten Arm hoch. Anne und Valerian hielten sich derweil an Rokks Hals fest. Er zog sich zügig am

Seil nach oben, und in kürzester Zeit hatten sie den Röhrengang erreicht. Anne kletterte als Erste zurück auf die Ebene, dann folgte Valerian. Rokk setzte Penelope und Hiro ab und stemmte sich als Letzter hinauf.

Anne hatte eigentlich damit gerecht, dass Emmanuelle am Rand des Röhrengangs auf sie warten würde, aber sie war nicht da. Anne ließ den Blick über die Ebene schweifen – bis sie einen seltsamen Schatten bemerkte und hochsah. Über ihnen schwebte ein schnittiges Luftschiff, auf dessen Deck sie vier Kupferne Ritter erkennen konnte. Im gleichen Moment lösten sich die restlichen beiden Ritter aus einem nahe gelegenen Wäldchen. Emmanuelle ging zwischen ihnen. Einer der Ritter hatte sie am Arm gepackt, der andere hielt das Auge.

»Was macht ihr denn hier?«, fragte Valerian die Ritter.

Derjenige, der Emmanuelle festhielt, trat vor. »Wir stellen nur sicher, dass du dein Wort hältst. Jetzt gib uns das Schwert, wie du versprochen hast.«

Anne schnappte nach Luft.

Valerian lief knallrot an. »Ich hatte euch gesagt, dass ihr auf meine Rückkehr warten sollt.«

»Und mir hast du gesagt, du hättest keinen Kontakt mehr zu ihnen«, warf Emmanuelle ein.

»Niemand kriegt das Schwert«, verkündete Anne. »Dafür müsst ihr erst mal Rokk besiegen, und das schafft keiner.«

»Das wird nicht nötig sein«, entgegnete der Ritter und wandte sich an Rokk. »Komm mit uns.«

»Positiv«, sagte Rokk und gesellte sich zu den beiden Rittern.

»Nein!«, rief Anne.

Sie wollte ihm nachlaufen, doch dann schlug direkt vor ihren Füßen ein Blitz ein und warf sie zurück. Die vier Ritter im Luftschiff hatten ihre Stäbe gezückt und richteten sie auf die vier jungen Abenteurer. Penelope und Hiro halfen Anne auf. Valerian stand da wie vom Donner gerührt.

Das Luftschiff sank herab, bis es unmittelbar über dem Röhrengang schwebte. Eine Rampe wurde heruntergeklappt, und der Ritter, der Emmanuelle festhielt, versuchte, sie auf die Rampe zu ziehen. Doch sie widersetzte sich und riss sich los. Als der Ritter wieder nach ihr greifen wollte, traf er sie versehentlich an der Schulter und stieß sie über die Kante. Sie stürzte in den Röhrengang und verschwand.

»Mutter!«, schrie Valerian.

Der Ritter, der das Auge beschlagnahmt hatte, versetzte der schwarzen Säule einen Fußtritt, sodass sie in tausend Stücke zersprang. Der Röhrengang löste sich auf, und zurück blieb nur das ursprüngliche Loch, das zum GLFM hinabführte. Der erste Ritter packte Valerian am Arm und zog ihn zur Rampe. Valerian folgte ihm aufs Luftschiff, ohne sich zu wehren. Er wirkte wie betäubt. Dann ging der zweite Ritter an Bord, und als Letzter lief Rokk die Rampe hinauf. Er sah Anne nicht mal an. Sobald Rokk an Bord war, holten die Ritter die Rampe wieder ein.

Das Schiff legte ab und stieg mitsamt den Kupfernen Rittern, Valerian, Rokk, dem Auge und dem Dreihändigen Schwert in den Himmel.

Anne, Penelope und Hiro mussten hilflos mit ansehen, wie das Luftschiff davonsegelte. Sie waren vollkommen überrumpelt. Perplex. Sprachlos. Das Letzte, womit sie in diesem Moment gerechnet hätten, waren drei große Drachen, die aus dem wolkenlosen blauen Himmel herabstießen und sie packten.

Interessanterweise geschah jedoch genau das.

So was wie ein Mittellog*

DAS ULTIMATIVE HANDBUCH FÜR ABENTEURER

WIE SIE EINE FANTASTISCHE GESCHICHTE ERZÄHLEN
hat zum Thema überraschende Wendungen Folgendes zu sagen:

Eine überraschende Wendung ist eine unerwartete Entwicklung der Ereignisse.

Beispiel 1: Jemand, den alle für tot gehalten haben, entpuppt sich als quicklebendig.

Beispiel 2: Jemand, den alle für tot gehalten haben, entpuppt sich als Pastinake.

Beispiel 3: Eine Gruppe von Drachen kommt aus dem Nichts herabgestoßen, packt die Hauptdarsteller der Geschichte und fliegt mit ihnen weiß der Geier wohin.

* Manche Leute werden behaupten, dass es so was wie einen Mittellog nicht gibt. Selbstverständlich liegen diese Leute grundfalsch, denn das hier ist ganz offensichtlich einer, womit der Gegenbeweis erbracht wäre. Angesichts der überwältigenden Beweislage werden diese Leute kurz ins Grübeln kommen und dann argumentieren, dass selbst wenn es so was wie einen Mittellog tatsächlich geben sollte, dieser ganz und gar sinnlos wäre. Und in diesem Punkt haben sie natürlich vollkommen recht. Das hier ist ganz und gar sinnlos. Bitte lest weiter.

In der

GEBRAUCHSANWEISUNG FÜR ROBOTER DER PALADIN-SERIE

findet sich

folgender Eintrag über Speichermodule:

Ihr Roboter der PALADIN-Serie ist mit acht Hochleistungs-Slots für Speichermodule ausgestattet. Diese Module können beliebig ausgetauscht werden und dienen dazu, Ihre Betriebseinheit für diverse Aufgaben zu programmieren.

WICHTIGER HINWEIS: Alle Speichermodule sollten durch Passwörter geschützt werden. Unzureichende Sicherheitsvorkehrungen können dazu führen, dass jemand anderes die Kontrolle über Ihren Roboter übernimmt.

NOCH WICHTIGERER HINWEIS: Bitte stecken Sie keine Essensreste oder sonstige Fremdkörper in die Slots.

10

Gefangene des Clans

Wenn Feuerbälle die absolut schlimmste Form waren, von einem Ort zum anderen zu gelangen, dann lag Von-einem-Drachen-in-seinen-gewaltigen-Klauen-mitgeschleppt-zu-werden auf jeden Fall direkt dahinter auf Platz zwei. Anne hatte nicht die leiseste Ahnung, wohin sie gebracht wurde, was zum Teil daran lag, dass es nahezu unmöglich war, zwischen den Zehen ihres Drachen hindurchzusehen. Vor allem aber lag es daran, dass die Ausdünstungen des Drachen ihr so sehr in Nase, Hals und Augen brannten, dass sie sich die Hände vors Gesicht halten musste. Anscheinend beinhaltete der Körpergeruch eines Drachen eine ordentliche Prise Schwefel. Aber auch wenn sie nicht wusste, welches Ziel sie ansteuerten, konnte sie doch zumindest mit Gewissheit sagen, dass sie mit erheblicher Geschwindigkeit darauf zuhielten. Der Drache hatte einen Affenzahn drauf.

Nach etwa einer Stunde, als Anne langsam, aber sicher die

Luft auszugehen drohte, wurde sie plötzlich und ziemlich ruppig auf dem Boden abgesetzt. Sie rollte herum und stützte sich auf alle viere, aber ihre Augen brannten so sehr, dass sie nichts sehen konnte. Immerhin verriet lautstarkes Husten und Würgen in ihrer Nähe, dass auch Penelope und Hiro angekommen waren. Anne wurde ein bisschen leichter ums Herz, nun da sie wusste, dass ihre Freunde in Sicherheit waren – oder zumindest an ihrer Seite.

Anne hörte das dumpfe Poltern sich entfernender Drachenschritte, gefolgt von einem lauten, metallischen Scheppern. Kurz darauf ertönte ein fürchterliches Kreischen. Anne fragte sich, ob sie angegriffen wurden. Sie versuchte, sich aufzurappeln und wegzurennen, fiel jedoch gleich wieder hin, als der Boden unter ihr plötzlich kippte und wild zu schwanken begann. Zwei vertraute Körper krachten in sie hinein.

»Was ist hier los?«, rief Penelope. Die drei Freunde klammerten sich aneinander. »Meine Augen tun weh, und ich kann sie nicht öffnen! Wo sind wir?«

»Das weiß ich nicht«, antwortete Anne.

»Ich vermute mal, an keinem guten Ort«, bemerkte Hiro.

Mit der Zeit ließ das Schwanken nach, auch wenn es nicht ganz aufhörte, und ihre Augen brannten nicht mehr ganz so schlimm. Schließlich gelang es Anne, sie irgendwie aufzubekommen. Auch wenn sie alles nur verschwommen sah, konnte sie ihre unmittelbare Umgebung einigermaßen erkennen: Sie befanden sich in einem riesigen Käfig. Er war kuppelförmig und bestand aus einer Reihe von kreuz und quer angeordneten Metallstreifen, an denen ein paar große, rostige Platten festgeschraubt waren, um mögliche Lücken zu verschließen. Es schien, als wäre das ganze Ding aus Schrottresten zusammengeschweißt worden.

Anne arbeitete sich auf wackeligen Knien zum Käfigrand vor und fing an, an einigen Metallstreifen zu zerren. Sie hoffte, einen zu finden, der ein bisschen locker saß. Doch so willkürlich zusammengeschustert das Gebilde auch erscheinen mochte, die Stäbe saßen bombenfest und rührten sich nicht vom Fleck. Penelope und Hiro hatten auch nicht mehr Glück.

»Also, wo auch immer wir hier sind – ich glaube nicht, dass wir uns noch in der Nähe der Ebene mit dem Röhrengang befinden«, meinte Anne.

»Ganz zu schweigen davon, dass Drachen superschnell fliegen können«, ergänzte Penelope. »Wir könnten echt überall sein.«

Anne zog das Handbuch aus der Tasche. Auf dem Einband stand: *Das ultimative Handbuch für Abenteurer. Käfige, in denen Sie sich auf keinen Fall einsperren lassen sollten.* Drinnen war das Bild eines Käfigs, der ihrem ziemlich ähnlich sah. Anne schüttelte das Buch mehrmals, aber als sich weder der Titel noch das Bild änderten, steckte sie es wieder weg.

Hiro schlug gegen die Gitterstäbe. »Ich wusste, wir hätten Valerian nicht vertrauen dürfen.«

»Mir ist nicht ganz klar, wieso das hier seine Schuld sein sollte«, erwiderte Penelope spitz.

Hiro fuhr zu ihr herum. »Ist das dein Ernst? Erinnerst du dich noch an die Sache mit dem Panzerhandschuh? Oder an die Kupfernen Ritter? Ganz zu schweigen davon, dass er derjenige war, der diese Mission unbedingt aktivieren wollte? Und du findest, nichts davon ist seine Schuld?«

Anne war über die Heftigkeit von Hiros Reaktion überrascht.

»Beruhig dich«, sagte Penelope. »Ich meine bloß, dass ich bezweifle, dass er die Drachen herbeigerufen hat.«

»Ach so, na dann ist ja alles gut.« Hiro verschränkte die Arme vor der Brust. »Ich kann nicht fassen, dass du ihn immer noch in Schutz nimmst.«

»Ich glaube nicht, dass Penelope hier irgendwen in Schutz nimmt«, wandte Anne ein, in der Hoffnung, damit die Gemüter ein bisschen zu besänftigen.

»Ich kann für mich selber sprechen, danke«, fauchte Penelope.

Jetzt wurde auch Anne langsam wütend. »In dem Fall: Warum nimmst du ihn in Schutz?«

Penelope stemmte die Hände in die Hüften. »Ach, jetzt bist du also auf Hiros Seite, oder wie?«

»Ich bin auf niemandes Seite«, entgegnete Anne. »Ich versuche nur, das alles zu verstehen.«

»Aber genau das ist der Punkt. Du kannst es nicht verstehen.« Penelope ballte die Hände wiederholt zu Fäusten. »Valerian leidet darunter, was zwischen seiner Mutter und der Drachenkönigin vorgefallen ist. Ich behaupte nicht, dass das, was er getan hat, richtig war. Aber ihr beide habt einfach keine Ahnung, wie es sich anfühlt, wenn die Leute euch ständig wegen etwas verurteilen, das eure Eltern gemacht haben.«

»Du findest also, es ist völlig okay, wenn Valerian die Drachenkönigin töten will?«, fragte Anne.

»Vielleicht hat er ja recht«, antwortete Penelope. »Vielleicht hat sie es verdient.«

Bevor Anne etwas erwidern konnte, stapfte Penelope an den Rand des Käfigs, und Hiro marschierte in die entgegengesetzte Richtung davon.

Anne wurde schwer ums Herz. Sie wusste nicht, was sie sagen sollte. Sie wusste nicht mal, wem sie eigentlich zustimmte. Hiro hatte nicht unrecht: Valerian hatte sie hintergangen. Aber sie konnte auch Penelopes Argument nachvollziehen: Sie kannten Valerians Motive nicht. Und Anne bezweifelte stark, dass er seiner Mutter hatte schaden wollen. Anne mochte sich gar nicht vorstellen, was Emmanuelle in der Grube widerfahren war. Beim Gedanken daran lief ihr ein Schauer über den Rücken.

Nachdem sie einige Stunden herumgesessen, gewartet und sich den Kopf zerbrochen hatte, drang plötzlich das dumpfe Stapfen herannahender Schritte durch den Nebel. Anne stand auf. Während die Schritte immer näher kamen, malte sie sich aus, welches schreckliche Schicksal sie wohl erwartete. Sie umklammerte die Gitterstäbe und bereitete sich auf das Schlimmste vor. Anfangs konnte sie nur eine große dunkle Gestalt ausmachen, doch dann schlug ihre Angst in Freude um. Diese großen schwarzen Schuppen und dunkelgrünen Augen waren unverwechselbar. Eine Woge der Erleichterung durchbrandete Anne.

»Nana!«, rief sie.

Penelope und Hiro sprangen auf und kamen angelaufen.

»Ich weise euch nicht gerne darauf hin, aber ich hab's euch ja gesagt«, meinte Nana. »Wobei: Das stimmt nicht ganz. Ich weise euch sehr gerne darauf hin.«

Anne war so glücklich, Nana zu sehen, dass sie selbst deren knurrige Art dankbar in Kauf nahm.

»Woher wusstest du, dass wir hier sind?«, fragte sie.

Nana zuckte mit den Schultern. »Neuigkeiten verbreiten sich schnell. Und unter Drachen noch schneller.«

»Und da bist du gekommen, um uns zu retten?«, erkundigte sich Hiro hoffnungsvoll.

»Wegen deiner tiefen Zuneigung zu uns?«, fügte Penelope hinzu.

Nana lächelte. »Ich gebe es ja nur ungern zu, doch ihr drei seid mir tatsächlich irgendwie ans Herz gewachsen. Ein bisschen wie ein Pilz, würde ich sagen, aber auch den wird man nur schwer wieder los. Ihr seid wie hartnäckiger Pilzbefall.«

»Nana, was geht hier vor?«, wollte Anne wissen.

»Ja«, schloss Penelope sich ihr an. »Diese Drachen haben uns hier eingesperrt, und das war alles – nicht mal was zu essen haben sie uns gebracht. Wir hatten heute weder Frühstück noch Mittagessen, und wie's aussieht, fällt das Abendessen auch flach. Verstößt das nicht gegen irgendwelche Bestimmungen?«

Nana gähnte und reckte sich demonstrativ. »Ihr wurdet im Sinne des Drachenrechts der Verschwörung zur Ermordung der Königin für schuldig befunden.«

»Was?«, rief Anne. »Wie können die uns denn für schuldig erklären, wenn es nicht mal eine Gerichtsverhandlung gab?«

»Das ist das Standardverfahren«, erwiderte Nana. »Alle Gefangenen werden für schuldig erklärt, bevor ihr Fall vor Gericht geht. Aber keine Sorge. Ich wurde euch als Verteidigerin zugewiesen.«

»Das heißt, du kannst sie von unserer Unschuld überzeugen?«, fragte Hiro.

»Keine Chance.«

»Aber … aber warum hast du dann gesagt, wir sollen uns keine Sorgen machen?«

Wieder zuckte Nana mit den Schultern. »Es schien mir etwas zu sein, das eure Verteidigerin sagen würde, um euch zu trösten.«

Anne spürte, wie ihre Beklemmung zurückkam. »Und was passiert jetzt?«

»Ihr tretet vor die Königin, die euch mehr oder weniger das Gleiche sagen wird wie ich gerade, und dann werdet ihr hingerichtet«, antwortete Nana. »Aber danach gibt es immer ein Grillfest, und das ist normalerweise ein Riesenspaß.«

Penelope verschränkte die Arme vor der Brust. »Und wie sollen wir an diesem Grillfest teilnehmen, wenn wir tot sind?«

»Ich meinte, ein Riesenspaß für mich.« Nana schnalzte mit der Zunge.

»Nana!«, rief Anne.

Nana grinste. »Ihr drei seid ein bisschen überspannt, wisst ihr? Ihr solltet euch mal locker machen. Vertraut mir. Ich habe einen Plan. Nachdem die Königin euch schuldig gesprochen hat, wird sie euch fragen, ob ihr noch einen letzten Wunsch habt. An der Stelle bittet ihr sie, zur Drachenprüfung zugelassen zu werden.«

Anne schöpfte neue Hoffnung. »Was ist eine Drachenprüfung?«

»Im Grunde ist das eine Art Test, der aus einer Reihe von Rätseln, ein bisschen Schwertkampf und vielleicht sogar etwas Magie hier und da besteht. Nichts, was ihr nicht schon gemacht hättet. Und wenn ihr die Prüfung schafft, lassen sie euch frei.«

»Warum kannst du uns nicht einfach da rausholen?«, fragte Penelope.

»Wie gesagt: Ich darf mich nicht einmischen. Aber ihr kriegt das hin, da bin ich mir sicher.«

»Hat denn schon mal jemand die Drachenprüfung bestanden?«, wollte Hiro wissen.

»Um ehrlich zu sein, nein«, antwortete Nana. »Aber es gibt ja für alles ein erstes Mal.«

Anne rutschte das Herz bin in die Kniekehlen.

Zwei weitere Drachen kamen aus dem Nebel auf sie zu. Der eine war groß und gelb und hatte eine lange Schnauze. Der andere war klein, blau und stämmig und hatte riesige Ohren.

»Die Königin wird euch jetzt empfangen«, verkündete der gelbe Drache.

Statt Anne und ihre Freunde aus dem Käfig zu holen, nahmen die Drachen das Metallgebilde einfach vom Haken, packten die Gitterstäbe mit ihren Klauen und flogen davon. Während sie in den Himmel hinaufstiegen, konnte Anne sich einen genaueren Überblick über ihr Gefängnis verschaffen. Von hier oben sah es aus wie eine riesige Hand, die an einem ebenso riesigen Arm hing. Der Arm wuchs seitlich aus einer gewaltigen Ebene heraus, und Anne fragte sich, ob sich der Rest des Körpers im Inneren des Insel befand. Wenn ja, mussten seine Ausmaße gigantisch sein.

Sie überflogen den Gipfel der Ebene und setzten ihre Reise fort. Die Landschaft war trocken und karg, voller spitzer Berge und tiefer Schluchten. Ohne Vorwarnung ließen sich die Drachen plötzlich in eines der finsteren Täler herabsinken. Sie verloren schnell an Höhe, bis das Licht nur noch ein schmaler Riss im Dunkel über ihren Köpfen war. Schließlich bremsten sie ab und landeten.

Sie befanden sich auf einem Felsvorsprung. Vor ihnen schnitt die Schlucht noch tiefer ins Gestein. Eine vollständig aus Knochen gefertigte Brücke führte hinüber. Keiner von ihnen fragte, woher die Knochen kamen.

Die Drachen öffneten den Käfig, und Nana bedeutete Anne und ihren Freunden herauszukommen. Die Drachenwächter machten keine Anstalten, die drei am Weglaufen zu hindern, was vermutlich daran lag, dass sie ohnehin nirgends hinkonnten. Sie überquerten die Brücke und betraten eine kuppelförmige Höhle, die zwar relativ geräumig war, aber Annes Schätzungen zufolge nicht mehr als ein paar Dutzend Drachen von Nanas Größe Platz bot. Eine üppige Kristallformation wuchs in der Mitte des Raumes aus dem Boden, und die Wachen führten sie zu einer Stelle direkt davor. Nana blieb hinter ihnen stehen.

Durch einen Seiteneingang kam ein weiterer Drache in die Höhle, ein silberner diesmal. Er war groß, aber nicht größer als Nana. Anne hatte eindeutig schon größere gesehen. Seine Bewegungen waren jedoch ausgesprochen hoheitsvoll und zielgerichtet. Der silberne Drache durchschritt den Raum und kletterte auf das Kristallgebilde.

»Erhebt euch«, bellte der gelbe Drache, »für Ihre Majestät, Kassandra Morgenbringer, Königin der Drachen, Rechtmäßige Erbin des Herzsteins, Siebtes Wunder der modernen Welt.«

Die Königin nickte den beiden Drachenwächtern zu. »Ihr könnt jetzt gehen«, sagte sie. Ihre Stimme war weder laut noch bedrohlich, sondern fast schon leise. Und doch schwang darin eine Stärke mit, die ganz klar vermittelte, dass man sie lieber nicht unterschätzen oder sich gar über sie lustig machen sollte. Die Wächter verließen den Raum.

Die Königin ließ den Blick über die Anwesenden schweifen, bis er schließlich an Anne hängen blieb.

»So, so«, meinte sie nach einer Weile. »Das ist also die Hüterin des Sperlings, die sich erdreistet hat, eine Drachentöter-Mission zu aktivieren und damit den Vertrag zwischen dem Clan der Drachen und der Hierarchie zu brechen.«

»Ich habe mich zu gar nichts erdreistet«, verteidigte sich Anne. »Ich habe das Medaillon nicht gesucht, und ich wusste auch gar nicht, was für eine Mission sich dahinter verbirgt.«

Die Königin schüttelte den Kopf. »Unwissenheit ist keine Entschuldigung. Bestreitest du etwa, die Mission aktiviert zu haben?«

»Es war nicht meine Absicht«, erwiderte Anne.

»Das scheint mir eine recht ausweichende Antwort zu sein.«

»Nana, willst du gar nichts dazu sagen?«, zischte Hiro.

»Was denn?«, entgegnete Nana. »Ich fand die Antwort auch ziemlich ausweichend. Ernsthaft, ihr müsst euch echt mal ein bisschen mehr anstrengen, wenn ihr nicht sterben wollt.«

»Eure Majestät«, sagte Anne. »Bitte hört mich an. Ich habe beunruhigende Informationen für Euch, die Ihr unbedingt kennen solltet.«

Die Königin lehnte sich zurück. »Fahre fort.«

Anne brannte die Frage, die sie der Königin stellen wollte, förmlich unter den Nägeln. Doch das hier war der denkbar ungeeignetste Moment dafür; erst recht, weil sie nicht mal ein Geschenk mitgebracht hatten. Außerdem war es gerade sowieso wichtiger, die Königin zu warnen.

Anne atmete tief durch. »Wie gesagt, ich hatte nie vor, diese Mission zu aktivieren. Aber jemand anders schon. Es gibt eine Gruppe von Rittern, die allgemein als die Kupfernen Ritter bekannt sind …«

»Darüber weiß ich Bescheid«, sagte die Königin.

»Ach ja?«, erwiderte Anne. »Ich meine … das ist gut. Es ist gut, dass Ihr Bescheid wisst. Jedenfalls arbeiten sie mit einem Jungen namens Valerian zusammen. Oder sie haben mit ihm zusammengearbeitet, das weiß ich nicht so genau. Inzwischen scheinen eher sie ihn unter Kontrolle zu haben als umgekehrt. Wie auch immer, langer Rede kurzer Sinn: Wir denken, dass sie planen, Euch zu töten. Sie haben auch schon das Dreihändige Schwert. Oder, na ja, die Einzelteile des Schwerts, es war nämlich zerbrochen. Sie haben es noch nicht repariert oder so, jedenfalls nicht, soweit wir wissen. Aber wer kann schon sagen, wozu sie sonst noch in der Lage sind, wenn sie bereits so weit gekommen sind, oder?«

»Ist das alles?«

Anne dachte kurz nach. »Ehrlich gesagt, wollten wir mit Euch auch noch über eine Waffenschmiedin reden, die wir kennengelernt haben. Ihr Name ist Emmanuelle …«

»Das reicht!«, donnerte die Königin. Ihre Augen waren riesig und glühten vor Zorn. »Wage es nicht, diese Person noch einmal in meiner Gegenwart zu erwähnen.«

»Aber sie hat uns von Eurer Meinungsverschiedenheit erzählt, und ich finde wirklich, wenn Ihr …«

»Ich sagte, es reicht!«

Die Königin war fuchsteufelswild. Sie lief auf der Spitze des riesigen Kristalls auf und ab. Anne öffnete den Mund, um sich zu entschuldigen, überlegte es sich dann aber anders. Es war nicht abzusehen, ob sie die Sache damit besser oder schlimmer machen würde.

»Du verdammst dich selbst mit deinen eigenen Worten. Du gibst zu, die Drachentöter-Mission aktiviert zu haben. Du gibst zu, gemeinsame Sache mit den Kupfernen Rittern gemacht zu haben. Du gibst zu, dich mit einer geschworenen Feindin des Clans der Drachen verbündet zu haben. Und all dies räumst du ganz freimütig ein – hier in diesem Saal, dem heiligsten Ort aller Drachen. Verspürst du denn gar keine Demut? Kennt deine Dreistigkeit keine Grenzen? Und zur Krönung des Ganzen heuchelst du auch noch Sorge um mein Wohlbefinden, dabei ist weithin bekannt, dass es keine Waffe gibt, die mich töten kann.«

Die Königin richtete sich zu ihrer vollen Größe auf. »Hiermit erkläre ich euch alle für schuldig. Als Strafe für eure Verbrechen werdet ihr auf der Stelle hingerichtet. Habt ihr noch irgendwelche letzten Worte?«

Penelope versetzte Anne einen leichten Stoß, der jedoch ausreichte, um sie aus ihrem Schockzustand zu lösen.

»Wir … wir verlangen eine Drachenprüfung«, forderte Anne, während ihr Magen Purzelbäume schlug.

»Was?«

»D-die Drachenprüfung«, wiederholte Anne. »Als Gefangene haben wir das Recht, unsere Unschuld mithilfe der Drachenprüfung zu beweisen.«

Der Blick der Königin huschte von Anne zu Nana und wieder zurück. Sie sagte nichts, aber es war offensichtlich, wie sehr ihr diese Wendung der Ereignisse missfiel.

»Nun gut«, räumte die Königin zähneknirschend ein. »Morgen früh bei Sonnenaufgang werdet ihr in die Arena gebracht. Dort werdet ihr euch der Drachenprüfung unterziehen. Und sterben.«

Die Nacht ging unendlich langsam vorbei.

Nach ihrer Begegnung mit der Königin hatte Nana ihnen etwas zu essen gebracht, aber trotz ihres vollen Magens und ihrer tiefen Erschöpfung konnte Anne nicht einschlafen. Hiro wälzte sich in seiner Ecke des Käfigs von einer Seite auf die andere. Penelope gab keinen Mucks von sich. Die beiden schienen zwar nicht mehr so wütend zu sein, aber Anne spürte, dass ihr Streit noch lange nicht beigelegt war.

Annes Gedanken drifteten zu Emmanuelle. Selbst wenn sie den Sturz unbeschadet überstanden hatte, saß sie jetzt in … dieser Grube fest. Sie hatte gesagt, dieser Ort würde ihre Verwandlung noch beschleunigen. Anne konnte sich nicht vorstellen, wie es sich anfühlen musste, dort gefangen zu sein; ganz allein, während der Körper langsam versteinerte. Und wie musste es Valerian erst gehen? Anne war immer noch wütend auf ihn, weil er sie hintergangen hatte. Selbst wenn das, was seiner Mutter zugestoßen war, nicht unmittelbar seine Schuld war – hatte er nicht aus freien Stücken beschlossen, sich mit den Kupfernen Rittern zusammenzuschließen? Und hatte er sie nicht alle belogen, als er behauptet hatte, keinen Kontakt mehr zu ihnen zu haben? Anne verspürte wenig Mitleid mit ihm.

Das war alles viel zu verzwickt. Morgen würden sie sich erst mal der Drachenprüfung stellen, und mit dem Rest konnte sie sich danach befassen.

Sie schloss die Augen und fiel in einen unruhigen Schlaf.

EINE BEMERKUNG ZUM DRACHENRECHT:

Über das Drachenrechtswesen ist bisher wenig geschrieben worden (was nicht zuletzt daran liegt, dass die Angeklagten willkürlich für schuldig erklärt und zum Abendessen verspeist werden). Noch weniger ist von den Drachen selbst geschrieben worden (da sie im Allgemeinen zu sehr damit beschäftigt sind, sich ihr Abendessen schmecken zu lassen). Tatsächlich ist nur ein einziges Buch bekannt, das von einem Drachen selbst über die Gesetze seines Clans verfasst worden ist: *Was tun, wenn Sie gegen das Drachengesetz verstoßen haben und in Kürze zum Abendessen verspeist werden.* Es gab genau ein Exemplar, und das wurde während eines Grillfests im Anschluss an eine Gerichtsverhandlung für ein ausgefallenes Dessert gehalten und vom Richter in einem Happen verschlungen. Sein Urteil lautete: »Ganz vorzüglich.«

11

Die Drachenprüfung

Der nächste Morgen war ungewöhnlich hell und sonnig. Anne war sich nicht sicher, was ihr größere Sorgen machte: die bevorstehende Drachenprüfung oder die Tatsache, dass jede Minute, die sie damit verschwendeten, sie weiter von ihrem eigentlichen Ziel entfernte – nämlich einen Weg zu finden, wie sie die Kupfernen Ritter aufhalten konnten.

Die Drachenkönigin schien davon auszugehen, dass jeder Versuch, sie zu töten, zum Scheitern verurteilt war. Doch wenn sie sich irrte, konnte das katastrophale Folgen haben, und zwar für sie alle.

Der gelbe und der blaue Drachenwächter kamen, um die drei Abenteurer in die Arena zu führen. Sie brachten sie zum selben Felsvorsprung wie am Vortag, aber diesmal ging es nicht über die Brücke, sondern eine steile, gewundene Treppe hinunter, die in die Tiefen der Ebene hinabführte. Schließlich betraten sie eine riesige Felshöhle. In der Mitte des Bodens befand sich ein großes Loch, durch das in weiter Ferne die tosenden Wellen des GLFM zu sehen waren.

Drum herum waren die Wände von unzähligen Felsvorsprüngen gesäumt, die bis auf den letzten Platz mit Drachen jeder Größe, Farbe und Form besetzt waren – von winzigen gelben Kolibridrachen bis hin zu gigantischen knallrosa Elefantendrachen und von flammend roten Drachen mit Stacheln auf dem Rücken bis hin zu feisten blauen Drachen, deren wabbelnde Körper fast schon etwas Hypnotisches hatten. Es gab sogar einen klitzekleinen grünen Drachen, der ungefähr so groß war wie eine Ameise. Deshalb bemerkte Anne ihn auch erst, als er haarscharf an ihrer Nase vorbeisummte. Weiter hinten saß ein schuppiger brauner Drache, der aussah, als sei er aus dem Fels gehauen worden. Im ersten Moment hielt Anne ihn für eine Statue, bis er sich vor ihren Augen bewegte. Angesichts all der Drachen kam sie aus dem Staunen gar nicht mehr raus.

Die Drachenwächter führten sie zu dem Loch im Boden, das ein bisschen wie der Röhrengang aussah, der sie zum Dreihändigen Schwert geführt hatte. Im Grunde sah es sogar ganz genauso aus, bis auf zwei kleine Unterschiede: Dieses Loch war von einer niedrigen Mauer umgeben und darüber hing eine große, runde Scheibe von der Decke. Von ihrem Standort aus konnte Anne nicht erkennen, was sich oben auf der Scheibe befand, aber sie war sich sicher, dass es irgendwas mit der Drachenprüfung zu tun haben musste.

Auf der anderen Seite des Röhrengangs stand ein riesiger grüner Drache auf einer Säule. Sein Kopf stieß beinahe an die Höhlendecke, und es dauerte einen Moment, bis Anne begriff, dass es sich diesmal tatsächlich um eine Statue handelte. Sieben deutlich kleinere Podeste bildeten einen Halbkreis um ihn herum. In jedes waren jeweils eine Ziffer und ein Buchstabe geritzt: 1A, 2A und so weiter bis 7A.

Neben der Säule mit der Statue stand die Drachenkönigin, und die Wächter führten Anne, Penelope und Hiro zu ihr. Sie schien ihre Fassung wiedergefunden zu haben, denn sie wirkte so ruhig und entschlossen wie eh und je.

»Verspürt ihr immer noch den Wunsch, euch der Drachenprüfung zu stellen?«, fragte die Königin mit einem leicht verärgerten Unterton.

»Haben wir denn eine Wahl?«, erwiderte Anne.

Die Königin lächelte. »Wohl eher nicht.« Sie drehte sich zu der schwarzen Säule um. »Röhrengang aktivieren.«

Die Säule öffnete sich, und eine kleine schwarze Kugel stieg daraus empor. »Retina-Scan. Bitte stehen Sie still«, sagte die Kugel.

Ein roter Lichtstrahl glitt über das Gesicht der Drachenkönigin, bis er ihr Auge erreicht hatte. Während die Kugel ihre Untersuchung durchführte, fragte sich Anne, was die Drachenkönigin und Emmanuelle miteinander verband. Warum konnten ihre Augen – und nur ihre Augen – Durchgänge öffnen?

»Identität verifiziert«, sagte die Kugel. »Aktiviere Röhrengang.«

Anne hörte, wie sich der Röhrengang öffnete, aber die Mauer versperrte ihr die Sicht.

»Was ist da unten?«, wollte Penelope wissen.

»Ein Ort des Todes und des Verfalls«, antwortete die Königin. »Es ist der einzige Ort, vor dem wir Drachen uns fürchten, und das aus gutem Grund. Niemand, der ihn betreten hat, ganz gleich ob Drache oder nicht, ist je von dort zurückgekehrt. Wir nennen diesen Ort das Endlose Labyrinth.«

»Na, dann hat es ja zumindest schon mal einen schicken Namen«, konterte Penelope. Nach außen hin gab sie sich tapfer, doch Anne spürte, wie nervös ihre Freundin war.

»Senkt die Plattform herab«, rief die Königin.

Irgendwo am Rand ertönte ein dumpfer Knall, und dann glitt die große Scheibe, die von der Decke hing, nach unten. Sie blieb auf Höhe der Mauer stehen, wodurch sie den Röhrengang vollständig abdeckte. Aus dem Nichts erschien eine kleine Treppe.

»Hoch mit euch«, kommandierte der Drachenwächter.

Anne stieg langsam die Stufen hinauf. Penelope und Hiro folgten ihr. Auf der Oberseite der Scheibe befand sich ein Raster aus fünf mal fünf quadratischen Feldern. Auf jedem war ein anderes Symbol abgebildet. Anne hatte keins davon je gesehen, aber sie vermutete, dass es sich dabei um eine Art Drachenschrift handeln musste.

»Was jetzt?«, fragte Anne.

»Ganz einfach«, erklärte die Königin. »Ihr geht zusammen auf die andere Seite. Die einzige Regel ist, dass keiner von euch zweimal hintereinander ein Feld wählen darf.«

Nana, die das Ganze vom Rand aus beobachtete, schien etwas sagen zu wollen, blieb jedoch stumm.

Anne musterte das Raster argwöhnisch. »Das ist alles?«

Die Königin lächelte. »Nun, es kann sein, dass ihr unterwegs auf das eine oder andere Hindernis stoßt.«

Anne wandte sich an Penelope und Hiro. »Was meint ihr?«

Penelope zuckte mit den Schultern. »Ich würde sagen, geradeaus durch.«

Hiro nickte zustimmend.

Anne trat auf das erste Feld in der mittleren Spalte, und die Drachen in der Arena brüllten vor Freude. Obwohl die Höhle riesig war, fühlte es sich an, als würden Anne und ihre Freunde von einer Wand aus Lärm förmlich überrollt. Das Symbol auf dem Feld fing an zu leuchten, und vor ihnen stieg eine Art blaues Rauchzeichen in Form einer Feuerechse auf. Über ihrem Kopf schwebte ein durchscheinendes Abbild des Symbols auf dem Feld.

Die Drachen verstummten. Offenbar wollten sie auf keinen Fall verpassen, was als Nächstes geschehen würde.

»Was hat ein Auge, kann aber nicht sehen?«, fragte die Feuerechse.

Anne runzelte die Stirn. »Was?«

Sie sah sich in der Arena um, in der Hoffnung, dort irgendeinen Hinweis zu finden, was sie tun sollten, doch die Drachen ließen sich nichts anmerken. Als sie den Blick wieder auf die Feuerechse richtete, bemerkte sie, dass das Symbol über ihrem Kopf sich verändert hatte und mit jeder Sekunde wechselte.

»Was hat ein Auge, kann aber nicht sehen?«, wiederholte die Feuerechse.

»Das ist ein Rätsel«, erkannte Hiro. »Wir sollen die Frage beantworten.«

»Und? Kennt hier zufällig jemand die Antwort?«, fragte Penelope.

Hiro nickte. »Ich hab das schon mal gehört. Die Antwort lautet: ein Sturm.«

»Das ist korrekt«, bestätigte die Feuerechse und löste sich in Luft auf.

»Wow«, meinte Penelope. »Das war ja fast schon zu einfach.«

Penelope und Hiro stellten sich zu Anne auf das erste Feld, und Penelope rückte direkt auf das nächste vor.

»Warte!«, rief Hiro, aber es war bereits zu spät. Penelopes Fuß hatte das zweite Feld berührt, und das Symbol in der Mitte begann zu leuchten. Wieder stieg eine Feuerechse in die Höhe, über deren Kopf das gleiche Symbol wie auf dem Feld erschien.

»Ohne Licht kann ich nicht leben, und doch sterbe ich, wenn ich es berühre«, sagte sie.

Das Symbol über ihrem Kopf begann wie beim letzten Mal, die Form zu wechseln. Seltsamerweise hatte Anne das Gefühl, dass sie einige der Symbole schon mal gesehen hatte.

»Was? Was hab ich getan?«, fragte Penelope.

»An meiner alten Schule habe ich ein bisschen Drachenschrift gelernt«, sagte Hiro. »Und ich glaube, das hier sind Zahlen.« Er zeigte auf das erste Feld. »Ich bin mir ziemlich sicher, dass das hier eine Sechzig ist. Vermutlich hieß das, dass wir sechzig Sekunden Zeit hatten, um die erste Frage zu beantworten.« Er deutete auf das Symbol auf dem zweiten Feld. »Ich glaube, das ist eine Fünfzig.«

»Dann hör auf, Zeit zu verschwenden, und beantworte die Frage«, erwiderte Penelope. »Wie kann etwas Licht zum Leben brauchen und gleichzeitig sterben, wenn es damit in Berührung kommt?«

Hiro presste sich die Hände an die Schläfen. »Denk nach. Denk nach.«

Die »Zahlen« veränderten sich weiterhin in einem gleichmäßigen Rhythmus. Anne trat zu Penelope aufs zweite Feld, um das wechselnde Symbol näher zu betrachten. Vielleicht verbarg sich dahinter ja irgendein Hinweis? Eine winzige schwarze Gestalt huschte über den Boden. Als sie hochsah, stellte Anne fest, dass es bloß der kleine grüne Drache war, der wieder an ihr vorbeisummte. Aber das bedeutete, dass die schwarze Gestalt auf dem Feld sein …

»Schatten«, rief sie. »Die Antwort lautet: Schatten. Man

braucht eine Lichtquelle, um einen Schatten zu erzeugen, aber im Licht selbst kann es keinen Schatten geben.«

»Das ist korrekt«, bestätigte die Feuerechse und verflüchtigte sich.

Die drei seufzten erleichtert.

»Hiro, du bist als Nächster dran«, sagte Anne.

Hiro musterte die Felder um sie herum. Er zeigte auf das direkt vor ihnen. »Ich glaube, das Zeichen steht für vierzig. Und ich bin mir ziemlich sicher, dass das danach eine Dreißig ist. Als Letztes kommt dann bestimmt eine Zwanzig. Das bedeutet, dass wir in dieser Reihe für jedes Feld zehn Sekunden weniger Zeit haben.« Er zeigte auf die benachbarten Reihen. »Aber in diesen Reihen nimmt die Zeit nur um fünf Sekunden ab, uns bleibt also mehr Zeit zum Antworten.«

»Ja, aber wenn wir seitwärts gehen, müssen wir auch eine Frage mehr beantworten«, warf Penelope ein.

»Klar, aber mehr Zeit bedeutet …«

Das erste Feld löste sich auf, und Hiro stürzte in die Tiefe. Penelope ließ sich auf den Boden fallen und bekam gerade noch seinen Arm zu fassen. Die Drachen in der Arena johlten.

»Hilfe«, ächzte Penelope.

Durch das Loch im Boden baumelte Hiro direkt über der Trennschicht. Wie bei dem anderen Röhrengang war die Oberfläche vollkommen dunkel. Anne packte Hiros andere Hand, und zusammen zogen sie ihn zu sich auf das zweite Feld.

»Danke«, keuchte Hiro mit vor Angst weit aufgerissenen Augen. »Das war ganz schön knapp.«

»Was ist passiert?«, fragte Penelope. »Warum hast du das gemacht?«

Anne betrachtete das Raster. »Ich vermute, dass die Felder entweder entfernt werden, wenn man den nächsten Schritt gemacht hat. Oder man hat nur eine bestimmte Zeit, um von einem Feld aufs nächste zu kommen. Was bedeutet, dass wir lieber weitergehen sollten. Hiro, such dir eins aus, und zwar zügig.«

Hiro nickte und trat auf das Feld rechts von ihnen. Anne und Penelope rückten sofort nach. Im nächsten Moment verschwand das Feld, auf dem sie gerade noch gestanden hatten.

»Je mehr ich esse, desto länger lebe ich, aber gib mir einen Schluck Wasser, und ich sterbe«, sagte die dritte Feuerechse.

»Alles muss doch essen, um länger zu leben, oder nicht?«, grübelte Anne.

Hiro kratzte sich am Kopf. »Guter Punkt. Gibt es denn irgendwelche Lebewesen, die gegen Wasser allergisch sind?«

»Es ist Feuer«, verkündete Penelope entschlossen.

»Wie bist du so schnell darauf gekommen?«, fragte Hiro.

Penelope streckte ihm die Zunge raus. »Du bist nicht der Einzige, der Bücher liest.«

Anne wollte weitergehen, doch Penelope hielt sie zurück.

»Was ist?«, fragte Anne. »Wir müssen weiter, bevor das Feld verschwindet.«

»Aber die Feuerechse ist noch da.«

Penelope hatte recht. Die Echse verflüchtigte sich nicht, sondern wurde rot und ging in Flammen auf.

»Das verheißt bestimmt nichts Gutes.« Hiro wich einen Schritt zurück.

Sie duckten sich, als die Feuerechse plötzlich im Sturzflug über ihre Köpfe sauste, so dicht, dass Anne die Hitze in ihrem Nacken spürte.

»Was sollen wir jetzt machen?«, brüllte Hiro.

»Das muss irgendwas mit dem Rätsel zu tun haben«, meinte Penelope, während sie sich unter einem weiteren Angriff wegduckte. »Die Echse hat sich in Feuer verwandelt, also müssen wir sie mit Wasser bekämpfen. Schnell, Hiro, sprich einen Wasserzauber.«

»In der aktuellen Ausgabe vom Katalog des Rats der Zauberer ist aber keiner!«

Die Feuerechse machte kehrt und ging wieder in Angriffshaltung. Aus einem Impuls heraus sprang Anne auf sie zu und spuckte sie an. Die Feuerechse erstarrte und löste sich auf.

»Ernsthaft?«, fragte Penelope. »Du hast sie angespuckt?«

Anne grinste. »Ich bin überrascht, dass dir das nicht als Erste eingefallen ist.«

»Auch wieder wahr.«

Hiro zupfte an ihren Ärmeln. »Wir sollten weiter.«

Anne wollte gerade aufs nächste Feld treten, doch Hiro hielt sie zurück. »Ich vermute, dass wir in dieser Reihe immer angegriffen werden, nachdem wir das Rätsel gelöst haben«, sagte er. »Ich würde daher empfehlen, dass wir wieder in die mittlere Reihe zurückkehren.«

»Wie denn? Das Feld, auf dem wir standen, ist weg.«

»Das stimmt, aber wenn ich es recht bedenke, gibt es keine Regel, die uns verbietet, diagonal zu ziehen, richtig?«

Anne fand diese Idee ziemlich riskant. Andererseits war das gesamte Unterfangen ziemlich riskant. Also holte sie tief Luft und machte einen diagonalen Schritt auf das dritte Feld in der mittleren Reihe. Hiro und Penelope folgten umgehend, und gleich darauf verschwand auch das Feld, auf dem sie gerade noch gestanden hatten.

»Ich komme immer näher, aber niemals an«, sagte die nächste Feuerechse.

»Denkt dran, nur noch vierzig Sekunden«, mahnte Hiro.

»Nur kein Druck, was?«, entgegnete Penelope. »Egal, macht nichts, die Antwort ist nämlich der Horizont.«

»Nein!«, rief Anne. »Ist es nicht!«

Hiro schubste sie gerade noch rechtzeitig aufs nächste Feld, bevor das vorige unter ihren Füßen explodierte. Sie landeten hart auf allen vieren, und wurden von einem Regen aus umherfliegenden Tonscherben getroffen. Die Drachen brüllten vor Begeisterung, während die Feuerechse sich auf die drei Abenteurer stürzte.

»Morgen!«, schrie Anne. »Die richtige Antwort ist morgen!«

Die Feuerechse löste sich in Luft auf.

»Was ist passiert?«, fragte Penelope. »Der Horizont war eine super Antwort.«

»Der Horizont kommt aber nicht auf dich zu, sondern du auf ihn«, erklärte Anne. »Je später es wird, desto näher kommt morgen. Aber es kommt nie an, denn sobald der nächste Tag anbricht, ist ja wieder heute.«

Penelope nickte. »Ach so, klar. Gut gemacht. Danke fürs Retten übrigens«, sagte sie zu Hiro.

Hiro erwiderte ihr Nicken. »Damit sind wir quitt.«

Anne war froh, dass die beiden ihren Streit beigelegt hatten, und sei es nur für den Moment. Sie rappelten sich auf, während die nächste Feuerechse mit ihrem Symbol erschien.

Anne legte ihren Freunden eine Hand auf die Schulter. »Keine Schnellschüsse diesmal, okay?«

»Was wird nasser und nasser, je mehr es trocknet?«, sagte die Feuerechse.

»Dreißig Sekunden.« Diesmal war es Penelope, die sie daran erinnerte.

Anne ließ sich das Rätsel durch den Kopf gehen. Die Sonne trocknete Dinge, wurde aber nie nass. Ein Feuer, das nass wurde, ging aus. Was war in der Lage, Sachen zu trocknen, und wurde dabei selbst nass?

»Ein Handtuch«, rief Hiro entschlossen.

Die Feuerechse verschwand.

»Mein Vater lässt seine nassen Handtücher überall rumliegen«, erklärte Hiro. »Das treibt meine Mutter in den Wahnsinn.«

Hiro ging den anderen voraus aufs sechste Feld, das fünfte und letzte in dieser Reihe. Die Feuerechse stieg auf, und ein leises Raunen ging durch die Arena.

»Moment, das ist nicht das Symbol für zwanzig«, rief Hiro panisch. »Das hier steht für zehn.«

»Du meinst, wir haben nur zehn Sekunden?«, fragte Penelope.

Diesmal sang die Feuerechse eine ganze Strophe:

Von der Geburt bis zum Tod gehöre ich jemandem,
Kann weder gestohlen werden noch geliehen.
Doch werde ich meistens von anderen benutzt
Und selten von dem, dem ich angediehen.

»Was hat sie gesagt? Ich hab nicht alles mitbekommen!«, sagte Penelope.

»Irgendwas wird geliehen oder gestohlen«, erwiderte Hiro. »Und dann ging es noch um was, das man von der Geburt bis zum Tod besitzt.«

Penelope hielt sich den Kopf. »Ich kann nicht denken. Das ergibt alles keinen Sinn.«

Der Countdown war schon fast bei eins, doch statt in Panik zu geraten, lächelte Anne. »Die Antwort ist: der Name«, verkündete sie mit Gewissheit. So oft wie sie in ihrem Leben über ihren Namen nachgedacht hatte, war es ein Kinderspiel gewesen, diese Hinweise zu entschlüsseln.

Einen Augenblick lang geschah gar nichts, und Anne begann schon, sich zu fragen, ob sie vielleicht doch die falsche Antwort gegeben hatte. Dann verblasste die Feuerechse, und in der Arena erhoben sich laute Buhrufe und Protestgeschrei. Anne ignorierte es. Sie verließ das letzte Feld und ging eine zweite Holztreppe hinab, die wie aus dem Nichts erschienen war. Penelope und Hiro folgten ihr, und gemeinsam liefen sie zu der Stelle zurück, wo die Drachenkönigin saß.

In der Arena kehrte Ruhe ein, auch wenn Anne immer noch vereinzeltes Murren vernehmen konnte.

»Herzlichen Glückwunsch«, sagte die Königin. »Ihr seid die ersten Gefangenen, die es ans andere Ende der Scheibe geschafft haben.«

»Bedeutet das dann also, wir können jetzt gehen?«, fragte Anne.

»Nein«, entgegnete die Königin. »Ich fürchte, ihr habt euch nicht an die Regeln gehalten. Ich habe euch darauf hingewiesen, dass ihr euch abwechseln müsst, aber euer Männchen hat dich und das andere Weibchen auf das fünfte Feld geschubst, obwohl das andere Weibchen an der Reihe gewesen wäre.«

Das stimmte: Hiro hatte das Feld gewählt, obwohl er nicht dran war. Anne zermarterte sich das Hirn, um ein Schlupfloch zu finden. »Sie haben aber nur gesagt, dass wir uns abwechseln müssen«, erwiderte sie schließlich triumphierend. »Nicht, dass wir uns an eine bestimmte Reihenfolge halten müssen.«

»Das ist wahr«, sagte die Königin. »Aber er hat danach auch das letzte Feld gewählt.«

Die Königin hatte recht. Hiro hatte tatsächlich zwei Züge hintereinander gemacht.

»Wachen«, rief die Königin. »Bereitet die Gefangenen für ihre Hinrichtung vor.«

Die Wachen setzten sich in Bewegung, doch im nächsten Moment landete eine große schwarze Gestalt vor ihren Füßen und stellte sich ihnen in den Weg. Es war Nana.

»Ich unterbreche wirklich ausgesprochen ungern«, sagte sie, »ganz besonders, weil meine Tippgemeinschaft gerade tierisch abgeräumt hat, aber ich kann leider nicht zulassen, dass hier irgendwer hingerichtet wird.«

Die Königin wirkte zutiefst schockiert. »Du wagst es, dich deiner Königin zu widersetzen?«

Nana deutete den Hauch einer Verbeugung an, was das absolute Höchstmaß an Respektbezeugung war, das Anne je bei ihr gesehen hatte. »Wir wissen beide, dass im ursprünglichen Regelwerk der Drachenprüfung nichts davon steht, dass sich die Teilnehmer abwechseln müssen. Das habt Ihr selbst hinzugefügt. Sie haben die Prüfung ordnungsgemäß und in Übereinstimmung mit den alten Überlieferungen bestanden, und aus diesem Grund verdienen sie es, freigelassen zu werden.«

»Siehst du, das passiert, wenn man zu viel Zeit unter Menschen verbringt«, raunte der blaue Drachenwächter dem gelben zu.

»Worauf wartet ihr?«, brüllte die Königin sie an. »Ihr sollt die Gefangenen vorbereiten, habe ich gesagt!«

Die Drachenwächter traten einen zögerlichen Schritt vor.

»Vielleicht habe ich mich nicht klar genug ausgedrückt«, meinte Nana, während sie ihre Flügel ausbreitete und sich auf die Hinterbeine aufrichtete. »Das war keine Bitte. Es war ein Befehl. Lasst sie in Ruhe oder Ihr bekommt es mit mir zu tun.«

Die Königin bebte vor Zorn. »Ich erlaube nicht, dass du so mit mir sprichst! Wachen, ergreift diese …«

Doch weiter kam sie nicht, denn in diesem Moment spie Nana einen riesigen roten Feuerball aus. Er traf das Kristallgebilde, auf dem die Königin saß, und teilte sich in Dutzende kleinere Feuerbälle auf, die in alle Richtungen davonsausten. In der Arena brach Chaos aus. Überall waren panisches Gebrüll und das hektische Flattern großer und kleiner Schwingen zu hören, als sich die Drachen eiligst in Sicherheit brachten. Selbst die Königin war gezwungen, in Deckung zu gehen.

»Lauft!«, blaffte Nana.

Anne sah sich in der Arena um, in der es von Drachen nur so wimmelte.

»Wohin?«, rief sie. »Kannst du uns nicht mit einem Feuerball rausschicken?«

»Nicht von hier drinnen.«

Nana spuckte eine weitere Salve Feuerbälle. Dann holte sie mit dem Schwanz aus und fegte einen tapferen Drachenwächter von den Beinen, der sich mutig vorgewagt hatte. Er kegelte zwei weitere Wächter um, die so vernünftig gewesen waren, sich im Hintergrund zu halten und nichts zu tun.

Nana setzte ihren Schwanz wie einen Schläger ein, um zwei Feuerbälle abzuwehren und diese postwendend an ihre Absender zurückzuschicken. »Hört zu, ich weiß auch nicht, wie ihr hier am besten rauskommt«, sagte sie zu dem Trio. »Aber ihr solltet euch lieber schnell etwas einfallen lassen, denn hier wird es bald ziemlich ungemütlich.«

»Du meinst, das hier ist noch nicht ungemütlich genug?«, fragte Penelope. »Wow, Drachen sind echt krass drauf.«

»Was ist mit dir?«, erkundigte sich Anne.

»Ich finde schon einen Weg«, antwortete Nana.

Anne kam eine verrückte, verzweifelte Idee. Einfach alles daran widersprach dem gesunden Menschenverstand, aber wenn sie noch länger in dieser Höhle blieben, würden sie entweder knusprig gebraten oder bei lebendigem Leib aufgefressen werden.

»Lauft zur Scheibe«, rief Anne.

Sie rannte die Holztreppe hoch und stellte sich auf den äußeren Rand der Scheibe. Penelope und Hiro folgten ihr dicht auf den Fersen. Inzwischen fehlte die gesamte mittlere Reihe des Rasters, aber der Röhrengang war immer noch aktiviert.

»Gute Idee, aber wie kriegen wir das Ding jetzt hoch zur Decke?«, fragte Penelope, die offenbar glaubte, dass Anne die Scheibe selbst benutzen wollte, um zu entkommen.

»Gar nicht«, antwortete Anne.

Sie fasste ihre Freunde bei den Händen und zog sie mit sich ins Leere. Seite an Seite stürzten sie in den Röhrengang.

DAS ULTIMATIVE HANDBUCH FÜR ABENTEURER

WAS SIE BEI HINRICHTUNGEN BEACHTEN SOLLTEN

hält folgenden Tipp bereit:

Im Allgemeinen ist es ratsam, Hinrichtungen nach Möglichkeit zu meiden. Ganz besonders, wenn es sich um Ihre eigene handelt.

12

Das Endlose Labyrinth

Sie fanden sich in einer Höhle wieder.

Oder genauer gesagt: Sie fielen von oben in eine Höhle herab.

Glücklicherweise schwebte das andere Ende des Röhrengangs nur drei Meter über dem Boden, und Letzterer war mit Flechten und irgendwelchen Pilzen bewachsen und daher weich und moosig. Anne drehte sich auf den Rücken und sah nach oben. Auf der anderen Seite des Röhrengangs flogen immer noch die Feuerbälle durch die Arena, und mehrere Drachen zogen unter der Decke ihre Kreise. Dann schloss sich der Röhrengang. Alles, was Anne jetzt noch sehen konnte, war eine Höhlendecke.

Das hier war eindeutig nicht mehr die Arena, aus der sie gerade geflohen waren. Unter anderem war die Decke sehr viel niedriger und die Luft deutlich kühler. Anne wickelte sich in ihren Mantel. Doch der offensichtlichste Unterschied war die

Beschaffenheit der Wände und Decke: Sie bestanden nicht aus braungrauem Felsgestein wie die Arena. Sie waren schwarz und glatt.

»Das muss das Endlose Labyrinth sein«, meinte Hiro.

Penelope sah sich um. »Sieht gar nicht aus wie ein Labyrinth.«

»Du kannst ein Labyrinth auch nicht erkennen, wenn du mittendrin stehst«, erwiderte Hiro.

»Und woher weißt du dann, dass es eins ist?«

»Weil die Drachenkönigin es so genannt hat.«

Penelope stemmte die Hände in die Hüften. »Und du glaubst alles, was die Drachenkönigin dir erzählt?«

»Wo auch immer wir hier sind, wir müssen einen Weg nach draußen finden«, versuchte Anne das Thema zu wechseln.

»Momentchen mal, Fräulein«, entgegnete Penelope. »Mit dir bin ich auch noch nicht fertig. Was war denn das bitte für eine grandiose Idee, einfach so mit uns hier runterzuspringen, ohne uns auch nur vorzuwarnen?«

Anne trat unbehaglich von einem Bein aufs andere. Ihr war klar gewesen, dass die anderen verärgert sein würden, doch sie hatte keine gute Erklärung für sie parat. Natürlich war sie ein großes Risiko eingegangen, denn niemand wusste, ob sie jemals wieder hier rausfinden würden. Sie hatte schlichtweg aus Instinkt gehandelt.

»Hört mal, es tut mir echt leid«, sagte sie. »Aber ich habe keinen anderen Ausweg gesehen. Unsere Überlebenschancen standen in dieser Arena voller Drachen nicht besonders gut, und ich wusste, dass sie uns nicht hierher folgen würden.« Anne machte sich auf einen Schwall wüster Beschimpfungen gefasst. Stattdessen schlang Penelope ihre langen Arme um sie und drückte sie so fest, dass Annes Füße vom Boden abhoben.

Schließlich setzte Penelope sie wieder ab. »Mir tut es auch leid. Das mit Valerian, meine ich. Ihr hattet recht. Ich hätte ihm nicht so leichtfertig vertrauen dürfen. Und wenn man bedenkt, wie uns da oben die Feuerbälle um die Ohren geflogen sind, hast du uns mit dem Sprung hier runter höchstwahrscheinlich die Haut gerettet.«

»Das denke ich auch«, schloss sich Hiro an. »Das war ganz schön geistesgegenwärtig.«

»Und dir tut es leid, was du mir an den Kopf geworfen hast, stimmt's?«, sagte Penelope zu Hiro.

Hiro verzog das Gesicht. »Also, genau genommen hatte ich ja recht, von daher …«

Penelope boxte ihm gegen die Schulter.

»Okay, ja, mir tut es auch leid.« Hiro rieb sich den Arm.

»Vergiss das bloß nicht.«

Was auch immer ihnen als Nächstes bevorstand – jetzt gerade war Anne einfach nur froh, dass sie sich dieser Herausforderung wieder als echtes Team stellen würden.

»In welche Richtung sollen wir gehen?«, fragte sie ihre Freunde.

»Warum fragst du nicht Jeffery?«, schlug Hiro vor. »Vielleicht weiß er ja was.«

»Gute Idee.« Anne hob den Panzerhandschuh. »Jeffery?«

Keine Antwort.

»Warum kommt er nicht raus?«, wollte Penelope wissen.

Anne sah sich die Höhle genauer an. Schwarze Wände wie diese hatte sie schon mal gesehen: Es waren die gleichen wie im Unendlichen Turm und in dem Geheimlabor unter Saint Lupin's, die sie beide während ihrer ersten Mission aufgesucht hatte. Offenbar standen sie in irgendeiner Verbindung zur Alten Welt, doch Anne hatte nicht die leiseste Ahnung, was es damit auf sich haben mochte.

»Ich glaube, das liegt an den Wänden«, vermutete sie. »Ich weiß zwar nicht, woraus die sind, aber irgendwie hindern sie Jeffery daran, aus dem Handschuh zu kommen.«

»Na super«, schnaubte Penelope. »Wir können also nicht mal unser Navi befragen. Hat das Handbuch wenigstens irgendeinen Tipp für uns?«

Anne zog das Buch aus der Tasche. Auf dem Einband stand: *Fischhändler dieser Welt – nehmt euch in Acht!* Sie schüttelte das Buch, aber der Titel blieb derselbe. Die Seiten waren allesamt vollkommen leer.

»Sieht aus, als wären wir auf uns gestellt«, sagte sie.

»In dem Fall sollten wir uns wohl besser mal umsehen«, meinte Hiro. »Vielleicht finden wir ja irgendwo einen Hinweis, der uns verrät, wie wir hier rauskommen.«

Sie wählten den Tunnel, der ihnen am nächsten war. Er führte durch einen kurzen, schmalen Gang, der wiederum in einen sehr viel längeren, aber breiteren Korridor mündete. Nach wenigen Schritten wich der moosige Untergrund der Höhle glatten schwarzen Steinfliesen. Schließlich kamen sie an eine Gabelung. Da es keinerlei Anzeichen gab, dass einer der Wege besser war als der andere, wandte sich Anne nach rechts und lief weiter. Sie begann, sich zu fragen, wovor die Drachen solche Angst hatten, dass sie sich nicht hier runter wagten.

Einige Minuten später stießen sie auf die nächste Abzweigung. Anne bog um die Ecke, um sich den Gang näher anzusehen, und wich gleich darauf erschrocken zurück.

»Was ist los?«, fragte Penelope und riskierte selbst einen Blick. Hiro und Anne folgten ihr zögerlich.

In dem Nebengang befand sich ein Drache. Beziehungsweise die Statue eines Drachen. Sie wirkte beeindruckend realistisch. Der Künstler musste enorm viel Zeit hineingesteckt haben, um die vielen Details so präzise auszuarbeiten. Aus irgendeinem Grund sah der Drache unglaublich traurig aus.

»Das ist fantastisch«, staunte Penelope, während sie darauf zugingen.

Hiro runzelte die Stirn. »Warum stellt jemand mitten im Nichts eine Statue auf?«

Penelope zuckte mit den Schultern. »Warum nicht? So haben die Leute was zum Gucken.«

»In einem endlosen Labyrinth?«

Anne gab Hiro recht. So faszinierend die Statue auch sein mochte, das hier war schon ein ziemlich seltsamer Ort für ein Kunstwerk. Aber es hatte keinen Sinn, sich darüber den Kopf zu zerbrechen.

»Und jetzt? Weiter hier lang oder nehmen wir den Weg, den wir ursprünglich gegangen sind?«, fragte sie.

Penelope zuckte wieder mit den Schultern. »Macht das einen Unterschied?«

Also blieben sie im Nebengang. Nachdem sie weitere zehn Minuten gelaufen waren, kamen sie an eine Kreuzung, und in diesem Quergang fanden sie noch mehr Drachenstatuen.

»Das ist echt merkwürdig«, murmelte Hiro.

»Aber viel schlimmer ist doch, dass wir uns jetzt zwischen vier Richtungen entscheiden müssen«, meinte Penelope. »Links, rechts, geradeaus weiter oder wieder zurück? Wir sind noch keine halbe Stunde in diesem Labyrinth, und ich hab schon die Nase voll.«

Sie entschieden sich für geradeaus. Diesmal dauerte es über eine Stunde, bis sie auf den nächsten Nebengang stießen. Sie kamen an drei weiteren Drachenstatuen vorbei, und kurz darauf trafen sie wieder auf eine Kreuzung. Daraufhin beschlossen sie, erst mal eine Pause einzulegen und sich auszuruhen. Die einzige Verpflegung, die sie dabeihatten, waren ein paar Kekse, die Penelope am Vortag vom Abendessen abgezweigt und in ihre Tasche gesteckt hatte.

»So ein Mist«, brummte sie, während sie sie aufteilte. »Die hätte ich zum Frühstück essen können.«

Als Anne so dasaß und ihr karges Mahl verzehrte, verspürte sie einen plötzlichen Anflug von Verzweiflung. Wieder einmal steckten sie in einer Mission fest, die sich keiner von ihnen ausgesucht hatte und für die sie kein bisschen vorbereitet waren. Und ganz egal wie die Sache am Ende ausging, sie würden garantiert gewaltige Probleme kriegen.

Ein schwaches Echo setzte ihren Gedanken ein jähes Ende. Sie hörte auf zu kauen und lauschte. Es klang wie Schritte, die auf sie zukamen.

»Hört ihr das auch?«, flüsterte sie.

Penelope sprang geräuschlos auf und schlich an der Wand entlang bis zur Kreuzung. Sie hielt kurz inne und zeigte dann auf den Korridor rechts von ihnen. Irgendetwas näherte sich aus dieser Richtung. Anne bedeutete ihr zurückzukommen. War das der Teil des Labyrinths, vor dem die Drachen solche Angst hatten? Sollten sie versuchen wegzulaufen? Hatten sie überhaupt eine Chance zu entkommen?

Die Schritte wurden lauter. Anne versuchte, ein Zittern zu unterdrücken, aber es gelang ihr nicht richtig. Allerdings schienen Penelope und Hiro neben ihr auch nicht mehr Erfolg zu haben, und aus irgendeinem Grund fühlte sich Anne dadurch ein kleines bisschen besser. Die Schritte erreichten die Kreuzung. Ein Junge trat aus dem Quergang und blieb stehen. Es war Valerian.

Bevor Anne auch nur den Mund öffnen konnte, schoss ein großer, verschwommener Fleck an ihr vorbei und stürzte sich auf Valerian.

»Hilfe!«, schrie Valerian, während er versuchte, sich aus Penelopes Umklammerung zu befreien. »Holt sie von mir runter!«

»Das kannst du knicken«, polterte Penelope und klemmte seine Arme an seinem Oberkörper fest. »Erst mal verpasse ich dir nämlich eine ordentliche Tracht Prügel.«

Valerian wehrte sich aus Leibeskräften, doch vergebens. Niemand entkam aus Penelopes eisernem Griff, es sei denn, sie wollte es.

Valerian warf Anne einen flehenden Blick zu. »Bitte.«

Anne funkelte ihn wütend an. »Wieso glaubst du, ich wäre auf deiner Seite?«

Valerian versuchte, sich unter Penelopes Ellenbogen hindurchzuwinden, was jedoch nur zur Folge hatte, dass sie auch noch sein Gesicht auf den Boden drückte.

»Ich wollte nicht, dass das alles passiert«, presste er hervor. »Das müsst ihr mir glauben. Ich bin den Kupfernen Rittern bei der erstbesten Gelegenheit davongelaufen und hierher zurückgekommen, um meine Mutter zu suchen.«

Anne sah sich um. »Was meinst du mit *hierher zurückgekommen?* Wo genau ist *hier?*«

»Wir sind in der gleichen Welt, in der auch das Dreihändige Schwert versteckt war. Oder auf der gleichen Daseinsebene oder wie auch immer du es nennen möchtest. Das Ganze besteht aus einer langen Reihe von Tunneln und Räumen und hat jede Menge Ausgänge. In der Alten Welt wurde es genutzt, um von einem Ort zum anderen zu reisen. Man nennt es auch Röhrennetzwerk.«

»Ich habe aber keinen anderen Ausgang gesehen, als wir da unten in der Grube waren«, warf Anne ein.

»Das liegt daran, dass der Röhrengang aktiviert war«, erklärte Valerian. »Sobald er ausgeschaltet wurde, ging ein Übergang zum nächsten auf. Ich habe meine Mutter unten in der Grube gefunden. Sie ist unverletzt, aber ihr Zustand hat sich deutlich verschlimmert.«

»Warum hast du sie dann nicht rausgebracht?«

»Die Ritter haben das Steuerungsmodul dieses Röhrengangs zerstört, und deswegen lässt er sich nicht mehr öffnen. Ich habe versucht, sie zu einem anderen Ausgang zu bringen, aber sie ist unterwegs zusammengebrochen.« Valerian sah Anne flehentlich an. »Bitte. Ich habe sie bloß zurückgelassen und bin hergekommen, weil ich Stimmen gehört habe. Sie braucht Hilfe.«

»Du hast uns schon mal verraten«, zischte Penelope. »Warum sollten wir dir jetzt vertrauen?«

Valerian stellte seine Gegenwehr ein. »Du hast recht. Ihr habt absolut keinen Grund dazu. Es ist ganz allein meine Schuld, dass es so weit gekommen ist. Ich habe kein Recht, euch um irgendetwas zu bitten. Aber ich bitte euch nicht meinetwegen um Hilfe. Ich bitte euch, meiner Mutter zu helfen.«

»Wie bist du überhaupt hierhergekommen?«, fragte Anne. »Die Kupfernen Ritter haben doch das Auge mitgenommen.«

»Sieh mal in meinen Rucksack.«

Während Penelope Valerian weiterhin am Boden hielt, griff Hiro nach dessen Rucksack und holte einen großen runden Stein heraus.

»Das andere Auge!«, rief Penelope.

Valerian nickte. »Nachdem ich rausgefunden hatte, wo meine Mutter sie versteckt hat, bin ich in die Abtei gegangen und habe mir eins geholt. Seither benutze ich es, um die Durchgänge zu öffnen und auf diese Weise herumzukommen.« Er senkte den Kopf. »Es tut mir leid, dass ich euch das nicht früher erzählt habe. Ich dachte, wenn ich beide hätte, könnte ich die Ritter wieder unter Kontrolle bringen, weil die Augen der einzige Weg waren, um an das Schwert zu kommen. Aber inzwischen habe ich eingesehen, dass sie mich nur benutzt haben.«

»Lass ihn los«, sagte Hiro.

»Was?«, schnappte Penelope. »Gerade du solltest dir doch wünschen, dass er eine ordentliche Abreibung kriegt.«

Hiro zuckte mit den Schultern. »Ich glaube ihm. Ich meine, das heißt nicht, dass er für das, was er getan hat, keine Strafe verdient, aber Emmanuelle sollte nicht seinetwegen leiden müssen. Außerdem haben die Kupfernen Ritter alles, was sie brauchen. Warum sonst wäre er freiwillig ins Labyrinth gekommen?«

»Bist du sicher?«, fragte Anne.

»So sicher, wie ich nur sein kann.«

Anne hatte kein gutes Gefühl dabei. Valerian hatte sie schon mal reingelegt, und sie hatte nicht vor, es erneut dazu kommen zu lassen. Andererseits stand es aber auch drei gegen einen, und Penelope konnte sich jederzeit wieder auf ihn setzen, wenn er Probleme machte.

Anne nickte.

Penelope rollte von Valerian herunter und rappelte sich auf, blieb aber noch einen Moment über ihm stehen. »Kennst du die Geschichte von dem Jungen, der geschrien hat?«

»Du meinst, die Geschichte von dem Jungen, der Wolf geschrien hat?«, fragte Valerian.

»Nein, ich meine die von dem Jungen, der geschrien hat, weil er ein blöder Lügner war und ich ihn mit meinem Schwert verdroschen habe.«

»V-verstehe«, stotterte Valerian, und die Angst in seinem Blick wirkte einigermaßen glaubwürdig.

Penelope ließ von ihm ab. Hiro half ihm auf und gab ihm das Auge zurück.

»Wo ist deine Mutter?«, wollte Anne wissen.

»Nicht weit von hier.«

Valerian lief durch den Gang zurück, und Hiro folgte ihm. Anne hielt Penelope am Arm zurück.

»Halte dein Schwert griffbereit, okay?«, raunte sie ihr zu.

Penelope nickte.

Valerian marschierte mit dem Tempo von jemandem, der wusste, wie viel auf dem Spiel stand, vorweg. Anne und Penelope mussten rennen, um zu ihm aufzuschließen. Kurz darauf kamen sie an einer weiteren Drachenstatue vorbei.

»Warum haben die Drachen solche Angst, hier runterzukommen?«, fragte Anne.

»Ist das nicht offensichtlich?« Valerian zeigte auf die Statue. »Guck doch nur, was mit ihnen passiert.«

Anne war fassungslos. »Willst du etwa sagen, dass das alles echte Drachen sind?«

»Das waren sie. Bevor die Königin sie aus welchen Gründen auch immer hierher verbannt hat. Im Labyrinth werden sie langsam zu Stein.«

Annes Gedanken rasten, während sich die Puzzleteile in ihrem Kopf zu einem Bild zusammenfügten. Wenn die Drachen hier runterkamen, versteinerten sie. Emmanuelle versteinerte ebenfalls. Bedeutete das …

»Hier drin«, sagte Valerian und duckte sich unter einem Torbogen hindurch.

Dieser Raum war kleiner als der, in dem sie gelandet waren, und wurde größtenteils von einer weiteren Statue eingenommen. Oder jedenfalls von etwas, das wie eine Statue aussah. Diese hier bestand aus weißem Marmor und war einfach wunderschön. Anne wollte gerade die Hand ausstrecken, um sie zu berühren, als der Drache schwerfällig Luft holte. Er lebte noch.

»Das ist eine Falle«, rief Penelope und zog ihr Schwert.

Valerian stellte sich zwischen Penelope und den weißen Marmordrachen und hob die Hände.

»Ich habe nicht gelogen«, beteuerte er. »Und das hier ist keine Falle.«

Er legte eine Hand auf die weißen Schuppen des Drachen.

»Das ist meine Mutter.«

····◇◇◇····

Der Drache hatte die Augen geschlossen, und sein Atem ging unregelmäßig, als hätte er einen Albtraum.

Penelope kniff die Augen zusammen. »Äh, nichts für ungut, aber ich bin mir ziemlich sicher, dass das ein Drache ist.«

»Meine Mutter *ist* ein Drache«, sagte Valerian.

»Das ist jetzt aber ein bisschen harsch«, meinte Penelope. »Ich fand deine Mom eigentlich ganz nett.«

Anne legte ihrer Freundin eine Hand auf die Schulter. »Pen, er will damit sagen, dass das hier Emmanuelle ist. Sie ist wortwörtlich ein Drache.«

Penelope besah sich den weißen Drachen etwas gründlicher. »Er sieht ihr aber überhaupt nicht ähnlich.«

»Manche Drachen besitzen die Fähigkeit, menschliche Gestalt anzunehmen«, erklärte Valerian. »Aber nur in unserer Welt. Hier nicht.«

Hiro zog die Augenbrauen hoch. »Heißt das, du bist auch ein Drache?«

Valerian schüttelte den Kopf. »Nur ein Halbdrache. Ich kann meine Drachengestalt höchstens für ein paar Sekunden aufrechterhalten, aber manchmal reicht das schon aus. Um ehrlich zu sein, war es … mein Feuerball, der euch aus der Hauptstadt weggebracht hat, nachdem ihr aus der Bibliothek entkommen seid. Die Kupfernen Ritter haben mich am Anlegesteg sitzen lassen, wo ihr Luftschiff festgemacht war. Ich konnte ja schlecht nach Saint Lupin's reisen, als wäre nichts geschehen, und deshalb habe ich beschlossen, mich zurück zu meiner Mutter zu schicken. Dabei habt ihr zufällig etwas von meinem Feuerball abbekommen.«

»Ich dachte, Drachen könnten nicht per Feuerball reisen«, wandte Hiro ein.

»Können sie auch nicht«, antwortete Valerian. »Aber wenn ich es geschickt anstelle, kann ich mich in einen Drachen verwandeln, einen Feuerball spucken und dann schnell in meine menschliche Gestalt zurückkehren, um damit zu reisen. Ich krieg die allerdings nicht besonders gut hin. Sie sind immer ein bisschen instabil, und das mit der Zeit hab ich auch noch nicht raus.«

»Das würde die Sechzehn-Stunden-Feuerbälle erklären«, bemerkte Penelope.

»Und als wir auf der Vulkan-Ebene fast gestorben wären? Das war auch dein Feuerball?«, fragte Anne.

Valerian nickte.

Weitere Puzzleteile fügten sich in das Bild.

»Die Königin hat deine Mutter hierher verbannt«, sagte Anne.

»Ja«, bestätigte Valerian.

»Warum?«

Valerian sah ihr geradeheraus in die Augen. »Wegen mir und dem, wofür ich stehe. Weil meine Mutter es gewagt hat, einen Menschen zu lieben. Wegen der Schande, die sie damit über ihre Schwester und ihre Familie gebracht hat.«

Anne riss die Augen auf. »Deine Mutter und die Königin sind Schwestern?«

Valerian nickte. »Meine Mutter ist die ältere der beiden und hätte eigentlich Königin werden sollen. Sie hat das Medaillon selbst hergestellt, weil sie glaubte, dass es uns beide beschützen würde. Aber ihre Schwester hat sich gegen sie gewandt, bevor sie den Thron besteigen konnte.«

»Wenn du ein Drache bist, wieso wirst du dann hier im Labyrinth nicht auch zu Stein?«, fragte Hiro.

Valerian lachte bitter. »Das ist einer der Vorteile daran, ein Halbdrache zu sein.«

»Hast du wirklich geglaubt, die Drachentöter-Mission zu aktivieren, würde an alldem irgendetwas ändern?«, fragte Anne.

Valerian seufzte. »An dem, was meiner Mutter passiert ist, kann ich nichts mehr ändern. Das ist allerdings nicht der einzige Grund, weshalb ich die Mission aktiviert habe. Es ist ja kein Geheimnis, dass die Drachen sich den Menschen überlegen fühlen, aber bei manchen ist dieses Gefühl stärker ausgeprägt als bei anderen. Meine Tante, die Königin, hegt schon seit Langem Pläne, die Kontrolle über die Hierarchie an sich zu reißen.«

»Aber bist du nicht verbannt worden? Woher weißt du das denn alles?«, fragte Penelope misstrauisch.

»Es gibt einen geheimen Röhrengang im Thronsaal der Drachen, oben unter der Decke. Von dort kann man alles hören, was darin vorgeht.«

»Warum hast du niemandem was gesagt?«, fragte Hiro.

»Ich habe es versucht, aber niemand wollte mir glauben. Für die Drachen bin ich ein Verstoßener, und für die Menschen bloß ein Kind. Deswegen habe ich die Mission aktiviert, weil ich keinen anderen Weg mehr wusste. Ich dachte, wenn ich es selbst mache, bringt es die Hierarchie nicht in noch größere Schwierigkeiten. Die Drachen können die Menschen schließlich nicht für ein Verbrechen verantwortlich machen, das einer aus ihren eigenen Reihen begangen hat. Auch wenn es nur ein Halbdrache war.«

»Und was haben die Kupfernen Ritter damit zu tun?«, wollte Penelope wissen.

»Sie gehören den Drachen. Die Hierarchie hat sie ihnen vor langer Zeit geschenkt. Ich wusste, dass ich die Mission nicht auf eigene Faust bestehen konnte, aber ich wusste auch, dass mir kein Drache helfen würde. Also habe ich die Ritter unter meine Kontrolle gebracht. Oder das dachte ich zumindest.«

»Und was ist mit Rokk?«, fragte Anne. »Was haben die Ritter mit ihm gemacht?«

Valerian ließ den Kopf hängen. »Darüber weiß ich nichts. Ehrlich.«

Anne legte ihm eine Hand auf die Schulter. Sie war immer noch wütend wegen der Sache mit Rokk und auch darüber, dass sie wieder einmal gegen ihren Willen in eine Mission gezogen worden war, aber Valerian tat ihr leid. Das, was Emmanuelle und ihm passiert war, war wirklich furchtbar.

Der weiße Drache stöhnte. »Valerian.«

Valerian eilte zu ihr. »Ich bin hier, Mutter.«

»Valerian … es ist … bald so weit.«

Er schlang die Arme um ihren Hals. »Nein. Bitte nicht. Halte noch ein bisschen länger durch. Wir finden einen Weg, dich hier rauszubringen.«

Der Drache schüttelte den riesigen Kopf. »Es ist … zu spät … für mich … Aber du … kannst immer noch … das Richtige tun … Hilf ihnen … die Ritter aufzuhalten.«

»Das werde ich«, sagte Valerian. »Versprochen.«

Der Drache seufzte ein letztes Mal und erstarrte dann. Emmanuelle war vollständig versteinert. Valerian fiel neben ihr auf die Knie und weinte. Seine Tränen tropften auf ihre kalten Marmorschuppen.

Anne, Penelope und Hiro sahen schweigend zu. Anne

wünschte, sie könnte irgendetwas tun, um ihn zu trösten. Sie behauptete nicht, dass sie alles verstanden hatte, was geschehen war, aber sie wusste, dass Emmanuelle bis zu ihrem letzten Atemzug versucht hatte, ihnen zu helfen. Dafür war Anne unendlich dankbar. Sie konnte sich nur vorstellen, wie es wäre, wenn sie Penelope oder Hiro verlieren würde, doch allein dieser Gedanke war fast unerträglich schmerzhaft.

Während sie so dastanden, breitete sich ein sanftes orangefarbenes Licht in der Brust des Drachen aus. Es wurde heller und heller und löste sich dann wie ein Geist von Emmanuelles Schuppen. Mit einem leisen Klimpern fiel ein kleiner Kristall zu Boden, der von innen heraus pulsierend leuchtete.

Instinktiv griff Anne danach. Als sich die Finger ihres Handschuhs um den Kristall schlossen, fuhr ein gewaltiger Schlag durch ihren Körper und schleuderte sie rückwärts gegen die Wand.

Jemand rief ihren Namen, aber es schien aus großer Ferne zu kommen.

Die Umgebung verschwamm vor Annes Augen, und dann wurde alles schwarz.

Mir geht es gut.
Und dir geht es gut.
Uns allen geht es gut.

Aus dem Song *Einem von uns geht es nicht gut* von Pompf und seinen Jungs, der bardigsten aller Bardentruppen.

13

Der letzte Atemhauch einer wahren Erbin

Wärme.

Licht.

Farbe.

Anne fühlte Formen, die sie nicht sehen konnte.

Sah Formen, die sie nicht fühlen konnte.

Dann Flammen.

Rote Augen.

Und Gebrüll, Gebrüll, Gebrüll, Gebrüll …

* * *

»Warum ist sie immer noch bewusstlos?«, fragte eine Stimme, die nach Penelope klang.

»Ich weiß es nicht, habe ich dir doch schon gesagt«, sagte eine andere Stimme. Valerian. »Menschen fassen diese Steine andauernd an, ohne dass so was passiert. Ich habe auch keine Erklärung dafür.«

»Und was machen wir jetzt?«, fragte eine dritte Stimme, die eindeutig Hiro gehörte.

»Dafür sorgen, dass sie es warm hat und bequem liegt«, sagte Valerian, »und hoffen, dass sie bald aufwacht.«

Jemand kniete sich neben sie und nahm ihre Hand.

Anne bemühte sich, etwas zu sagen, ganz egal was, um sie zu beruhigen. Sie war hier, bei ihnen. Sie versuchte, wenigstens einen Finger zu bewegen, irgendetwas, um ihnen zu zeigen, dass sie sie hören konnte. Doch ihr Körper gehorchte ihr nicht. Sie konnte nicht mal die Augen öffnen.

»Anne, ich weiß nicht, ob du mich hören kannst«, sagte Penelope. »Aber ich möchte, dass du weißt, dass du nicht alleine bist.«

Sie drückte Annes Hand.

Und Anne driftete wieder weg.

Anne ging einen Flur entlang, hatte dabei aber immer noch keine Kontrolle über ihren Körper. Es war, als würde sie durch die Augen von jemand anderem sehen. Sie öffnete die Tür zum Labor. Sie hatte keine Ahnung, woher sie wusste, dass es ein Labor war. Sie wusste es einfach. Auf der Tür war das Bild eines Drachen. Es kam ihr bekannt vor, doch sie konnte es nicht zuordnen. Neben der Tür hing ein kleines Schild mit der Aufschrift: DR. ZARALA COLE.

Drinnen stand am Ende einer langen Arbeitsfläche ein junger Mann mit blasser Haut und betrachtete etwas durch ein Mikroskop. Er war groß und dünn und hatte wildes dunkles Haar. Sein Laborkittel war frisch gebügelt und seine Schuhe auf Hochglanz poliert. Als die Tür leise ins Schloss fiel, sah er auf.

»Ah, guten Morgen, Dr. Cole«, sagte er.

»Guten Morgen, Dr. Grey«, hörte sie sich selbst sagen. »Was ist bei den Tests gestern Abend herausgekommen?«

Der junge Mann verzog das Gesicht und zeigte auf das Instrument vor ihm. »Das Gleiche wie sonst auch. Wir machen keinerlei Fortschritte.«

»Haben Sie die Resultate durchs Spektrometer laufen lassen?«

»Ich habe sie durch sämtliche Geräte in diesem Labor laufen lassen. Zweimal. Das Ergebnis ist immer negativ.«

Er sah aus, als wollte er noch mehr sagen, verbiss es sich dann aber.

»War sonst noch was?«, fragte sie.

»Ich … ich finde, wir sollten noch mal drüber nachdenken, einen Katalysator in die Matrix einzubauen. Ich bin mir sicher, wenn wir nur …«

»Das haben wir doch schon besprochen«, erwiderte sie. »Dadurch würden wir eine instabile Variable in die Gleichung bringen. Die Ergebnisse wären unvorhersehbar.«

Jetzt war er sichtlich genervt. »Ich bestreite ja nicht, dass es gewisse Risiken birgt, aber der Vorstand wird langsam ungeduldig. Wir müssen ihnen irgendwelche Fortschritte liefern, sonst fangen sie an, ihre weitere Unterstützung infrage zu stellen.«

»Ich verstehe Ihre Besorgnis, aber die Antwort lautet trotzdem Nein. Es tut mir leid, Oswald, aber das ist mein letztes Wort in dieser Angelegenheit.«

Der junge Mann nickte knapp und ging nicht weiter darauf ein, aber sie sah ihm an, dass er unzufrieden war. Sie würde ihn im Auge behalten müssen, für den Fall, dass er auf die Idee kam, die Dinge selbst in die Hand zu nehmen.

Wieder driftete Anne weg. Diesmal glaubte sie, den Ruf einer Krähe zu hören.

Das Letzte, was sie sah, war eine einzelne schwarze Feder.

Anne schlug die Augen auf. Es fühlte sich an, als hätte sie eine Ewigkeit geschlafen. Sie versuchte, ihre Hand zu bewegen, und zu ihrer Überraschung gehorchte sie. Sie streckte die Finger und ballte sie dann zur Faust. Als Nächstes wackelte sie mit den Zehen. Doch als sie versuchte, sich aufzusetzen, wurde ihr sofort wieder schwarz vor Augen, und sie sank zurück. Zum Glück hatte ihr jemand einen Mantel als Kissen unter den Kopf gelegt.

Ein Gesicht erschien über ihr.

»Vorsichtig«, mahnte Valerian. »Du warst fast zwei Tage weg.«

»Zwei Tage?«, wiederholte Anne entsetzt. »Aber – aber wie kann das sein?«

»Sei froh, dass es nur zwei waren. Anfangs dachten wir echt, du wachst gar nicht mehr auf. Heute ging dein Atem dann allerdings deutlich leichter, daher dachte ich, dass es bloß eine Frage der Zeit sein würde, bis du wieder zu dir kommst.«

Das alles erschien ihr wie ein Traum, der rapide verblasste. Valerian half ihr, sich aufzusetzen, und gab ihr etwas Brot und Wasser. Halb verhungert schlug sie die Zähne in das Brot. Während sie kaute, sah sie sich um. Der Raum war noch kleiner als der, in dem sie Emmanuelle gefunden hatten.

»Wo sind wir?«, fragte sie.

»Nicht weit von der Stelle, wo du ohnmächtig geworden bist. Ich … konnte da nicht bleiben.«

»Tut mir leid«, sagte Anne. »Das mit deiner Mutter, meine ich.«

»Danke«, antwortete Valerian.

»Wo sind Pen und Hiro?«

Valerian kniete sich hin und legte seine Hand auf ihre. »Die Kupfernen Ritter haben sie.«

Anne fiel das Brot aus der Hand. »Was ist passiert?«

»Das Labyrinth ist nicht ganz so unbelebt, wie es scheint«, erklärte Valerian. »In manchen Räumen gibt es etwas zu essen. Wir haben gerade einen Obstgarten ganz in der Nähe geplündert, als plötzlich die Ritter aufgetaucht sind und Penelope und Hiro als Geiseln genommen haben.«

Anne verengte die Augen. »Warum haben sie dich nicht auch gefangen?«

»Keine Ahnung. Ich habe euch doch erzählt, dass ich weggelaufen bin, nachdem sie Rokk und das Schwert mitgenommen hatten. Die Wahrheit ist, dass ich einfach von Bord gegangen bin, als das Luftschiff gelandet war. Sie haben nicht einmal versucht, mich aufzuhalten. Warum, weiß ich auch nicht.«

Anne runzelte die Stirn. Nach allem, was vorgefallen war, fiel es ihr schwer, Valerian zu glauben. Andererseits hätte er die Kupfernen Ritter aber auch einfach zu ihr führen können, wenn er gewollt hätte. Dann wäre sie nun ebenfalls in deren Gewalt.

»Wo sind sie jetzt?«, fragte sie.

»Immer noch in dem Obstgarten, nicht weit von hier«, antwortete er. »Sie bieten uns einen Tauschhandel an.«

»Wieso? Sie haben doch das Schwert.«

»Das stimmt«, erwiderte Valerian. »Aber sie brauchen immer noch den hier.« Er zeigte auf Annes Panzerhandschuh, und sie merkte, dass sie die ganze Zeit schon eine Faust geballt hatte. Sie löste ihre Finger. In ihrer Handfläche lag der pulsierende Kristall, der nach Emmanuelles Tod aus ihrer Brust gekommen war.

»Was ist das?«, fragte Anne.

»Das ist ein bisschen kompliziert. Im Versammlungsraum der Drachen gibt es eine große Kristallformation …«

»Die hab ich gesehen«, unterbrach ihn Anne. »Obendrauf saß die Königin.«

Valerian nickte. »Wir nennen ihn den Herzstein. Jedes Mal wenn jemand aus der Königsfamilie ein Kind bekommt, wird es auf den Stein gelegt, und in der Brust des Babys wächst so ein kleiner Kristall. Bei den Menschen heißen diese Kristalle deswegen auch Drachensteine.«

»Was hat das mit der Mission zu tun?«, wollte Anne wissen.

Valerian schluckte. »Wenn einer dieser Drachen stirbt, wird sein Kristall freigesetzt. Wie bei meiner Mutter. Deswegen bezeichnen Drachen die Kristalle auch als den letzten Atemhauch.«

Anne schnappte nach Luft. Dann sagte sie flüsternd die zweite Zeile des Missionsrätsels auf. *»Weihe sie mit dem letzten Atemhauch einer wahren Erbin.«*

»Ganz genau.«

Anne sah ihn an. »Hast du auch einen? Einen Drachenstein, meine ich?«

Valerian nickte. »Das ist der eigentliche Grund, weshalb die Königin meine Mutter verbannt hat. Weil sie es gewagt hat, mich, einen Halbdrachen, auf den Herzstein zu legen. Ich wollte meinen benutzen, um das Schwert zu weihen.«

»Aber um dranzukommen, hättest du da nicht …« Anne ließ den Rest unausgesprochen.

»Jetzt verstehst du sicher, wofür ich die Kupfernen Ritter gebraucht habe«, sagte Valerian. »Sie sollten meine Mission vollenden, wenn ich … nicht mehr dazu in der Lage gewesen wäre.«

Anne schüttelte den Kopf. »Wir können ihnen den Stein deiner Mutter nicht geben.«

»Aber deine Freunde …«

»Wir lassen uns was einfallen, um sie zu retten. Aber wenn die Ritter das Dreihändige Schwert neu schmieden, besteht die Gefahr, dass sie die Königin töten. Ganz egal, ob sie das für möglich hält oder nicht.«

Valerian dachte einen Moment darüber nach. »Wenn wir ihnen den Kristall geben, haben wir immer noch genug Zeit, sie aufzuhalten. Sie können das Schwert nicht einfach irgendwo reparieren. In den Aufzeichnungen meiner Mutter war auch der Ort beschrieben, wo die einzige Schmiede steht, in der das möglich ist. Wir müssen nur dafür sorgen, dass wir vor ihnen da sind, und die Schmiede zerstören.«

»Aber sie werden einen Vorsprung haben«, wandte Anne ein.

Valerian grinste. »In der Nähe des Obstgartens gibt es einen weiteren Röhrengang, von dem die Ritter nichts wissen. Und zufälligerweise führt der genau zu der Ebene, auf der sich die Schmiede befindet.«

Anne war hin- und hergerissen. Wenn sie den Kupfernen Rittern den Drachenstein überließen, gingen sie ein großes Risiko ein. Andererseits konnten sie aber auch ihre Freunde nicht einfach im Stich lassen.

»Vertraust du ihnen?«, fragte sie. »Den Kupfernen Rittern, meine ich. Glaubst du, dass sie sich an ihren Teil der Abmachung halten werden?«

Valerian zögerte. »Ich weiß es ehrlich gesagt nicht. Aber haben wir eine Wahl?«

»Also, ich traue ihnen nicht über den Weg. Das ist garantiert eine Falle.«

»Und was machen wir jetzt?«

Anne kam eine Idee. Auf ihrem Gesicht breitete sich ein Grinsen aus.

»Ganz einfach«, sagte sie. »Wir lassen die Falle zuschnappen.«

Valerian übernahm in den schwarzen Tunneln des Labyrinths die Führung. Nachdem sie gut ein Dutzend Mal abgebogen waren, verlor Anne langsam die Orientierung, doch Valerian lief ohne das geringste Zögern weiter. Nach etwa zehn Minuten blieb er schließlich stehen und zeigte auf einen Seitengang.

»Hier geht's hinterher raus«, sagte er. »Am Ende dieses Tunnels befindet sich ein kleiner Raum. Dort ist der Röhrengang.« Er nahm den Rucksack mit dem Auge drin ab und gab ihn Anne.

»Bist du sicher, dass du mir das anvertrauen willst?«

»Absolut«, erwiderte Valerian.

Danach führte er sie durch eine Reihe weiterer Tunnel.

Anne gab ihr Bestes, sich zu merken, wann sie wohin abbogen, damit sie den Weg zurück notfalls auch alleine finden würde. Zu guter Letzt kamen sie in eine große Höhle, in der ein kleiner Hain von Apfelbäumen stand. Die Kupfernen Ritter warteten an einem Tunneleingang am anderen Ende. Penelope und Hiro waren bei ihnen. Obwohl sie an den Armen gefesselt waren, konnte sich Anne ein Lächeln nicht verkneifen, als sie ihre Freunde wiedersah.

Und noch jemand stand bei ihnen: Rokk.

»Rokk, du musst das nicht tun«, rief Anne. »Erinnerst du dich noch an unser Aufeinandertreffen mit der Oberin? Wie du dich gegen ihren Befehl gewehrt hast? Das schaffst du jetzt auch. Du kannst dich den Kupfernen Rittern widersetzen.«

Rokk rührte sich nicht. Er sah nicht mal in ihre Richtung.

»Du verschwendest bloß deinen Atem«, spottete einer der Kupfernen Ritter. »Er gehört zu uns. Jetzt gebt uns den Stein.«

»Erst lasst ihr unsere Freunde frei«, entgegnete Anne.

Der Ritter nickte, und ein anderer löste die Fesseln.

Der erste Ritter zeigte auf Valerian. »Jetzt den Stein.«

Valerian zögerte, zog den leuchtenden Kristall dann aber doch aus der Tasche. Anne und er gingen in die Mitte des Hains und warteten. Rokk führte Penelope und Hiro zu ihnen. Valerian legte den Drachenstein in Rokks riesige Hand. Ein grüner Lichtstrahl schoss aus Rokks Augen und scannte den Stein.

»Und?«, fragte der erste Ritter.

»Analyse abgeschlossen«, sagte Rokk. »Es handelt sich um ein echtes Stück Herzstein.«

»Ausgezeichnet.«

Die Ritter hoben ihre Stäbe und kamen auf Anne, Penelope und Hiro zu. Rokk stand reglos da. Er machte keine Anstalten, den Rittern zu helfen, hielt sie aber auch nicht auf.

»Moment mal«, protestierte Valerian. »Wir hatten eine Abmachung.«

»Und daran haben wir uns gehalten«, erwiderte der Kupferne Ritter. »Wir haben vereinbart, eure Kameraden wohlbehalten zu übergeben, wenn ihr uns im Gegenzug den Drachenstein aushändigt. Darüber hinaus haben wir keinerlei Versprechungen gemacht.«

»Das stimmt natürlich. Wir aber auch nicht«, entgegnete Anne. Dann drehte sie sich zu Valerian um. »Jetzt!«

Die Verwandlung spielte sich im Bruchteil einer Sekunde ab. Dort wo gerade noch Valerian gewesen war, stand plötzlich ein großer roter Drache. Der Drache öffnete das Maul und spuckte einen gewaltigen roten Feuerstrahl, der die Ritter zum Rückzug zwang.

»Los!«, brüllte der Drache. »Lauft zum Röhrengang!«

Anne zögerte, doch Penelope packte Hiro und sie am Arm und zog sie hinter sich her auf den Tunnel zu, aus dem Anne und Valerian gekommen waren. Sobald sie die Höhle verlassen hatten, übernahm Anne die Führung. Die drei sprinteten durch die Gänge, mal nach links, mal nach rechts, während

Anne ihr Bestes gab, sich an den richtigen Weg zu erinnern. In der Ferne verhallte Valerians Brüllen. Anne konnte nur hoffen, dass es ihm gut ging.

Binnen kürzester Zeit erreichten sie den Seitengang, den Valerian Anne gezeigt hatte, und rannten hindurch, ohne langsamer zu werden, bis sie in eine kleine Höhle kamen, in der sich ein aufrecht stehender Röhrengang befand. Anne lief zu der schwarzen Steinsäule daneben und zog Emmanuelles Auge aus der Tasche.

»Röhrengang aktivieren«, sagte Anne.

Die Säule öffnete sich, und die kleine Glaskugel erschien.

»Retina-Scan. Bitte stehen Sie still«, sagte die Stimme in der Kugel. Anne hielt ihr das Auge entgegen, und der rote Lichtstrahl glitt darüber. »Identität verifiziert.«

Der Röhrengang ging auf. Dahinter kam eine Grasfläche zum Vorschein.

Penelope stellte sich vor den Durchgang und bedeutete Anne und Hiro, ihr zu folgen. »Kommt schon«, drängte sie, »bevor sie uns einholen.«

Anne schüttelte den Kopf. »Wir können Valerian nicht zurücklassen.« Sie zeigte auf Hiro. »Halte deinen Kleinen Explosionszauber bereit.«

»Der steht diesen Monat auch nicht drin. Aber es gibt einen Erschütterungszauber.«

»Dann nimm den. Wenn sie ihn verfolgen, könnte das unsere einzige Chance sein, sie aufzuhalten.«

Mit jeder Sekunde, die verstrich, wuchs Annes Sorge. Was, wenn sie sich verrechnet hatten? Was, wenn sie Valerian zurücklassen mussten? Anne war die Vorstellung zuwider, aber Valerian hatte verlangt, dass sie es ihm versprach. Die Schmiede zu finden und zu verhindern, dass die Ritter sie benutzten, hatte oberste Priorität.

Gerade als sie aufgeben wollte, entstand am anderen Ende des Gangs ein Tumult.

»Sie kommen!«, rief Penelope.

Valerian kam in seiner menschlichen Gestalt um die Ecke getaumelt. Anne und Penelope eilten ihm entgegen, um ihm zu helfen.

»Sie sind mir dicht auf den Fersen«, nuschelte er. Anne hörte das metallische Scheppern von Schritten, die sich durch den Tunnel näherten.

Sie halfen Valerian zum Röhrengang.

»Jetzt, Hiro!«, schrie Anne.

Hiro las in Windeseile den Zauber aus seinem Katalog ab.

Der Boden erzitterte.

Die Wände bröckelten.

Und dann stürzte die Höhle ein.

In dem beliebten Heimwerker-Ratgeber

WIE SIE EINEN TUNNEL ZUM EINSTÜRZEN BRINGEN, OHNE DABEI GETÖTET ODER VERSTÜMMELT ZU WERDEN

findet sich die folgende detaillierte Schritt-für-Schritt-Anleitung:

1) Lassen Sie es bleiben.

14

Das Zeichen von Zarala

Anne, Penelope, Hiro und Valerian schafften es gerade noch rechtzeitig auf die andere Seite, gefolgt von einer Lawine aus herabfallendem Gestein.

»Röhrengang deaktivieren!«, rief Anne.

Der Durchgang schloss sich hinter ihnen.

Sie standen mitten auf einer Wiese aus grauem Gras. Der Himmel war bedeckt und grau. Alle Steine waren grau, auch die, aus denen der Röhrengang gebaut worden war – nur jene, die mit ihnen aus dem Tunnel gekommen waren, nicht. Vor ihnen erhob sich in weiter Ferne eine Kette aus kalten grauen Bergen. Hinter ihnen, und sehr viel näher, standen einige große graue Gebäude. Das alles kam Anne irgendwie bekannt vor. Zu bekannt für ihren Geschmack.

Jeffery kam in einem Lichtblitz hervorgeschossen. »Wird aber auch Zeit. Ich hab da drin langsam Platzangst bekommen. Diese Panzerhandschuhe sind nicht gerade gemütlich, musst du wissen.« Er sah sich um. »Hey, waren wir hier nicht schon mal?«

Genau das war auch Annes Gedanke. Während ihrer ersten Mission waren sie schon einmal auf einer kalten grauen Ebene wie dieser gelandet. Einer toten Ebene. Tote Ebenen waren das Resultat einer gescheiterten Level-zwölf-Mission, Orte, an denen kein Leben mehr existieren konnte. Das bedeutete jedoch nicht, dass es hier keine Gefahren gab. Anne konnte sich noch allzu gut daran erinnern, wie sie von einem Schwarm mechanischer Libellen gejagt worden waren. Ein Schauer lief ihr über den Rücken.

»Glaubst du wirklich, dass das dieselbe tote Ebene wie letztes Mal ist?«, fragte Hiro.

Jeffery zuckte mit den Schultern. »Keine Ahnung. Aber wie viele von den Dingern kann es schon geben?«

»Anne, komm mal rüber«, rief Penelope.

Penelope kniete neben Valerian, der ausgestreckt auf dem Rücken lag. Anne eilte zu ihnen. Sein Gesicht war kreidebleich, und als Anne nach seiner Hand griff, fühlte diese sich kalt und klamm an.

»Was ist passiert?«, erkundigte sich Anne.

»Ich weiß nicht. Er ist einfach umgekippt.«

Anne rüttelte sanft an seiner Schulter. »Valerian, kannst du mich hören?«

Es dauerte einen Moment, doch dann begann er, sich zu regen.

»Alles okay«, krächzte er heiser und setzte sich mühsam auf. »Ich könnte allerdings etwas Wasser vertragen.«

Hiro holte den Trinkschlauch aus seinem Rucksack, und Valerian nahm einen tiefen Schluck. Ein paar Minuten später bekam er langsam wieder etwas Farbe, und schließlich stand er auf.

»Tut mir leid«, sagte er. »So lange habe ich meine Drachengestalt noch nie aufrechterhalten.« Er sah sich um. »Sind alle heil rausgekommen?«

»Ja«, antwortete Anne. »Und zwar nur deinetwegen. Danke.«

Valerian lächelte. »Danke, dass ihr auf mich gewartet habt.«

»Wo ist denn jetzt diese Schmiede?«, fragte Penelope.

Valerian ließ den Blick über den Horizont schweifen und zeigte dann auf die Gebäude. »In der Stadt. Da ist die Schmiede.«

Sie brachen auf. Anne und Valerian gingen voran, und Hiro und Penelope folgten ihnen. Jeffery flatterte voraus und kehrte alle paar Minuten zurück, um ihnen mitzuteilen, was vor ihnen lag. Wenig überraschend war alles grau. Das einzig Nichtgraue waren die Lichtblitze, die immer wieder in der Stadt aufflackerten.

Gegen Mittag, nachdem sie fast zwei Stunden gelaufen waren, ließen sie sich im kühlen Schatten einer grauen Eiche nieder. Valerian verteilte ein paar essbare Pilze, die er im Labyrinth gesammelt hatte. Sie waren zäh wie Leder, hatten aber einen angenehm nussigen Geschmack.

»Meinen Berechnungen zufolge müssten es die Ritter inzwischen aus dem Labyrinth geschafft haben«, sagte Valerian. »Aber sie müssen mit dem Luftschiff hierher reisen. Von daher sollten wir noch mehr als genug Zeit haben.«

Nachdem alle aufgegessen hatten, machten sie sich wieder auf den Weg. Es dauerte eine weitere Stunde, bis sie die Außengrenzen der Stadt erreichten. Die Häuser waren unfassbar hoch. Anne konnte sich nicht vorstellen, wie jemand etwas so Großes bauen konnte. Die Blitze entpuppten sich als Lichtreflexe. Die Häuser waren alle mit verspiegeltem Glas verkleidet, von dem das Sonnenlicht in alle Richtungen zurückgeworfen wurde. Doch je tiefer sie in die Stadt vordrangen, desto dunkler und kälter wurde es.

»Seht mal«, sagte Valerian.

An einem der Häuser hockte ein kleiner brauner Vogel auf dem Türrahmen. Er gab keinen Laut von sich, schien sie aber mit großer Neugier zu beobachten.

»Wo kommt der denn her?«, fragte Penelope.

»Jeffery, ich dachte, auf einer toten Ebene gibt es kein Leben«, wandte sich Anne an ihren gefiederten Freund.

»Das dachte ich auch«, erwiderte Jeffery. »Wenn du mich mehr Bücher essen lassen würdest, könnte ich dich allerdings mit aktuelleren Informationen versorgen.«

»Netter Versuch«, bemerkte Anne.

»Ich habe gar kein gutes Gefühl«, meinte Hiro.

Anne ging es genauso. Sie überquerten die breite Allee und

liefen auf der anderen Straßenseite weiter. Als Anne sich nach dem Vogel umdrehte, stellte sie fest, dass er sie nicht aus den Augen gelassen hatte.

»Seht nicht hin«, raunte Penelope, »aber wir haben noch mehr Gesellschaft.«

Über der Tür des Gebäudes direkt vor ihnen hockte ein weiterer kleiner brauner Vogel. Er sah dem anderen so ähnlich, dass Anne sich erneut umdrehte, um sich zu vergewissern, dass es nicht derselbe Vogel war. Doch der erste saß immer noch auf seinem Platz auf der anderen Straßenseite und beobachtete sie.

»Sie sehen wie Sperlinge aus«, meinte Hiro.

Anne nahm den Vogel vor ihnen genauer in Augenschein. »Ich glaube, du hast recht«, sagte sie. »Jeffery, du hast nicht zufällig Lust, mal mit ihnen zu reden?«

»Korrekt«, erwiderte Jeffery. »Ich hab zufällig keine Lust, mit ihnen zu reden.«

»Aber du bist doch auch ein Sperling.«

»Man hat mir beigebracht, nicht mit fremden Vögeln zu sprechen.«

»Wer hat dir das beigebracht?«

»Ich mir selbst, und ich vertraue mir von ganzem Herzen.«

Sie setzten ihren Weg fort, wobei sie die beiden Vögel sorgfältig im Auge behielten. Dann bogen sie um eine Ecke und sahen sich einem guten Dutzend weiterer Sperlinge gegenüber, die auf allen möglichen Türrahmen und Fensterbrettern hockten.

»Das ist irgendwie gruselig«, sagte Hiro.

»Na ja, bis jetzt haben sie sich noch nicht zusammengerottet und versucht, uns umzubringen«, bemerkte Penelope. »Von daher ist diese tote Ebene eindeutig besser als die letzte. Es sei denn, es ist tatsächlich dieselbe. In dem Fall: Vergesst, was ich gesagt habe.«

»Hier drüben«, drängte Valerian. Er führte sie in einen kleinen Park abseits der Hauptstraße, der von einem niedrigen Steinmäuerchen umgeben war. Die Bäume waren voller Sperlinge.

In der Mitte des Parks stand ein Obelisk. Er war etwas größer als Penelope und schien aus demselben schwarzen Stein zu bestehen wie die Säulen an den Durchgängen, die Anne wiederum an die schwarzen Wände im Endlosen Labyrinth erinnerten.

»Das ist es«, verkündete Valerian.

Anne sah sich um. »Was ist was?«

Valerian zeigte auf den Obelisken. »Diese Statue. Dahinter verbirgt sich die Schmiede.«

»Du meinst, die Säule ist die Schmiede?«, hakte Penelope nach.

»Nein, sie ist der Eingang zur Schmiede«, antwortete Valerian. »Ich weiß bloß nicht, wie er funktioniert.«

Sie umrundeten den Obelisken. Auf drei Seiten war rein

gar nichts zu sehen, aber auf der vierten war ein Text in einer fremden Sprache eingraviert, die keiner von ihnen lesen konnte. Nicht mal Hiro, der eine ganze Reihe von altertümlichen Sprachen studiert hatte. Unterhalb der Inschrift, kurz über dem Sockel des Obelisken, befand sich eine winzige Holzplakette, in die ein Bild geschnitzt war. Anne kniete sich hin, um es sich genauer anzusehen. Es war ein Drache – und zwar ein ganz bestimmter.

»Seht euch das mal an«, rief sie aufgeregt.

Hiro ging neben ihr in die Hocke. »Das Zeichen von Zarala.«

»Was bedeutet das?«, fragte Valerian.

»Es bedeutet, dass wir nah dran sind«, erklärte Anne. »Das gleiche Bild ist auch auf dem Medaillon. Bei unserer ersten Mission hat uns eine Karte mit diesem Symbol geholfen, eines unserer Ziele zu finden, den Unendlichen Turm.«

Anne nahm das Bild des Drachen genauer unter die Lupe. Um die Plakette herum war eine Reihe hauchfeiner, bogenförmiger Kratzer zu erkennen. »Hier sind irgendwelche Spuren«, sagte sie.

Hiro untersuchte die Kratzer. »Sieht aus, als wären sie entstanden, weil etwas darauf gedreht wurde. Und wenn man genau hinsieht, liegt das Drachenbild auf der Seite. Vielleicht kann man es ja drehen?«

Anne griff nach der Plakette und versuchte, sie erst nach links und dann nach rechts zu drehen, doch sie rührte sich nicht vom Fleck. »Wohl eher nicht.«

»Vielleicht ist es verschlossen«, schlug Penelope vor.

Sie suchten den Rest des Obelisken nach irgendeiner Art von Verschlussmechanismus ab, fanden jedoch nichts. Nachdem sie ihn ein drittes Mal ergebnislos umrundet hatten, beschlossen sie, sich aufzuteilen und sich im restlichen Park nach Hinweisen umzusehen. Bis auf haufenweise totes graues Gras und ein paar tote graue Büsche war die Ausbeute allerdings eher mager.

Die Vögel in den Bäumen beobachteten sie weiterhin aufmerksam, kamen ihnen aber ansonsten nicht in die Quere.

»Guckt euch das mal an«, rief Penelope aus einer der Ecken der Parkmauer. Die anderen gesellten sich zu ihr, und sie zog ein paar graue Ranken beiseite, hinter denen eine weitere kleine Plakette mit dem gleichen Drachensymbol zum Vorschein kam. Auch diese war seitlich gedreht und von Kratzspuren umgeben.

»Versuch mal, die hier zu drehen«, sagte Hiro.

Penelope griff danach und drehte. Zuerst rührte sich auch diese Plakette nicht von der Stelle, doch Penelope ließ nicht locker. Unter Einsatz ihrer gesammelten Kräfte schaffte sie es, die Plakette so weit zu drehen, dass das Bild senkrecht stand. Mit einem vernehmlichen Klicken rastete es ein.

Auf einmal war der Himmel von Sperlingen erfüllt, die sich unter lautem Kreischen auf sie stürzten.

»In Deckung!«, brüllte Anne.

Sie rannten zurück zum Obelisken. Anne versuchte erneut,

die Plakette zu drehen, und diesmal gab sie eine Winzigkeit nach.

»Es muss noch mehr geben«, rief sie über den Vogellärm hinweg. »Sucht in den anderen Ecken.«

Von den Sperlingen verfolgt, verteilten sich Penelope, Hiro und Valerian auf die restlichen drei Ecken der Mauer.

»Ich hab eine«, brüllte Valerian.

»Ich auch«, verkündete Hiro.

»Ich auch«, rief Penelope.

Ein Teil der Sperlinge stürzte sich auf Valerian, als er sich nach der Plakette bückte, doch ein plötzlicher Lichtblitz schlug sie in die Flucht. Jeffery sauste im Zickzack durch die Lüfte und verjagte die Vögel, während Valerian die Plakette drehte und zu Anne zurückrannte.

»Erledigt«, sagte er.

Anne drehte die Plakette am Obelisken, und wieder gab sie etwas nach.

Dann kam Hiro dazu. »Hab's geschafft«, keuchte er.

Wieder drehte Anne die Plakette. Jetzt fehlte nur noch ein kleines Stück.

Penelope tat sich deutlich schwerer, was zum Teil daran lag, dass sie immer wieder aufstehen und die Sperlinge verjagen musste. Nun, da drei der vier Plaketten umgedreht waren, konzentrierten sich die Vögel ganz auf sie.

Anne, Hiro und Valerian rannten zu ihr.

»Sie steckt fest«, stöhnte Penelope.

Valerian kniete sich hin, um ihr zu helfen, während Anne ihren Mantel auszog und damit die Sperlinge verscheuchte. Hiro tat es ihr gleich. Penelope und Valerian schoben und zogen, und Anne fürchtete schon, dass ihre Köpfe gleich explodieren würden, doch schließlich gab die Plakette nach.

Sie kehrten zum Obelisken zurück. Anne schloss die Augen und wünschte sich im Stillen, dass es diesmal funktionieren würde. Dann griff sie nach der Plakette und drehte sie ein letztes Mal. Das Bild gab widerstandslos nach und rastete mit einem Klicken ein. Im nächsten Moment setzte sich der Obelisk in Bewegung und rückte nach hinten. Darunter kam eine Geheimtreppe zum Vorschein, die unter die Erde führte.

Die Sperlinge vereinten sich zu einem riesigen Schwarm, der sie mit unzähligen kleinen, scharfen Krallen und Schnäbeln angriff.

»Rein da!«, rief Anne.

Penelope lief voran, gefolgt von Valerian und Hiro. Anne ging als Letzte. Bevor sie im Untergrund verschwand, griff sie noch einmal nach der Plakette und drehte sie zurück auf die Seite. Der Obelisk glitt so schnell auf seinen Platz zurück, dass er sie beinahe einen Kopf kürzer gemacht hätte.

Die Treppe führte in einen langen Korridor hinab, der bis auf Jefferys leuchtende Federn vollkommen im Dunkeln lag. Anne konnte das Geschrei der Sperlinge draußen hören, aber durch den Obelisken war der Lärm auf ein erträgliches Maß gedämpft. Doch gerade als sie fragen wollte, ob es allen gut ging, füllte sich der Gang mit einer Wolke aus Vögeln, die sich kreischend auf sie stürzten.

»Wie sind die hier reingekommen?«, rief Hiro.

Die vier Abenteurer zogen die Köpfe ein und rannten den Gang entlang, bis sie an eine Tür kamen, die in einen Raum voller seltsamer Gerätschaften führte. Sobald alle drinnen waren, schlug Anne die Tür zu, aber auch das hielt die Sperlinge nicht auf. Sie glitten mühelos hindurch.

»Was geht hier vor?«, brüllte Valerian.

»Ich glaube, das sind Hologramme«, meinte Jeffery.

»Wenn es Hologramme sind, warum tun ihre Angriffe dann so weh?«, fragte Penelope, während sie ein halbes Dutzend auf einen Streich abwehrte. »Ich dachte, Hologramme wären aus Licht.«

»Darüber können wir uns später Gedanken machen«, erwiderte Anne. »Jetzt müssen wir sie erst mal irgendwie loswerden.«

»Schaltet ihren Projektor aus«, sagte Jeffery.

»Ihren was?«

»Das Ding, das sie erzeugt«, erklärte Jeffery. »Weißt du noch, wie die Oberin bei eurer ersten Mission die graue Kiste zerstört hat und daraufhin das Konstrukt verschwunden ist?«

»Was ist *das Konstrukt?*«, fragte Valerian.

»Spielt jetzt keine Rolle«, rief Penelope. »Halte einfach nach einer grauen Metallkiste Ausschau!«

Sie verteilten sich im Raum und fingen an zu suchen. Anne

fand sie schließlich in einer Ecke, vergraben unter einem Stapel Holzboxen: eine große graue Metallkiste mit einer rundum glatten Oberfläche.

»Ich hab ihn, aber ich weiß nicht, wie man ihn ausschaltet«, sagte sie, während sie mit den Händen drüberstrich.

»Tritt zurück«, befahl Penelope. »Ich mach das.« Sie hob einen Eisenstuhl über ihren Kopf.

»Es wäre mir lieb, wenn du das lassen würdest«, erklang eine Stimme hinter ihnen.

Penelope erstarrte, und Anne fuhr herum.

In der Mitte des Raums, unberührt von all dem Chaos, stand eine junge Frau. Sie trug eine schlichte Tunika, eine ebenso schlichte Hose und einen dünnen, knielangen weißen Mantel, und sie sah aus wie Annes eineiige Zwillingsschwester, nur dass sie braune und keine gelben Augen hatte.

Anne, Penelope und Hiro waren ihr schon einmal begegnet.

Es war das Konstrukt.

DIE ZWILLINGSSCHWESTER DER MAGD

Es war einmal eine Magd, deren einzige Arbeit bestand darin, Garn für ihre Herrin zu spinnen. Tagein, tagaus saß sie am Spinnrad und spann und spann und spann. Nur jeden zweiten Samstag bekam sie frei, um eine rasante Partie Rugby zu spielen.

Eines Tages beschloss die Magd, dass das Leben mehr für sie bereithalten musste, als ausschließlich Garn zu spinnen. Und so erfand sie eine Kopiermaschine, mit der sie sich eine Zwillingsschwester erschuf. Sie setzte ihren Zwilling ans Spinnrad und gönnte sich eine Auszeit. Sie ging im Wald spazieren, schwamm in einem Bach voll kristallklarem Wasser und forderte hier und da ein paar Bären zum Armdrücken heraus.

Doch als die Magd nach Hause zurückkehrte, stellte sie fest, dass ihre Zwillingsschwester sich nicht an ihre Anweisungen gehalten hatte. Sie hatte einfach weitere Duplikate produziert, die nun überall herumstanden und sich zankten, wessen Aufgabe es war, das Garn zu spinnen. Statt wütend zu werden, erkannte die Magd darin eine einmalige Gelegenheit. Gemeinsam mit ihren vielen Zwillingsschwestern gründete sie eine Theatertruppe und verdiente ein kleines Vermögen. Von dem Geld kauften sie den größten Rettich der Welt.

Und die Moral von der Geschicht? Gibt es nicht.

15

Die Schmiede

Anne starrte die junge Frau an, die von einer schwachen Aura umgeben war, die immer wieder aufblitzte, wenn sie das Licht einfing. Es war, als würde sie einen Geist ansehen. Ihren Geisterzwilling.

»Ich dachte, du wärst tot«, presse Anne hervor. »Du bist einfach verschwunden, als die Oberin die graue Kiste zerstört hat.«

Das Konstrukt lächelte. »Um sterben zu können, müsste ich lebendig sein. Diese Kiste war lediglich ein externes Terminal. Da sie zerstört worden ist, konnte ich zwar dort nicht mehr erscheinen, aber mein Programm ist an einem anderen Ort gespeichert.«

Penelope räusperte sich. »Äh, ich will eure kleine Wiedersehensfeier ja nicht unterbrechen«, meldete sie sich zu Wort, während sie in gebückter Haltung neben Hiro und Valerian auf dem Boden hockte, »aber könntest du vielleicht was gegen die Vögel machen?« Die holografischen Sperlinge griffen immer noch unvermindert an.

»Bitte entschuldigt«, sagte das Konstrukt. Es neigte leicht den Kopf, und für einen kurzen Moment wurde sein Gesicht vollkommen ausdruckslos.

Die Sperlinge verschwanden.

Das Konstrukt lächelte. »So, das wäre erledigt.«

Anne klingelten in der plötzlichen Stille die Ohren. Ein wundervolles Gefühl. Penelope, Hiro und Valerian richteten sich zögerlich auf. Sie sahen aus, als erwarteten sie, dass die Sperlinge sie jeden Moment wieder angreifen würden.

»Was sind das für Vögel?«, wollte Anne wissen.

»Sie sind Teil eines Schutzprogramms«, erklärte das Konstrukt. »Sie dienen als meine Augen und Ohren und warnen mich, wenn sich mögliche Eindringlinge nähern. Leider nehmen sie ihre Aufgabe manchmal ein bisschen zu genau.«

»Das kannst du laut sagen«, brummte Penelope. »Wie kann es sein, dass sie uns berühren können?«

Das Konstrukt ging auf sie zu und pikte sie in die Schulter. »Du meinst so?«

»Hey, wie hast du das gemacht?«

»Der andere Projektor, den ihr gesehen habt, war technologisch weniger weit entwickelt. Die Projektoren hier sind deutlich stärker. Sie erzeugen eine Art solides Hologramm.«

»Aber so was von solide«, meinte Hiro und rieb sich den zerkratzen Arm.

»Ich will ja nicht unhöflich sein, aber wer bist du?«, fragte Valerian.

»Man nennt mich das Konstrukt. Ich bin das Interface des Computers.«

»Das, äh, was?«

»Erklären wir dir später«, sagte Penelope.

Valerian sah von Anne zum Konstrukt und wieder zurück. »Aber warum siehst du aus wie sie?«

»Ich wurde so entworfen«, antwortete das Konstrukt. Es musterte Anne neugierig. »Also, Anvil von Saint Lupin's, Hüterin des Sperlings. So schnell schon wieder auf einer neuen Mission?«

Anne verzog das Gesicht. »Das war so nicht geplant, aber ja, es wurde wieder eine aktiviert. Eine Drachentöter-Mission diesmal.«

Das Konstrukt lächelte und schüttelte den Kopf. »So mag sich die Mission für euch darstellen. In Wahrheit ist der Name ein Anagramm.«

»Ein Anna-was?«, fragte Penelope.

»Anagramm«, erklärte Hiro. »Das bedeutet, dass die Buchstaben eines Wortes so umgestellt worden sind, dass sie ein anderes Wort ergeben.«

»Und wofür steht ›Drachentöter‹?«, wollte Anne wissen.

»›DRACHENTOETER‹ ist ein Anagramm für ›Enter HrAT Code‹«, antwortete das Konstrukt. »HrAT ist die Abkürzung für Hierarchie-Analyse-Tool. Nachdem die erste Mission das gesamte Programm einer Integritätsprüfung unterzogen hat, geht es jetzt darum, die Matrix der Welten-Engine durchzuchecken – das ist der Teil des Computers, der die Hierarchie erschaffen hat. Das Analyse-Tool dient dazu festzustellen, ob die Engine ordnungsgemäß funktioniert.«

»Wieso muss dafür die Drachenkönigin getötet werden?«

»Die Drachenkönigin trägt die gespeicherten Daten in sich.«

Anne ging ein Licht auf. Valerian offenbar auch, jedenfalls ließen das seine großen Augen vermuten. »Die Drachensteine«, sagten die beiden wie aus einem Mund.

»Korrekt«, bestätigte das Konstrukt. »Die Drachen waren ursprünglich die Beschützer des Computers, auch wenn sie ihre wahre Bestimmung längst vergessen haben. Jeder Drachenstein enthält die nötige Information. Ihr müsst also bloß einen dieser Steine zum Upload-Terminal bringen.«

»Darum kümmern wir uns später«, beschloss Anne. »Jetzt müssen wir erst mal dafür sorgen, dass niemand die Schmiede betreten kann, die sich hier irgendwo befindet. Kannst du uns dabei helfen?«

»Ich kann von hier aus nicht darauf zugreifen«, antwortete das Konstrukt. »Aus Sicherheitsgründen befindet sich die Schmiede in einem isolierten Netzwerk. Aber ihr solltet eigentlich in der Lage sein, die Ritter auszusperren, indem ihr den Zugangscode ändert. Ich bringe euch hin.«

Das Konstrukt drehte sich um und ging durch die Wand. Einen Augenblick später kehrte es zurück.

»Bitte entschuldigt«, sagte es. »Wenn man zehntausend Jahre allein war, vergisst man manchmal, dass das nicht alle können.«

Das Konstrukt führte sie durch eine andere Tür in einen Raum, der bis auf eine einzelne weiße Säule vollkommen leer war. Die Säule erinnerte Anne an dieses seltsame Transportmittel namens Aufzug. Sie war erst einmal mit so etwas gefahren, damals, als sie mit Penelope, Hiro und Rokk aus dem Unendlichen Turm gekommen war.

Ein Riss tat sich auf, und im nächsten Moment öffnete sich eine Schiebetür.

»Hier geht's runter«, sagte das Konstrukt und trat in den Aufzug. Anne, Penelope und Hiro folgten, doch Valerian zögerte.

»Keine Angst«, versicherte Anne. »Wir haben das schon mal gemacht.«

Er nickte und betrat die Säule, auch wenn er immer noch etwas misstrauisch aussah.

Die Türen gingen zu, und der Aufzug fuhr nach unten. Anders als der im Unendlichen Turm hatte dieser hier ein Fenster, sodass Anne nach draußen gucken konnte. Sie befanden sich in einer gigantischen Höhle, gegen die selbst die Arena auf der Drachenebene geradezu zwergenhaft wirkte.

»Während eurer ersten Mission müsstet ihr Zaralas Labor auf Saint Lupin's gefunden haben«, sagte das Konstrukt.

»Ja, das haben wir«, bestätigte Anne. »Aber bei meinem

Kampf mit der Oberin ist es leider zerstört worden. Dafür habe ich rausgefunden, dass es ein Projekt A.N.V.I.L. gibt. Kannst du mir darüber etwas erzählen?«

»Das ist unwichtig.«

»Unwichtig? Aber ich wollte die Drachenkönigin danach fragen.«

»Das ist natürlich ganz allein deine Entscheidung, aber ich würde dir raten, deine Frage nicht für solche Nebensächlichkeiten zu verschwenden.«

Anne traute ihren Ohren nicht. In den vergangenen zwei Monaten waren ihre Gedanken unablässig um Projekt A.N.V.I.L. gekreist. Und jetzt erwartete das Konstrukt, dass sie einfach damit abschloss?

»Kannst du mir nicht wenigstens irgendwas darüber sagen?«, fragte sie.

»Die Information befindet sich in einer verschlüsselten Datei. Besitzt du das Passwort?«

»Nein.«

»Dann kann ich dir nicht helfen.«

Es fuchste Anne, dass sie der Information, nach der sie so lange gesucht hatte, so nahe war, und doch nicht drankam. Einige Sekunden später erreichte der Aufzug den Boden. Als sie hinaustraten, zeigte das Konstrukt auf ein großes, würfelförmiges Gebäude aus grauem Stein in der Ferne.

»Die Schmiede befindet sich im Inneren dieses Bauwerks«, sagte es.

Die Gruppe durchquerte die Höhle, doch als sie sich dem Gebäude näherten, wurde das Konstrukt plötzlich langsamer.

»Was ist los?«, fragte Anne.

»Irgendetwas stimmt hier nicht. Ich empfange kein Signal vom Abwehrnetz.«

»Aber, ähm, ist das nicht was Gutes?«, meinte Penelope.

»Selbst wenn es inaktiv ist, sendet es ein Signal aus, um zu zeigen, dass das Programm ordnungsgemäß funktioniert. Aber ich empfange überhaupt kein Signal«, erklärte das Konstrukt.

Vorsichtig setzten sie ihren Weg fort. Als sie zur Eingangstür des Gebäudes kamen, stand diese offen.

»Hört sonst noch jemand dieses Geräusch?«, erkundigte sich Hiro.

Anne spitzte die Ohren und konnte tatsächlich ein tiefes Brummen ausmachen, das beim Hineingehen lauter wurde. Hinter der Tür lag ein langer schwarzer Korridor. Jeffery begann zu flimmern.

»Ich denke, es ist besser, wenn du fürs Erste in den Handschuh zurückkehrst«, sagte Anne.

»Das denke ich auch«, antwortete Jeffery mit verzerrter Stimme und verschwand.

Sie liefen weiter, wobei das Brummen von Schritt zu Schritt zunahm. Der Korridor war nicht besonders lang, und an seinem Ende führte eine weitere Tür in einen dunklen Raum. Das einzige Licht kam von einem pulsierenden roten Strahl, der oben auf einem riesigen, würfelförmigen Gebilde angebracht war. Die Seiten des Würfels waren rund sechs Meter lang, und in der Seite, die direkt vor ihnen lag, befand sich eine massive Eisentür. Sie sah aus wie eine Tresortür und war gut und gerne dreieinhalb Meter hoch. Darauf stand ein einziges Wort:

S.C.H.M.I.E.D.E

»Bitte sehr, die Schnittstelle für das Multiplikator-Interface zur elektronischen Duplikat-Erzeugung«, sagte das Konstrukt.

»Äh, aber fehlen da nicht noch zwei Buchstaben?«, meinte Anne.

»Das *Sch* von ›Schnittstelle‹ wird als ein einziger Buchstabe behandelt«, erklärte das Konstrukt. »Anscheinend hatte da jemand Probleme, sich ein gutes Akronym einfallen zu lassen.«

»Das ist die Schmiede?«, fragte Valerian. »Ich dachte, es würde sich, na ja, um eine echte Schmiede handeln.«

»Sieht aus wie ein Gerät aus der Alten Welt«, stellte Hiro fest.

»Ja«, bestätigte das Konstrukt. »Und sie ist aktiviert worden.«

Anne blickte sich um. Durch das pulsierende rote Licht war es nicht leicht, etwas zu erkennen, und die Ecken des Raumes lagen vollständig im Dunkeln. Bei genauerer Betrachtung konnte sie eine Reihe von Stegen ausmachen, die über ihren Köpfen verliefen.

»Funktioniert die Schmiede auch von selbst? So wie das Abwehrnetz?«, fragte Anne.

»Nein«, antwortete das Konstrukt. »Definitiv nicht.«

Das Brummen wurde lauter und lauter und brach dann plötzlich ab. Im selben Moment wechselte das pulsierende Licht von Rot zu Grün. Irgendwo ertönte eine mechanische Glocke. Die Abenteurer wichen zurück. Dann ging die große Tür langsam auf und gab den Blick auf ein drei Meter langes glänzendes Schwert frei, das in der Mitte des Würfels in der Luft hing und sich um die eigene Achse drehte.

Das Dreihändige Schwert des Wächters war neu geschmiedet worden.

»Wow«, staunte Penelope. »Das ist das am allerkrassestene Schwert, das ich in meinem ganzen Leben gesehen habe.«

»Zu krass für richtige Grammatik, wie es scheint«, bemerkte Hiro, worauf ihm Penelope einen Ellbogen in die Rippen stieß.

»Aber … aber wie ist das da reingekommen?«, fragte Anne.

»Das weiß ich auch nicht«, gestand das Konstrukt. »Das ist ausgesprochen besorgniserregend.«

Plötzlich löste sich eine massige Gestalt aus dem Dunkel hinter ihnen.

Rokk.

»Bitte tretet beiseite«, sagte er.

Wieder zeigte er keinerlei Anzeichen, dass er Anne, Penelope und Hiro erkannte.

»Warum sollten wir?«, entgegnete Penelope.

Anne bewunderte Penelopes Mut, war sich aber nicht ganz sicher, ob es wirklich klug war, einen drei Meter großen Roboter zu provozieren, der in letzter Zeit nicht wirklich zuverlässig funktioniert hatte. So was konnte schon mal damit enden, dass man wie eine Fliege platt gedrückt wurde.

»Ich bin der Wächter«, sagte Rokk. »Das Dreihändige Schwert gehört mir.«

»Und was hast du damit vor?«, fragte Anne.

Rokks Augen leuchteten rot. »Die Königin töten.«

Psychopathische Killerroboter
geben keine guten Freunde ab.

Aus dem Song *Psychopathische Killerroboter geben keine guten Freunde ab* von dem Barden, der früher als Der-Typ-der-mal-drüben-in-der-Kneipe-aufgetreten-ist bekannt war.

Die Ritter von Saint Lupin's

»Das können wir nicht zulassen«, verkündete Anne.

»Ihr könnt mich nicht aufhalten«, sagte Rokk.

»Da hat er nicht ganz unrecht«, meinte Hiro.

Über ihnen schepperte etwas. Anne sah hoch. Die sechs Kupfernen Ritter standen auf einem der Stege direkt über ihnen. Sie sprangen herab, landeten neben Rokk und zückten ihre Stäbe, bereit, sie bei der geringsten Provokation zu benutzen.

»Tut, was er verlangt«, befahl einer der Ritter. »Tretet beiseite und überlasst uns das Schwert.«

»Sonst was?«, fragte Penelope.

Anstelle einer Antwort feuerte der Ritter einen Blitz aus seinem Stab ab. Der Blitz traf den Boden und hinterließ einen schwarzen Brandfleck.

Penelope nickte. »Klingt vernünftig. Ich wollte nur sichergehen.«

Valerian beugte sich zu Anne hinüber und flüsterte ihr etwas ins Ohr. »Wie vorhin. Ihr schnappt euch das Schwert, ich kümmere mich um sie.«

Bevor Anne etwas erwidern konnte, verwandelte sich Valerian in einen roten Drachen und griff Rokk und die Ritter an. Obwohl er genau dasselbe erst vor wenigen Stunden gemacht hatte, gelang es ihm erneut, sie zu überrumpeln. Er fegte drei Ritter um und versetzte Rokk einen Schlag, der ihn zurücktaumeln ließ, bevor sie reagieren konnten. Doch Rokk erholte sich unerwartet schnell und stürzte sich seinerseits auf den roten Drachen. Er packte ihn am Hals und zwang ihn so rückwärts gegen die Wand. Die drei Ritter, die sich auf den Beinen gehalten hatten, griffen nach den Füßen des Drachen und versuchten, ihn zu Boden zu ziehen.

»Wir müssen ihm helfen«, schrie Penelope.

»Nein«, widersprach Anne. »Kommt mit.«

Sie rannte in die Schmiede und streckte die Hand nach dem Schwert aus. Kaum dass sie es berührt hatte, löste es sich aus seinem Schwebezustand. Doch es war zu schwer, als dass sie es hätte auffangen können. Das Heft krachte ungebremst auf den Boden, und die Klinge folgte mit einem lauten Scheppern. Penelope kam angerannt und versuchte, Anne zu helfen. Doch selbst als Hiro dazustieß, waren sie kaum in der Lage, es anzuheben. Schließlich gaben sie auf.

»Wie sollen wir mit dem Ding hier rauskommen?«, fragte Hiro.

Das Konstrukt trat auf Anne zu. »Möglicherweise bin ich in der Lage, die Ritter unter Kontrolle zu bringen. Es gibt hier drin ein Terminal, das es mir erlauben würde, mich direkt mit dem Netzwerk der Schmiede zu verbinden. Du musst nur auf den kleinen Knopf auf der Rückseite drücken.«

»Warum kannst du das nicht machen?«

»Ich bin so programmiert, dass ich nichts unternehmen kann, das die Struktur des Netzwerks gefährden könnte.«

Anne sah sich um. »Wo ist der Knopf?«

Das Konstrukt zeigte auf eine graue Kiste an der Rückwand des Raumes. Um dorthin zu gelangen, musste Anne irgendwie an Rokk und den Rittern vorbei, die immer noch mit dem roten Drachen rangen.

»War ja klar«, brummte Anne. Sie wandte sich an Penelope und Hiro. »Bringt das Schwert hier raus.«

Anne steckte den Kopf zur Tür hinaus. Der rote Drache hielt in beiden Klauen je einen Ritter und spuckte gerade einen Feuerstrahl auf Rokk, der in letzter Sekunde zur Seite rollte.

Jetzt oder nie. Anne sprintete los. Sie sprang mit einem Satz über einen umgefallenen Ritter und duckte sich unter einem fliegenden Stab weg, der von der Wand abprallte. Als sie die graue Kiste erreicht hatte, fuhr sie mit dem Finger über die Rückseite, bis sie eine kleine Vertiefung fand. Sie drückte drauf und spürte, wie der Knopf einrastete.

»Und was genau denkst du, dass du da tust?«, fragte eine Stimme.

Einer der Ritter streckte die Arme nach ihr aus, doch sie wirbelte herum und rannte los, um Penelope und Hiro mit dem Schwert zu helfen. Der Ritter lief ihr nach, musste die Verfolgung aber aufgeben, als ihm der rote Drache den Weg versperrte. Der Drache richtete sich auf, holte mit dem Schwanz aus und warf den Ritter um.

»Geschafft«, sagte Anne, als sie wieder beim Konstrukt war.

Das Konstrukt nickte.

»Okay«, drängte Anne. »Es kann losgehen.«

»Ja«, sagte das Konstrukt.

Anne konnte sehen, wie sehr der Kampf gegen Rokk und die Ritter Valerian ermüdete. Er befand sich jetzt schon länger in seiner Drachengestalt als je zuvor, und Anne bezweifelte, dass er noch lange durchhalten würde.

»Übernimmst du jetzt die Kontrolle über die Ritter oder nicht?«, fragte sie.

»Ich versuche es«, antwortete das Konstrukt.

Anne runzelte die Stirn. »Du hast doch gesagt, du könntest sie aufhalten.«

»Es gelingt mir nicht, eine Verbindung herzustellen.«

Anne sah hilflos zu, wie der Kampf weitertobte. Der rote Drache stürzte sich auf zwei Ritter, doch sie wichen mit einer Rolle aus und zielten mit ihren Stäben auf ihn. Der Drache heulte auf, als die Blitze seine Flanken trafen. Währenddessen nahmen zwei andere Ritter Penelope und Hiro gefangen.

»Es gibt noch eine andere Möglichkeit«, sagte das Konstrukt. »Ein elektromagnetischer Impuls könnte ihre Verbindung vorübergehend unterbrechen und sie damit handlungsunfähig machen. So was hast du bei deiner letzten Mission schon mal gemacht, als du die Libellen zerstört hast. Du musst dir allerdings im Klaren sein, dass dieser Impuls auch alle anderen ungeschützten elektronischen Geräte in der Umgebung beeinträchtigen wird.«

»Gilt das auch für Rokk?«, fragte Anne, die sich trotz allem Sorgen um das Leben des Roboters machte.

»Das kann ich nicht mit Gewissheit sagen. Du musst entscheiden, was dir wichtiger ist: die Ritter daran zu hindern, ihre Mission zu vollenden, oder dein Freund.«

Wie sollte Anne diese Wahl treffen? In der kurzen Zeit, die sie miteinander verbracht hatten, war Rokk ihr ein guter Freund geworden. Mehr als das: Er war fast so etwas wie ein Familienmitglied. Wie konnte sie ihm da Schaden zufügen? Und doch wusste sie, dass er genauso entschieden hätte, wenn er in diesem Moment in der Lage gewesen wäre, für sich zu sprechen. Er hätte ihr gesagt, dass sie alles tun solle, was in ihrer Macht stand, um die Ritter aufzuhalten. Selbst wenn das bedeutete, dass sie ihm wehtun musste.

Anne sah zu Rokk und flüsterte: »Es tut mir leid.«

Sie versuchte, sich zu erinnern, wie sie den Impuls beim letzten Mal erzeugt hatte. Aber alles, was ihr einfiel, war, dass sie fix und fertig gewesen war und sich einfach nur noch gewünscht hatte, dass die Angriffe endlich aufhörten. Sich konzentrierte sich ganz darauf, den Impuls hervorzurufen, doch nichts geschah.

»Elektromagnetischen Impuls aktivieren«, sagte sie, ohne dass sich irgendetwas tat.

Rokk versetzte dem Drachen einen gewaltigen Schlag. Valerian brach zusammen und verwandelte sich in seine menschliche Gestalt zurück. Einer der Ritter hob seinen Stab auf, lief zu dem reglosen Jungen und zielte auf ihn.

»Stopp!«, schrie Anne.

Eine Wand aus blauer Energie brach aus dem Panzerhandschuh hervor und breitete sich im gesamten Raum aus. Die Ritter blieben wie angewurzelt stehen, und Penelope und Hiro konnten sich befreien. Anne hatte es geschafft. Oder nicht? Einer bewegte sich noch. Es war Rokk.

Anne war zugleich erleichtert und entsetzt. Rokk hatte den elektromagnetischen Impuls unbeschadet überstanden – aber was würde er als Nächstes tun? Wie um ihre Frage zu beantworten, ging Rokk an Anne vorbei zum Dreihändigen Schwert und hob es mühelos vom Boden auf. Das Heft passte wie angegossen in seine drei Hände. Dann griff er mit einer seiner Hände an seine Seite, öffnete eine kleine Klappe und holte den Drachenstein heraus. Emmanuelles letzten Atemhauch. Bevor Anne etwas sagen konnte, hatte Rokk den Stein bereits in den Knauf des Schwerts geschoben. Es gab einen kurzen Blitz, und dann leuchtete das gesamte Schwert blau auf. Ohne ein Wort drehte Rokk sich um und rannte aus dem Raum.

Anne sprintete los, um ihm zu folgen.

»Warte!«, rief das Konstrukt.

»Aber er entkommt«, protestierte Anne.

»Du kannst ihn sowieso nicht einholen. Und selbst wenn du es könntest, hättest du nicht die Kraft, ihn zu überwältigen.«

Anne ließ sich auf den Boden plumpsen und lehnte den Rücken gegen die Tür der Schmiede. »Das heißt, sie gewinnen trotzdem.«

»Nicht unbedingt«, erwiderte das Konstrukt. Es bedeutete Anne, ihm zu folgen.

Das Konstrukt ging zu einem der Kupfernen Ritter und zeigte auf dessen Kragen. An der Rückseite befand sich ein kleiner Kreis. Darin war ein Vogel mit ausgebreiteten Flügeln eingraviert, und darunter stand:

MAGISCHE AUFKLÄRUNGS-GELÄNDEEINHEIT

Unter dem Schriftzug befanden sich ein Buchstabe und eine Zahl: 1A.

»Siehst du das Bild?«, fragte das Konstrukt.

Anne zuckte mit den Schultern. »Sieht aus wie ein Sperling.«

»Dann guck dir das mal an.«

Das Konstrukt drückte auf den Kreis, der sich als Knopf entpuppte. Mit einem Zischen tat sich im Rücken des Ritters wie von Zauberhand ein Spalt auf. Dann schoben sich die Platten seiner Rüstung auseinander, und dahinter entstand eine Öffnung. Im nächsten Moment rutschte ein Mann rückwärts aus dem Ritter. Anne sprang gerade noch rechtzeitig zur Seite, sonst wäre der Mann auf sie draufgefallen. Er war blass und zerzaust, doch Anne erkannte ihn sofort.

Es war Niles Twinkletoes, der Obersthofmeister des Saphirpalasts.

····◈◈◈····

Anne kniete sich neben den Obersthofmeister. Seine Brust hob und senkte sich. Seltsamerweise trug er immer noch dieselbe Kleidung wie bei der Preisverleihung vor einigen Tagen.

Penelope sah Anne über die Schulter. »Hey, das ist doch dieser alte Knacker aus dem Königlichen Palast. Wie kommt der denn da rein?«

Das war in der Tat eine gute Frage. Annes Gedanken rasten.

»Ich würde vorschlagen, die anderen ebenfalls zu überprüfen«, sagte das Konstrukt.

Anne, Penelope und Hiro eilten zu den anderen Rittern. Alle waren wie der erste beschriftet, nur die Ziffer war bei jedem eine andere: von 2A bis 6A. Als Anne und ihre Freunde auf die Knöpfe drückten, fielen fünf weitere Leute aus den Rüstungen. Sie alle entpuppten sich als Mitglieder des Preisverleihungskomitees.

»Wie sind die bloß in den Rittern gelandet?«, fragte Penelope. »Haben wir die ganze Zeit gegen *sie* gekämpft?«

Anne, Penelope und Hiro sahen Valerian an, der wieder zu Bewusstsein gekommen war und sich aufsetzte.

»Ich hatte keine Ahnung, dass da Menschen drin sind«, sagte er. »Ich dachte, sie wären leer.«

Anne rief sich die Geschehnisse in der Bibliothek ins Gedächtnis. »Du bist dazugekommen, als die Zeremonie schon im Gange war. Zu diesem Zeitpunkt steckten die Mitglieder des Komitees definitiv nicht drin, denn da waren sie ja noch auf der Bühne.«

»Und sie waren immer noch da, als die Ritter abgehauen sind«, ergänzte Penelope.

»Vielleicht sind die Ritter später in die Hauptstadt zurückgekehrt, um sie zu entführen«, überlegte Hiro. »Als Valerian mit uns unterwegs war.«

»Vielleicht«, meinte Valerian, aber er klang nicht überzeugt. Auch Anne glaubte nicht daran. Sie war sich sicher, dass hier irgendetwas vor sich ging, aber sie konnte nicht sagen, was. Sie wandte sich an das Konstrukt.

»Woher wusstest du, dass sie da drin waren?«, fragte sie.

»Ich wusste es nicht«, antwortete das Konstrukt.

»Aber du wusstest zumindest, dass sich Leute darin befinden *könnten.*«

»Natürlich. Was ihr als Eiserne Ritter oder in diesem Fall als Kupferne Ritter bezeichnet, sind in Wahrheit Kampfanzüge aus der Alten Welt. Sie können von einem sogenannten Piloten gesteuert werden. Im Notfall können diese Anzüge ihre Piloten in eine vorübergehende Starre versetzen, sodass für sie gewissermaßen die Zeit stillsteht. Angesichts des gegenwärtigen Zustands der Komiteemitglieder würde ich vermuten, dass sie sich in einer solchen Starre befinden.«

»Aber wenn sie die ganze Zeit erstarrt waren, wie konnten die Ritter sich dann bewegen und reden?«

Das Konstrukt lächelte finster. »Ich glaube, die Antwort auf diese Frage dürfte sich als ausgesprochen interessant erweisen.«

Der Obersthofmeister regte sich. Anne und Penelope halfen ihm, sich aufzusetzen.

»Wo bin ich?«, fragte er benommen.

»Auf einer Ebene weit weg von der Hauptstadt«, antwortete Anne. »Was ist das Letzte, woran Sie sich erinnern?«

Er hob eine zittrige Hand und kratzte sich am Kopf. »Ich weiß noch, dass ich mich für die Preisverleihung zurechtgemacht habe. Dann bin ich auf die Bühne gegangen. Und danach? Nicht mehr viel, fürchte ich.«

»Können Sie sich daran erinnern, dass Sie von den Kupfernen Rittern angegriffen worden sind?«

Der Obersthofmeister wirkte beunruhigt. »Wir wurden angegriffen?«

»Ich glaube, der wird uns keine große Hilfe sein«, meinte Penelope.

Anne gab ihr recht. Und schlimmer noch: Sie hatten nicht mehr viel Zeit. Rokk war drauf und dran, die Königin zu töten. Wenn sie ihn schon nicht aufhalten konnten, mussten sie wenigstens eine Möglichkeit finden, sie zu warnen.

Anne wandte sich an Valerian. »Kannst du uns mit einem Feuerball zur Drachenebene schicken?«

Valerian schüttelte den Kopf. »Tut mir leid, aber ich kann mich kaum auf den Beinen halten, geschweige denn mich wieder in einen Drachen verwandeln. Ich muss mich erst mal erholen und denk daran, dass meine Feuerbälle länger unterwegs sind als die von Vollblutdrachen. Selbst wenn ich nicht am Rande der Erschöpfung bin …«

So viel Zeit hatten sie nicht. Plötzlich kam Anne eine andere Idee.

»Valerian, du hast doch gesagt, dass es einen Röhrengang oberhalb des Thronsaals gibt, den kein anderer Drache kennt«, sagte sie.

»Ja«, antwortete Valerian. »Was ist damit?«

»Wie lange würde es dauern, dort hinzukommen?«

Valerian ließ sich die Frage durch den Kopf gehen. »Na ja, wir haben die Höhle hinter uns zum Einsturz gebracht, von daher können wir den Röhrengang, durch den wir gekommen sind, nicht benutzen. Der nächste ist mindestens sechs Stunden von der Stadt entfernt. Und von dort müssen wir noch mal drei Stunden durch das Endlose Labyrinth laufen, bis wir zu dem Röhrengang kommen, der in den Thronsaal führt. Bis dahin ist es vermutlich zu spät.«

»Nicht unbedingt«, erwiderte Anne mit einem Lächeln.

····◆◆◆····

Sechs Kupferne Ritter kamen in vollem Lauf aus der Stadt gerannt. Im ersten davon steckte Anne und eilte voraus, gefolgt von Penelope, Hiro und Valerian. Da sie sich außerhalb der Reichweite des Projektors bewegten, hatte sich das Konstrukt in den fünften Ritter hochgeladen, um sie begleiten zu können. In der sechsten Rüstung steckte der Obersthofmeister. Er hatte sich einigermaßen erholt und fand, dass es »nach großem Spaß« klang, einen Kupfernen Ritter zu steuern. Auch die anderen Mitglieder des Komitees waren inzwischen zu sich gekommen, aber da keine Rüstungen mehr übrig waren, mussten sie fürs Erste zurückbleiben.

Zu Annes großem Erstaunen passte ihr der Ritter, den sie lenkte, wie angegossen. Kaum dass sie hineingestiegen war, schien der Ritter zu schrumpfen, um sich an ihre Körpermaße anzupassen, auch wenn Penelope beteuerte, dass er von außen vollkommen unverändert aussah. Die anderen machten die gleiche Erfahrung. Das Innere eines jeden Ritters passte sich an die Bedürfnisse seines Piloten an. Vielleicht waren sie wie die Truhe, in der sie die Einzelteile des Dreihändigen Schwerts gefunden hatten: Ihr Äußeres ließ nicht unbedingt auf ihr Inneres schließen.

Nachdem sich die Rückseite des Ritters hinter Anne geschlossen hatte, leuchteten um sie herum mehrere Monitore an der Innenseite des Helmes auf, auf denen sie ihre Umgebung erkennen konnte. Dann legte sich ein Band aus Licht um ihren Kopf, und sie stellte fest, dass sie die vollständige Kontrolle über den Roboter hatte. Wenn sie einen Schritt machte, machte auch der Roboter einen Schritt, und wenn sie sprach, konnten alle sie hören.

Sie kamen zügig voran und erreichten den Röhrengang, der sich mitten in einem Berghang befand, in etwas mehr als dreißig Minuten. Sobald sie im Labyrinth waren, benötigten sie noch einmal knapp fünfzehn Minuten, bis sie zu dem Röhrengang kamen, der Valerian zufolge in den Thronsaal führte.

»Seid ihr sicher, dass ihr das tun wollt?«, fragte Valerian. »Ihr kehrt auf eine Ebene voller wütender Drachen zurück, die gerade erst versucht haben, euch hinzurichten.«

»Wir sind die Ritter von Saint Lupin's!«, rief Penelope. »Wir lachen der Gefahr ins Gesicht!«

Anne lächelte. Dagegen ließ sich nur schwer etwas einwenden.

Sie schlüpfte kurz aus ihrer Rüstung, um die schwarze Säule zu aktivieren und der Glaskugel das Auge zum Scannen hinzuhalten. Der Röhrengang öffnete sich, und sie traten einer nach dem anderen hindurch. Der Raum auf der anderen Seite war dunkel und ziemlich beengt, erst recht für sechs Kupferne Ritter.

»Hey, hör auf zu drängeln«, protestierte Penelope.

»Sorry«, antwortete Hiro.

Die »Wand« vor ihnen bestand aus großen Metallstücken,

Rohren und riesigen Drahtspulen. Licht sickerte durch unzählige Spalte herein. Anne entdeckte einen, der groß genug war, dass sie fast den gesamten Thronsaal im Blick hatte.

»Ist die Luft rein?«, fragte Valerian.

Der Plan war, sich in den leeren Thronsaal zu schleichen, die Königin aufzusuchen und ihr alles zu erklären, was sie wussten – oder zumindest alles, was sie zu wissen glaubten. Nur leider war der Thronsaal randvoll mit Drachen.

»Nein«, flüsterte Anne. »Sieht aus, als würde da irgendwas passieren.«

Ein Drachenwächter trat ein und bezog neben der Tür Stellung.

»Eure Majestät«, sagte der Wächter. »Die Abordnung der Hierarchie ist eingetroffen.«

»Bringt sie herein«, erwiderte die Königin.

Der Wächter sprach mit jemandem hinter der Tür, und gleich darauf trat eine Gruppe von Leuten ein. Anne erkannte die Mitglieder des Preisverleihungskomitees, aber das ergab keinen Sinn. Wie konnten sie vor ihnen hierher gekommen sein, und das ohne Transportmittel? Und was noch verwirrender war: Der Obersthofmeister war bei ihnen. Wie konnte er gleichzeitig hier und dort sein?

»Betrüger!«, schnaubte der Obersthofmeister neben Anne empört.

Der Obersthofmeister im Thronsaal trat vor und entrollte eine Schriftrolle. Während er das tat, bemerkte Anne einen winzigen Lichtblitz. Als sie die anderen Komiteemitglieder ansah, entdeckte sie auch bei ihnen ein leichtes Blinken. Lag das am Licht der Fackeln im Saal?

Dann fiel es ihr wie Schuppen von den Augen. »Ich … ich glaube, das sind Hologramme«, sagte sie.

»Wer?«, fragte Penelope.

»Die Komiteemitglieder im Thronsaal. Wenn sie sich auf eine bestimmte Art bewegen, kann ich ein kurzes Blinken sehen, genau wie beim Konstrukt.«

»Mir sind keine weiteren aktiven Hologramme bekannt«, wandte das Konstrukt ein. »Aber auszuschließen ist es nicht.«

»Wenn sie solide Hologramme sind, merkt keiner den Unterschied«, meinte Hiro.

Der Obersthofmeister unten im Thronsaal räusperte sich und begann vorzulesen. »Wir, die gewählten Repräsentanten der Hierarchie, räumen hiermit vollständig und ohne jeden Vorbehalt ein, dass der Vertrag zwischen unseren beiden Völkern durch die Aktivierung einer Drachentöter-Mission gebrochen wurde. Aus diesem Grund tritt mit sofortiger Wirkung Abschnitt 5, Artikel 12 des genannten Vertrages in Kraft. Wir unterwerfen uns Eurem Urteil, wie es unsere Pflicht ist.«

Die Drachen im Thronsaal brachen in ohrenbetäubendes Gebrüll aus.

»Was ist passiert?«, rief Anne gegen den Lärm an.

»Nichts Gutes«, antwortete Hiro. »Das Komitee hat sich im Namen der gesamten Hierarchie den Drachen ergeben.«

Laut dem

ULTIMATIVEN HANDBUCH FÜR DRACHENTÖTER

sind dies die drei berühmtesten Drachentöter in der Geschichte der Hierarchie:

1) Kork, der Ork. Er war berühmt dafür, dass er Drachen bekämpfte, indem er sie mit seinem Luftschiff rammte. Ihm werden neun getötete Drachen und siebenundfünfzig zerstörte Luftschiffe zugeschrieben.
2) Wistonia Carpediem, die Drachen immer nur in feinstem Tweed niedermetzelte.
3) Sir Quiekalot, einer der Anführer während des Großen Eichhörnchen-Aufstands. Er besiegte den gewaltigen Drachen Q, den Einäugigen, indem er ihn mit einem leicht angefeuchteten Zahnstocher aufspießte.

Die Königin der Drachen auf ihrem Thron

»Wir müssen da runter«, platzte Anne heraus.

»Aber wenn wir jetzt zurückgehen und einen anderen Röhrengang suchen, kommen wir zu spät«, gab Hiro zu bedenken.

»Ich meinte auch nicht, dass wir einen neuen Röhrengang suchen sollen. Ich meinte, dass wir da runtergehen, und zwar jetzt sofort.«

»Wie?«, fragte Penelope. »Wir stecken hinter tonnenweise Schrott fest.«

»Ja, aber wir haben auch sechs Kupferne Ritter, die über zehnmal so viel Kraft verfügen wie wir.« Anne lenkte ihren Ritter vor das größte Metallstück. »Stellt euch in einer Reihe auf«, befahl sie. »Wenn wir alle gleichzeitig drücken, sollten wir es schaffen, einen Riss zu erzeugen, durch den wir durchpassen.«

Alle stellten sich auf wie geheißen und fingen an, gegen die

Metallwand zu drücken. Zunächst tat sich rein gar nichts, doch dann gab die Wand ganz langsam nach.

»Weiter so«, rief Anne.

Schließlich gelang es ihnen, ein Stück der Verkleidung über den Rand zu schieben. Den Rest übernahm die Schwerkraft. Zusammen mit der Verkleidung löste sich ein weiteres großes Stück Schrott, das krachend auf dem Boden des Thronsaals aufschlug.

Anne hielt sich nicht lange mit weiteren Anweisungen auf. Sie trat an den Rand, sprang ab und landete inmitten der Trümmer. Gleich darauf gesellten sich fünf weitere Ritter zu ihr. Anne hielt schnurstracks auf den Herzstein zu, doch sie kam nur zwei Schritte weit, bevor ihr Ritter plötzlich stehen blieb und alles um sie herum dunkel wurde.

»Was ist passiert?«, fragte sie. »Hallo? Hört mich jemand?«

Keine Antwort.

»Navi aktivieren«, sagte Anne.

Jeffery kam mit einem Lichtblitz aus dem Handschuh geschossen und flatterte vor ihrem Gesicht auf und ab. »Wie geht's, wie steht's?«

»Mein Kampfanzug funktioniert nicht mehr.«

»Äh, welcher Kampfanzug?«

»Das ist eine lange Geschichte. Die Kupfernen Ritter sind in Wahrheit ein Überbleibsel aus der Alten Welt und dienen als sogenannte Kampfanzüge. Wir befinden uns gerade in einem, aber er funktioniert nicht mehr.«

Jeffery nahm das Innere ihres Helmes unter die Lupe. »Also, ich hab zwar erst vor ungefähr sieben Sekunden erfahren, dass es so etwas gibt, aber meiner Expertenmeinung nach wurde das Ding deaktiviert.«

»Kannst du es reparieren?«

»Ich kann's versuchen«, sagte er und tauchte mit einem weiteren Lichtblitz in den Monitor direkt vor Anne ab, wodurch sie wieder im Dunkeln saß.

Anne lauschte angestrengt, was außerhalb der Rüstung vor sich ging. Ohne ihre Monitore konnte sie nichts sehen. Sie hörte, wie Schritte näher kamen – schwere Schritte, wenn sie sich nicht irrte –, und dann ertönte die Stimme der Königin:

»Öffnen!«

Zu Annes Überraschung schob sich der Monitor vor ihren Augen zur Seite, sodass ihr Gesicht dahinter zum Vorschein kam. Schnell blickte sie sich um. Sie konnte nicht alle Ritter sehen, aber jene, die sich in ihrer unmittelbaren Umgebung befanden, standen ebenfalls reglos und mit offenen Helmen da. Sie waren von Drachenwächtern umzingelt. Die Drachenkönigin hingegen saß weiterhin auf dem Herzstein. In ihren Augen loderte die Wut, und Anne spürte, dass ihr selbst das Herz bis zum Hals schlug.

»Na, sieh mal einer an«, sagte die Drachenkönigin mit leiser Stimme. »Unsere abtrünnigen Gefangenen sind zurückgekehrt.«

»Eure Majestät, bitte hört mich an«, flehte Anne. »Diese

Abgesandten der Hierarchie sind Betrüger. Wir glauben, dass es sich um sogenannte Hologramme handelt. Die echten Mitglieder des Komitees wurden von den Kupfernen Rittern gefangen genommen.«

»Sie lügt!«, ereiferte sich der falsche Obersthofmeister. »Eure Majestät, das ist völlig absurd! Eine Unverschämtheit!«

»Bitte, Eure Majestät«, fuhr Anne fort. »Der wahre Obersthofmeister ist hier bei uns, in einem der Kupfernen Ritter.«

»Du meinst, in *meinem* Kupfernen Ritter?«, erwiderte die Königin. »Ihr wagt es, meine eigenen Waffen gegen mich zu richten? Wie töricht von euch, wo sie doch vollkommen unter meiner Kontrolle stehen. Wie ihr seht, kann niemand sie ohne meine Zustimmung benutzen, schon gar keine dahergelaufene Bande von Menschen.«

»Wir sind nicht gekommen, um Euch anzugreifen«, beteuerte Anne. »Wir sind hier, um Euch zu warnen.«

»Schweig!«, donnerte die Königin. Sie durchbohrte Anne mit einem hasserfüllten Blick. »Sobald ich meine Angelegenheiten mit der Hierarchie geklärt habe, werde ich mit Freuden eurer Hinrichtung beiwohnen. Und diesmal gibt es keine Drachenprüfung.«

Anne schluckte.

Sie sah sich verzweifelt nach einem Ausweg um. Dabei fiel ihr Blick auf die Empore hoch über dem Thronsaal, von der sie und die anderen gesprungen waren. Dort stand Rokk. Er musste ihnen durch den Röhrengang gefolgt sein, den sie in all der Eile nicht deaktiviert hatten. Er hielt das Dreihändige Schwert fest, in dem blaues Licht pulsierte. Selbst auf die Entfernung sah es unwahrscheinlich mächtig aus. Anne hatte nicht den geringsten Zweifel, dass es einen Drachen töten konnte.

Rokk hob das Schwert und richtete es auf die Königin. »Ich bringe Euch eine Botschaft«, sagte er. »Eine Botschaft des Todes.« Dann sprang er von der Empore.

In Annes Kopf hallte die dritte Zeile des Rätsels wider: *Töte nicht die Königin der Drachen auf ihrem Thron.*

Die Zeit schien sich zu verlangsamen. Anne versuchte, ihre Beine vorwärts zu zwingen, um zur Königin zu gelangen und sie beiseitezustoßen. Doch ihr Ritter rührte sich nicht vom Fleck. Mehrere Drachenwächter eilten herbei, aber es sah aus, als würden sie unter Wasser laufen. Nur Rokk schien von all dem unberührt. Er fiel senkrecht herab wie ein Speer. Anne hielt die Luft an und wartete auf den tödlichen Hieb.

Doch der blieb aus.

Kurz bevor die Klinge die Königin durchbohrte, wurde Rokk von einem verschwommenen Fleck getroffen und aus der Bahn geworfen. Das alles ging so schnell, dass es beinahe unmöglich erschien. Schließlich waren höchstens ein paar Sekunden verstrichen. Rokk und der verschwommene Fleck krachten zusammen auf den Boden und fingen sogleich an, um das Schwert zu ringen. Es war das Konstrukt, das offenbar einen Weg gefunden hatte, seinen Ritter zu reaktivieren.

Einen Augenblick lang glaubte Anne, das Konstrukt könne die Oberhand gewinnen, doch dann versetzte ihm Rokk einen gewaltigen Fußtritt, und es taumelte rückwärts. Er sprang auf, hob das Schwert über den Kopf und stieß es ins Herz des Kupfernen Ritters.

Der Ritter explodierte.

Eine Druckwelle lief durch den Raum, die Annes Rüstung durchschüttelte und Rokk rückwärts gegen die Wand schleuderte. Er stürzte zu Boden und rührte sich nicht mehr. Der Aufprall hatte ihm das Schwert aus der Hand geschlagen, das nun in die entgegengesetzte Richtung davonflog. Einen Augenblick lang verharrte alles in völliger Stille. Die Einzelteile des Ritters lagen in einem weiten Kreis verstreut. Vom Konstrukt fehlte jede Spur, und Anne fürchtete, dass sie es wieder verloren hatte.

»Eure Majestät!«, rief einer der Drachenwächter.

Er zeigte auf die Abgesandten der Hierarchie, die sich vor dem Herzstein versammelt hatten. Das Dreihändige Schwert hatte ein Ziel gefunden. Nicht die Königin; es war nicht mal in ihre Nähe gelangt. Stattdessen hatte es den falschen Obersthofmeister durchbohrt und steckte nun senkrecht in seiner Brust. Wie sich zeigte, hatte Anne sich geirrt. Der Obersthofmeister war kein Hologramm. Er blutete zwar trotz seiner Verletzung nicht, aber er bestand eben auch nicht aus Licht. Dafür sickerte etwas anderes aus der Wunde in seiner Brust: dichter, schwarzer, öliger Qualm.

Genau wie damals, während ihrer ersten Mission, bei Mr Shard, dem Archäologen, oben auf dem Unendlichen Turm. Und bei der Oberin, nachdem sie sich ihre eigene Hand abgeschlagen hatte.

Wieder bemerkte Anne das Blinken. Doch nun erkannte sie, dass es nicht wie beim Konstrukt von einer Aura kam. Dafür war der Lichtpunkt zu klein, zu sehr auf eine einzige Stelle konzentriert. Es kam von einem Kristall, der am Hals des Obersthofmeisters hing.

Der verletzte Obersthofmeister sah zum Thron auf. »Wir unterwerfen uns Eurer Gnade, meine Königin.«

Die Königin schwieg.

Der Obersthofmeister streckte eine zitternde Hand aus. »Eure Majestät, ich flehe Euch an, lasst uns das Geschäft beschließen. Es ist immer noch Zeit …«

Er kam nicht dazu, seinen Satz zu beenden. Die Königin holte tief Luft und spie einen roten Feuerstrahl, der den Obersthofmeister und die restlichen Mitglieder des Komitees einhüllte.

Anne erstarrte in ihrer Rüstung. Sie konnte kaum fassen, was sie da sah. Die Mitglieder des Komitees schrien nicht einmal auf. Vielmehr trat ein Lächeln auf die Lippen des Obersthofmeisters, als er in Flammen aufging. Die sechs Komiteemitglieder zerfielen zu Staub, und das Feuer wich schwarzem Qualm. Als die Königin aufhörte, war nichts mehr von ihnen übrig als ein paar rauchende Stofffetzen, das Schwert und sechs funkelnde Kristalle. Anne fiel auf, wie sehr die Kristalle den Drachensteinen ähnelten.

»Gebt mir das Schwert. Sofort!«, verlangte die Königin lautstark.

Einer der Drachenwächter nahm das Schwert ins Maul und legte es vor der Königin nieder. Während Anne zusah, fügte sich das Kaleidoskop aus den Ereignissen der letzten Tage vor ihrem inneren Auge zu einem Bild zusammen – von dem Angriff in der Königlichen Bibliothek über die seltsame Anordnung der bewusstlosen Komiteemitglieder und die Kupfernen Ritter, die Valerian nicht mehr gehorchten, bis jetzt, zu diesem Moment.

»Das alles war von Anfang an Euer Plan, oder?«, platzte sie heraus. Sie hatte zwar noch nicht alle Einzelteile beisammen, aber sie wusste, dass sie auf der richtigen Spur war. »Ihr habt vorhin gesagt, dass niemand die Kupfernen Ritter ohne Eure Zustimmung steuern kann. Das bedeutet, dass Ihr gewusst und zugelassen habt, dass Valerian sie kontrolliert hat. Oder vielmehr: Ihr habt es ihn lediglich *glauben* lassen. Ihr wolltet, dass die Drachentöter-Mission aktiviert wird, damit die Drachen einen Grund zur Empörung haben. Ihr wolltet, dass der Vertrag gebrochen wird, damit die Hierarchie Euch gegenüber in eine schlechte Verhandlungsposition kommt. Und Ihr habt auch die Ritter gesteuert, nicht Valerian. Ihr habt sie benutzt, um das echte Komitee zu entführen und es durch diese Doppelgänger zu ersetzen. Sie sollten sich Euch schnell ergeben, damit es gar nicht erst zum Krieg kommt. Das war die ganze Zeit schon Euer Plan.«

Anne rechnete mit einem erneuten Wutanfall, doch die Königin saß einfach nur da und sah stumm auf sie herab. Sie wirkte fast schon beeindruckt.

»Bravo«, sagte die Königin. »Ich muss gestehen, du hast einen schärferen Verstand als die meisten. Für einen Menschen jedenfalls. Und du hast recht. Es war von Anfang an mein Plan. Aber das wichtigste Puzzlestück hast du vergessen.«

»Und das wäre?«

»Ich bin die Offizielle Antagonistin«, antwortete die Königin. »Die Aussicht, die Kontrolle über die Hierarchie zu übernehmen, war lediglich ein netter Bonus, etwas, das ich mitgenommen habe, weil es sich eben gerade ergeben hat. Das, worauf ich es wirklich abgesehen habe, ist das Schwert.«

Mit diesen Worten krallte die Königin ihre Klauen um das Dreihändige Schwert und stürzte sich hinein. Ihrer Bestimmung gemäß drang die leuchtend blaue Klinge mühelos durch die dicken Schuppen ihres Brustpanzers, glitt durch Fleisch und Knochen und bohrte sich tief in ihr Drachenherz. Die Königin verdrehte die Augen, brach auf dem Herzstein zusammen und stieß einen letzten, bebenden Atemzug aus.

Die Drachen im Thronsaal sahen ungläubig zu.

Plötzlich ging Annes Ritter auf, und sie sprang hinaus. Penelope, Hiro, Valerian und der Obersthofmeister taten es ihr gleich, und zusammen rannten sie zu dem großen Kristall.

Valerian kletterte hinauf und legte eine Hand an die Flanke der Königin, um nach einem Puls zu tasten. Doch Anne wusste bereits, dass er keinen finden würde.

Schließlich richtete sich Valerian auf und wandte sich an die Anwesenden.

»Die Drachenkönigin ist tot«, verkündete er.

Niemand rührte sich.

Anne war sich schlagartig bewusst, dass sie und ihre Begleiter unbewaffnet inmitten eines Saals voller Drachen standen, deren Königin gerade gestorben war. Zwar hatte die sich eigenhändig das Leben genommen, aber das musste noch lange nicht heißen, dass das für die Drachen eine Rolle spielte. Anne ging zu Rokk, der immer noch bewusstlos dalag. Vielleicht konnte sie ihn ja irgendwie aufwecken? Doch selbst wenn, wusste sie nicht, ob er ihnen überhaupt helfen würde, falls die Drachen sie angriffen.

Als sie sich neben ihn kniete, bemerkte sie, dass seitlich an seinem Kopf eine Klappe aufgegangen war. Neben ihm auf dem Boden lag ein Gegenstand. Ein weiterer Drachenstein. Anne erinnerte sich, wie sich einer der Ritter in der Bibliothek neben den bewusstlosen Roboter gekniet hatte. Hatte er ihm diesen Stein in den Kopf gesteckt? War das der Grund für sein merkwürdiges Verhalten? Sie nahm den Stein und steckte ihn in ihre Manteltasche.

Am Eingang des Thronsaals ertönte Geschrei und riss sie aus ihren Gedanken. Jocelyn und Lord Greystone kamen in den Saal. Sie wurden von Soldaten des Rats der Zauberer begleitet, die in zwei langen Reihen hereinmarschierten und sich in einem engen Ring um den Herzstein aufstellten. Valerian kletterte herab und gesellte sich zu Penelope und Hiro, während Lord Greystone hinaufstieg, um den Leichnam der Königin in Augenschein zu nehmen.

Jocelyn ging direkt auf Anne zu.

»Wie sind Sie denn hierhergekommen?«, fragte Anne.

»Mit den Schiffen des Rats der Zauberer«, antwortete Jocelyn. »Draußen liegt eine ganze Armada vor Anker.«

Anne betrachtete die leblose Gestalt der Königin. »Wir haben versucht, sie zu beschützen. Ich hatte keine Ahnung, dass sie so etwas tun würde.«

Jocelyn wühlte schweigend in ihrer Tasche, zog einen Stapel Unterlagen hervor und reichte ihn Anne.

Anne nahm ihn entgegen, war aber immer noch zu aufgewühlt, um zu erfassen, was da stand. »Was ist das?«, fragte sie.

»Wie du weißt«, erwiderte Jocelyn, »seid ihr immer noch Schüler der Saint-Lupin's-Abenteuerakademie. Und solange das der Fall ist, ist es meine Aufgabe, eure Leistung zu benoten.«

Anne traute ihren Ohren nicht. Die Drachenkönigin hatte sich gerade das Leben genommen, und Jocelyn ging es um *Noten?*

»Wir haben versucht, einen Krieg zu verhindern«, protestierte Anne.

Jocelyn nickte. »Ein wahrhaft edles Anliegen. Das ändert jedoch nichts an den Regeln. Ziel der Mission war es, dafür zu sorgen, dass die Drachenkönigin eines natürlichen Todes stirbt. Das ist sie aber nicht. Ich fürchte, darüber kann ich leider nicht hinwegsehen.«

Anne runzelte die Stirn. »Und was heißt das?«

»Ist das nicht offensichtlich, Liebes? Das heißt, dass ihr durchgefallen seid.«

ALLE ABENTEUERAKADEMIEN VERGEBEN IHRE NOTEN NACH DEM FOLGENDEN SYSTEM:

B Bestanden (Glückwunsch, du hast bestanden!)

K Knusprig gebraten (deine Hausaufgaben wurden von einem Drachen verbrannt)

Q Quak (deine Hausaufgaben wurden von einer Ente benotet)

F Ferien (dein Lehrer hat sich aufgrund deiner miesen Leistungen beurlauben lassen)

D Durchgefallen (oder falls Krümel auf deinen Unterlagen waren, Doppelkekse)

18

Durchgefallen

Es dauerte einen Moment, bis Anne begriff, was Jocelyn gerade gesagt hatte.

»Aber ich habe doch versucht, sie zu retten«, beteuerte sie fassungslos.

Lord Greystone sprang vom Herzstein. »Das spielt keine Rolle. Du hast eine Mission aktiviert und sie nicht vollendet. Das hat nun mal Konsequenzen.« Er zog ein schmales Notizbuch aus der Innentasche seines Capes. »Erstens: Wie du sicher weißt, bedeutet eine fehlgeschlagene Mission für Schüler einer Abenteuerakademie, dass sie durchgefallen sind und der Akademie verwiesen werden.«

Anne wandte sich an Jocelyn. »Sie lassen doch wohl nicht zu, dass er mich rauswirft, oder?«

»Ich fürchte, es gibt wenig, was ich dagegen tun kann, Liebes«, entgegnete Jocelyn. »Er ist der amtierende Abenteuerminister, und das ist sein gutes Recht.«

»Aber mir *gehört* Saint Lupin's«, protestierte Anne. »Sie können mich nicht aus meinem eigenen Zuhause werfen.«

»Sei dir da mal nicht so sicher«, erwiderte Greystone. »Selbst wenn es uns durch eine glückliche Fügung doch noch gelingt, einen Krieg mit den Drachen abzuwenden, wird der Rat der Zauberer einen Sündenbock suchen. Ich vermute, im besten Fall kannst du mit lebenslänglicher Haft im Kerker des Rats rechnen. Es kann aber auch sein, dass sie beschließen, dich an die Drachen auszuliefern. In dem Fall wird das Urteil wohl das gleiche sein, allerdings mit erheblich kürzerer Lebensdauer.«

»Anne, guck mal«, rief Penelope dazwischen.

»Nicht jetzt, Miss Shatterblade«, schnitt ihr Jocelyn das Wort ab. »Mit dir und Mr Darkflame befassen wir uns gleich.«

»Äh, ich glaube, das hier sollten Sie sich wirklich mal ansehen«, meinte Hiro.

Annes, Jocelyns und Greystones Blicke folgten Penelopes ausgestrecktem Finger. Oben auf dem Herzstein hatte der Körper der Drachenkönigin zu leuchten begonnen.

»Was geschieht da?«, fragte Jocelyn.

Anne wusste es. Sie hatten das schon einmal gesehen, als Valerians Mutter Emmanuelle gestorben war. Nun, da die Königin tot war, würde sie ihren Drachenstein freigeben. Das Licht wurde heller und heller und konzentrierte sich gleichzeitig immer stärker auf den Punkt, an dem sich der Kristall der Oberfläche näherte. Schließlich löste er sich aus ihrer Brust, fiel auf den Herzstein …

… und verschwand.

Für die Dauer eines Herzschlags passierte nichts. Anne wurde mulmig zumute. Valerian hatte ihr beschrieben, wie neugeborene Drachen auf den Herzstein gelegt wurden, damit ein neuer Teil des Steins in ihnen wuchs. Aber er hatte nicht erwähnt, was geschah, wenn einer dieser Kristalle nach dem Tod des Drachen zum Herzstein zurückgebracht wurde. Dann fiel ihr wieder ein, was das Konstrukt zu ihr gesagt hatte. Sie erinnerte sich zwar nicht mehr an den genauen Wortlaut, aber es war darum gegangen, einen der Drachensteine zu einem Terminal zu bringen, um die darin enthaltenen Informationen hochzuladen.

»Wo ist er hin?«, fragte Penelope.

Hiro sah sich suchend um. »Vielleicht ist er auf den Boden gerollt oder s…«

Ein gleißendes Licht schoss aus dem Herzstein. Anne wandte sich ab und hielt sich die Augen zu. Als sie sich wieder umdrehte, war der Herzstein verschwunden.

»Wo ist er hin?«, wiederholte Valerian. Er klang deutlich panischer als Penelope zuvor.

Ein tiefes Grollen lief durch die Reihen der Drachen im Thronsaal. Anscheinend wussten sie auch nicht, was mit dem Herzstein passiert war. Der Leichnam der Königin lag jetzt auf dem kalten, harten Boden. Das Dreihändige Schwert steckte immer noch in ihrer Brust, aber der Drachenstein im Knauf war herausgefallen. Emmanuelles Drachenstein. Anne bemerkte, dass er zu ihr herübergerollt war. Da die anderen vollauf mit dem verschwundenen Herzstein beschäftigt waren, gelang es ihr, sich heimlich zu bücken und ihn aufzuheben. Unwillkürlich schoss ihr durch den Kopf, dass es ausgerechnet der letzte Atemhauch der einen Schwester gewesen war, der die andere Schwester getötet hatte.

Der Boden bebte.

»Was war das?«, fragte Hiro beunruhigt.

Anne dachte immer noch über die Drachensteine nach. Wenn ein Drache starb, kam der Stein aus seinem Körper. Aber es war kein bisschen blutig und eklig. Der Stein glitt einfach durch die Haut des Drachen wie ein Geist durch Wände. Wenn der Herzstein über dieselbe Fähigkeit verfügte und diese Fähigkeit zufällig aktiviert wurde, weil er beispielsweise mit einem Drachenstein in Berührung kam, was würde dann mit ihm passieren?

»Er würde durch den Boden gleiten«, murmelte Anne vor sich hin und sah hinab.

Penelope runzelte die Stirn. »Wovon redest du?«

»Das erkläre ich dir unterwegs«, sagte Anne. »Kommt mit.«

Jocelyn streckte die Hand aus. »Einen Moment, junge Dame …«

Anne ignorierte sie und rannte zu ihrem Kupfernen Ritter. Der Rat konnte sie später noch bestrafen; es war ihr egal. Ohne zu zögern, folgten Penelope, Hiro und Valerian ihr zu ihren eigenen Rittern.

Anne kletterte hinein – die Rüstung war immer noch offen –, doch nichts geschah.

»Warum funktioniert der nicht?«, rief sie.

Jeffery landete auf der Schulter des Ritters. »Die Steine im Helm sind Drachensteine«, sagte er. »Das hab ich entdeckt, als ich deinen vorhin untersucht habe. Damit konnte die Drachenkönigin die Ritter steuern. Sie waren auf ihren Stein eingestellt.«

Anne beugte sich vor. »Aber diese Steine sind weiß, nicht aus Kristall.«

»Ich gebe nur wieder, was ich weiß«, sagte Jeffery.

Also genau wie Rokk, dachte Anne.

Und wie die Doppelgänger der Komiteemitglieder.

Alles stand mit den Drachensteinen in Verbindung.

»Wenn wir die Steine aus den Helmen entfernen, funktionieren die Ritter dann wieder?«, fragte sie.

Jeffery schüttelte den Kopf. »Die Drachensteine versorgen die Ritter auch mit Energie.«

Anne holte die beiden Drachensteine aus ihrer Tasche, Emmanuelles und den, der aus Rokks Kopf gefallen war. »Du hast gesagt, die Ritter seien auf den Stein der Königin eingestellt. Kannst du sie auf einen von denen umstellen?«

»Nein, es muss jemand Lebendiges sein, der ihnen Befehle erteilen kann«, antwortete Jeffery. »Interessanterweise empfange ich hier in diesem Raum allerdings noch ein anderes Signal, auf das man sie einstellen könnte.«

»Was für ein Signal?«, fragte Anne misstrauisch.

»Es kommt von deinem Panzerhandschuh.«

Anne sah ihren Handschuh an und zögerte einen winzigen Augenblick. »Tu es«, sagte sie dann. »Verbinde alle damit.«

Jeffery salutierte. »Jawollja.« Er flatterte von Ritter zu Ritter, wobei er sich kurz auf ihren Helmen niederließ. Anne zog sich in ihre Rüstung zurück und konzentrierte sich darauf, sie in Gang zu setzen. Es dauerte nicht lange. Nach wenigen Sekunden schloss sich der Rücken, der Lichtkreis legte sich um ihren Kopf, und die Monitore gingen an.

»Was ist mit der leeren Rüstung?«, rief Penelope.

Nachdem Rokk den Ritter zerstört hatte, den das Konstrukt benutzt hatte, waren nur noch fünf übrig. Aber der Oberst-hofmeister unterhielt sich gerade mit Lord Greystone und war nicht wieder in seine Rüstung gestiegen.

»Jeffery, kannst du das Ding steuern?«, fragte Anne.

»Das lass ich mir nicht zweimal sagen«, zwitscherte er und flatterte zu dem leeren Ritter.

»Wo gehen wir hin?«, wollte Hiro wissen.

»In die Arena«, antwortete Anne.

Jetzt wurden auch die anderen auf sie aufmerksam. Greystone forderte sie energisch auf, gefälligst stehen zu bleiben, doch bevor die Soldaten des Rats reagieren konnten, waren Anne, Penelope, Hiro, Valerian und Jeffery bereits aus dem Thronsaal gerannt. Die Drachen waren offenbar immer noch so verwirrt und aufgebracht, dass sie nichts von alldem mitbekamen. Anne und ihre Begleiter rasten über die Brücke, die lange Treppe hinunter und in die leere Arena. Die Scheibe, die während der Drachenprüfung zum Einsatz gekommen war, hing wieder unter der Decke, und der Röhrengang war deaktiviert. Durch das große Loch im Boden konnten sie das GLFM weit unter sich sehen. Glitzernde Wogen rollten über seine Oberfläche, und wenn sie zusammenstießen, spritzten funkelnde Schaumkronen aus Magie auf, die sich in einem hypnotisierenden Tanz umeinanderrankten.

»Dieses Kampfanzug-Dingsbums ist der Hammer!«, rief Jeffery. »Ich mach nie wieder was anderes, als damit rumzulaufen. Für immer. Wenn's sein muss, verzichte ich dafür sogar aufs Bücheressen.«

»Was jetzt?«, fragte Valerian. »Hier unten ist nichts.«

»Das würde ich nicht unbedingt sagen«, entgegnete Anne.

Sie zeigte auf die Drachenstatue am anderen Ende der Arena. Die riesige, zehn Stockwerke hohe, dick gepanzerte Drachenstatue. Allerdings war sie keine Statue mehr. Sie hatte nämlich angefangen, sich zu bewegen.

»Ihr seid also dahintergekommen, was?«, donnerte der riesige, plötzlich sehr lebendige Metalldrache.

Die Stimme kam Anne ziemlich bekannt vor.

»Warum lebt das Ding?«, schrie Hiro.

»Es ist die Königin«, erklärte Anne. »Der Herzstein hat ihren letzten Atemhauch in sich aufgenommen, dann ist er durch den Boden gerutscht und in das Ding hier übergegangen.«

»Ganz recht«, grollte die riesige Metall-Drachenkönigin. »Und jetzt werde ich meinen Platz als rechtmäßige Herrscherin dieser Welt einnehmen. Viel zu lange haben wir Drachen im Schatten bedeutungsloser Menschen gelebt und uns ihren unsäglichen Regeln unterworfen. Doch damit ist jetzt Schluss. Ich werde die Hierarchie zerstören und eine neue Welt nach meinen Vorstellungen erschaffen. Die Menschen werden den Drachen dienen, wie es sich gehört. Und ich werde das größte Wunder sein, das die Welt je gesehen hat!«

Das Wort *Wunder* hallte in Annes Kopf wider.

»Und lass das Wunderwerk Herold des Todes sein«, sagte sie.

»Was ist damit?«, fragte Hiro.

»Einer der Titel der Königin lautet *Siebtes Wunder der modernen Welt«,* erläuterte Anne. »Und durch diesen Metalldrachen wird sie gleichzeitig zum Wunderwerk. Wir haben die Stelle ganz falsch verstanden. Die Zeile in der Prophezeiung bedeutet, dass die Königin Botin des Todes ist – und zwar des Todes der gesamten Hierarchie. Durch einen riesigen Metalldrachen. Und unsere Mission hat ihr auch noch dabei geholfen.«

»Willst du damit sagen, das alles sollte genauso passieren?«, fragte Penelope.

»Ehrlich gesagt glaube ich, dass die Prophezeiung eher darauf hinweisen wollte, dass das keine gute Idee wäre.«

»In dem Fall bin ich ganz ihrer Meinung.«

Die Drachenkönigin stieg von ihrem Sockel, und als ihr Fuß auf den Boden traf, erbebte die gesamte Arena. Sie kam direkt auf Anne und die anderen zu.

»Lauft!«, schrie Anne.

Die Ritter rannten davon. Alle – bis auf einen.

»Lass meine Freunde in Ruhe, du großer Fiesling«, zwitscherte Jeffery.

Er hob seinen Stab und feuerte einen Blitz ab. Der Blitz prallte jedoch vom gepanzerten Fuß der Drachenkönigin ab und traf die Wand. Als Reaktion darauf hob die Königin den Fuß und zertrat Jefferys Ritter. Eine gedämpfte Explosion war zu hören.

Anne wollte sich gerade auf die Königin stürzen, um Jeffery zu helfen, als ein leuchtender Regenbogen aus deren Fuß geschossen kam. Gleich darauf erschien Jeffery in Annes Helm.

»Das mit dem Keine-Bücher-mehr-essen nehme ich zurück«, verkündete er.

Anne drehte sich um und rannte vor der Königin weg, aber sie war kaum zehn Schritte weit gekommen, als deren riesiger Schwanz durch die Luft sauste. Anne schaffte es noch, sich zu ducken, aber irgendwer hinter ihr war nicht ganz so schnell. Der Drachenschwanz fegte einen Ritter von den Beinen und schleuderte ihn gegen die Wand. Anne hatte keine Ahnung, wer von ihren Freunden es war. Ein anderer Ritter sprang auf den leeren Sockel der Statue und von dort auf den Rücken der

Königin. Mit seinem Stab feuerte er einen Blitz nach dem anderen auf sie ab, ohne dass er auch nur das Geringste ausrichtete.

»Du wagst es, mich anzugreifen?«, donnerte die Drachenkönigin.

»Und wie ich das wage«, ertönte Penelopes Stimme aus dem Ritter.

Sie rannte am Rücken der Drachenkönigin hoch bis in ihr Genick und setzte ihre Angriffe fort. Die Königin warf sich von links nach rechts, und Anne musste voller Entsetzen mit ansehen, wie Penelope abzurutschen drohte. Doch dann gelang es ihr, sich an einer Metallklappe hoch oben im Rücken des Drachens festzukrallen.

»Halt aus!«, rief Hiro.

Er lief auf die Drachenkönigin zu und packte sie von hinten am Schwanz. Keine besonders kluge Entscheidung, denn die Königin zuckte nur einmal kurz mit der Schwanzspitze und hatte ihn abgeschüttelt.

»Anne, wir müssen den Herzstein rausholen«, sagte Valerian.

Anne wusste, dass er recht hatte. In einer direkten Auseinandersetzung mit der Königin hatten sie keine Chance. Aber wenn sie es schafften, an ihren Herzstein zu kommen, würde sie sich wieder in eine leblose Statue zurückverwandeln – jedenfalls hoffte Anne das.

»Schnapp ihn dir«, sagte sie. »Ich lenke sie ab.«

»Pass auf, Anne!«, schrie Hiro.

Penelope rutschte ab. Die Metallklappe, an der sie sich festhielt, war abgebrochen. Anne versuchte, ihre Freundin aufzufangen, wurde dabei jedoch von der Klappe getroffen und niedergeschlagen. Sie war benommen, aber unverletzt. Dennoch erschien auf den Monitoren in ihrem Helm eine Fehlermeldung, und gleich darauf begannen sie zu flackern. Anne hatte keine Lust, in einem bewegungsunfähigen Ritter in der Falle zu sitzen. Sie schrie: »Öffnen!«, und die Rückenklappe ging auf. Anne krabbelte hinaus und begutachtete den Schaden.

Von Jefferys Kupfernem Ritter war nur noch ein Trümmerhaufen übrig. Penelopes Rüstung rührte sich nicht mehr, und Hiros lag seltsam verkrümmt an der Wand. Der einzige noch einsatzfähige Ritter schien der von Valerian zu sein. Und den klaubte in diesem Moment die Königin vom Boden und warf ihn in das Loch im Boden. Um die eigene Achse kreiselnd stürzte Valerians Kupferner Ritter ins Leere, hinab ins GLFM.

»Nein!«, schrie Anne.

Die Drachenkönigin hielt sich nicht lange damit auf, ihren Triumph zu feiern. Sie ließ sich ebenfalls ins Loch fallen, breitete ihre gewaltigen Flügel aus und flog davon.

Einen Augenblick lang war Anne wie gelähmt. Valerian konnte nicht einfach weg sein. Er musste irgendwie überlebt haben. Sie schüttelte sich und rannte zum Rand des Lochs.

»Anne!«

Sie blieb wie angewurzelt stehen.

Valerian kam von hinten auf sie zu.

Anne presste sich die Hände aufs Herz. »Aber … warst du nicht in dem Ritter?«

Valerian schüttelte den Kopf. »Meiner Rüstung ist der Saft ausgegangen, deswegen bin ich rausgesprungen und hab mich hinter einem Podest versteckt.«

»Was ist mit Hiro und Penelope?«

»Hiro geht es gut. Wie es um Penelope steht, weiß ich nicht. Aber sie sind beide in ihren Rüstungen gefangen, bis wir einen Weg finden, sie da rauszuholen.«

In dem Moment stürmten Dutzende von Drachen und Soldaten des Rats die Arena. Sie umzingelten Anne, Valerian und die gestürzten Kupfernen Ritter, taten dann jedoch weiter nichts, weil sie zu sehr damit beschäftigt waren, sich darüber zu streiten, wer hier das Sagen hatte. Allem Anschein nach waren sie kurz davor, sich zu prügeln.

Ohne groß nachzudenken, ob sie überhaupt auf sie hören würden, befahl Anne einigen Soldaten, die Helme von Penelopes und Hiros Rittern abzunehmen. Vielleicht hatte Hauptmann Copperhelms Autorität auf sie abgefärbt, denn die Soldaten gehorchten sofort. Nach ein paar Minuten gelang es ihnen, die Helme beider Ritter aufzustemmen. Hiro war ziemlich benommen, aber Penelope wirkte den Umständen entsprechend munter. Allerdings war klar, dass es noch eine ganze Weile dauern würde, die beiden vollständig zu befreien.

Gerade als Anne zu Valerian zurückkehrte, traf auch Jocelyn ein. Sie wirkte nicht besonders glücklich.

»Tja, wie's aussieht, können Sie mich doch nicht einfach so durchfallen lassen«, meinte Anne. »Genau genommen ist die Königin nämlich immer noch am Leben.« Sie konnte es nicht vermeiden, dass es ein bisschen schnippisch klang, aber eigentlich hatte Jocelyn es auch nicht anders verdient.

»Ich fürchte, die Dinge stehen sehr viel ernster als das.«

Lord Greystone gesellte sich dazu und verkündete: »Betrachtet euch hiermit als verhaftet, du und dein gesamter Trupp. Mit sofortiger Wirkung.«

»Sie haben uns während dieser Mission schon mal verhaftet«, erwiderte Anne.

»In dem Fall betrachtet euch als doppelt verhaftet«, antwortete Greystone. »Angesichts der aktuellen Ereignisse habe ich außerdem eine umfassende Untersuchung dieser Mission angeordnet. Der Rat der Zauberer wird den Führungsstil an der Saint-Lupin's-Akademie genauestens unter die Lupe nehmen. Und ich gehe stark davon aus, dass die Schule danach entweder geschlossen oder unter die Leitung des Rats gestellt wird.«

Anne packte Jocelyn am Arm. »Das dürfen Sie nicht zulassen.«

Jocelyn ließ den Kopf hängen und seufzte tief. »Sosehr es

mich auch schmerzt, das zu sagen, glaube ich doch, dass es wahrscheinlich besser so ist. Denk nur mal darüber nach, was in den vergangenen Monaten passiert ist«, sagte sie. »Eine Level-dreizehn-Mission, die Beinahe-Zerstörung der Welt und jetzt eine riesige Metall-Drachenkönigin auf Vernichtungstour. Da kommt irgendwann der Punkt, an dem ich mich den Tatsachen stellen muss: Ich bin schlichtweg nicht dafür geschaffen, eine Akademie zu leiten.«

»Das ist doch lächerlich!«, protestierte Anne. »Sie sind fantastisch! Ich meine, jetzt gerade bin ich nicht besonders zufrieden mit Ihnen, aber Sie sind eine tolle Lehrerin. Jeder Schüler kann sich glücklich schätzen, von Ihnen unterrichtet zu werden. Dasselbe gilt für Hauptmann Copperhelm und Sassafras.«

Jocelyn tätschelte Anne die Hand. »Das ist wirklich nett von dir, Liebes, aber ich fürchte, unsere gemeinsame Bilanz spricht für sich.«

Was war hier los? Anne kannte Jocelyn zwar erst seit ein paar Monaten, aber in der Zeit hatte sie immer wieder erlebt, dass Jocelyn mit allen Mitteln für ihre Akademie und ihre Schüler gekämpft hatte. Das hier sah ihr überhaupt nicht ähnlich.

Und dann sah sie es: Das Funkeln eines Kristalls, der an einer Kette um Jocelyns Hals hing.

»Wo haben Sie den her?«, fragte Anne.

»Was? Das?« Jocelyn wirkte plötzlich nervös.

»Ich habe so was noch nie an Ihnen gesehen«, bohrte Anne weiter. »Aber Ihre Schwester, die Oberin, hatte so einen.«

»Ich … ich habe mir ihren ausgeliehen. Ich fand, ich sollte ihn ihr zu Ehren zur Preisverleihung tragen.«

»Sie lügen«, widersprach Anne. »Die Oberin hat ihren Kristall mitgenommen, als sie von der Ebene gestürzt ist.«

»Ich glaube, das reicht jetzt«, mischte sich Greystone ein. »In Anbetracht der Schwierigkeiten, in denen du ohnehin schon steckst, solltest du dich lieber ein bisschen zurückhalten. Du machst es nur noch schlimmer.«

Anne hielt es nicht mehr aus. Sie hatte diesen ganzen Schlamassel so satt. Und die Drachensteine auch. Ohne nachzudenken, stürzte sie sich auf Jocelyn und griff nach dem Kristall. Jocelyn wich taumelnd zurück, doch Anne ließ nicht los. Die Kette zerriss, und Anne hielt den Kristall in der Hand. Jocelyn brach zusammen, presste die Hände vors Gesicht und begann, wie wild zu zucken.

»Was geschieht mit ihr?«, fragte Valerian.

Anne kniete sich vor Jocelyn und zog deren Hände weg, nur um im nächsten Moment erschrocken zurückzuzucken: Schwarzer, öliger Qualm drang aus Jocelyns Augen und Nase, und als sie den Mund öffnete, kam auch dort nichts als schwarzer Qualm heraus. Schließlich sickerte er sogar durch die Poren ihrer glatten braunen Haut. Jocelyn streckte die Hände nach Anne aus, doch Anne rückte hastig von ihr weg.

Jocelyn bebte am ganzen Körper. Inzwischen war der Qualm so dicht geworden, dass er sie vollständig umhüllte. Binnen weniger Minuten war sie vollständig zerfallen. Übrig blieben nur ihre Kleider, die wie leere Hüllen auf dem Boden lagen, und ein paar vereinzelte schwarze Rauchschwaden.

Anne war sprachlos.

Einer der Soldaten des Rats kam angerannt. »Lord Greystone, die Königin ist entkommen. Sie hat den Großteil unserer Armada zerstört und befindet sich nun auf direktem Weg in die Hauptstadt.«

»Zu den Waffen!«, brüllte Greystone, dessen ganze Aufmerksamkeit jetzt den Soldaten galt, die sich in der Arena versammelten und formierten.

»Ich kann nicht fassen, dass Jocelyn eine Betrügerin war«, murmelte Anne, den Blick immer noch auf die Stelle gerichtet, an der ihre Lehrerin zerfallen war. »Genau wie die Mitglieder des Komitees.«

»Zu dumm, dass alle Kupfernen Ritter zerstört worden sind«, meinte Valerian.

Anne hob den Kopf. »Sind sie nicht«, hielt sie dagegen. »Einer ist noch übrig.«

»Wie meinst du das?«, fragte Valerian.

Anne beugte sich vor, damit niemand sie belauschen konnte. »Wir müssen zurück zum Röhrengang.«

»Was? Der ist unter der Decke des Thronsaals. Viel zu weit oben.«

»Die Wände sind uneben. Ich bin mir sicher, dass wir da hochklettern können.«

»Schon wieder klettern? Aber wozu?«

»Gibt es irgendwo in der Hauptstadt einen Röhrengang?«

Valerian starrte sie an. »Mehrere. Aber warum willst du dahin?«

»Weil es noch einen weiteren Kupfernen Ritter in der Königlichen Bibliothek im Saphirpalast gibt, erinnerst du dich?«, erwiderte Anne. »Nana hat ihn außer Gefecht gesetzt, aber vielleicht können wir ihn ja wieder zum Laufen bringen.«

Valerian sah zutiefst beunruhigt aus. »Die Hauptstadt ist das Ziel der Königin. Und falls es dir nicht aufgefallen sein sollte: Sie hat gerade ohne die geringste Mühe fünf Kupferne Ritter zerstört. Von einer ganzen Armada von Luftschiffen ganz zu schweigen.«

»Penelope hat eine Klappe an ihrem Rücken abgerissen. Vielleicht kommt man von da an den Herzstein. Ich muss es zumindest versuchen.«

Valerian nickte. Greystone und die Soldaten waren immer noch damit beschäftigt, sich zu sortieren, und so bekamen sie nicht mit, dass Anne und Valerian leise zur Wand schlichen und sich vorsichtig zum Ausgang vortasteten. Sobald sie an der Tür waren, rannten sie los zur Treppe.

»Hey!«, rief einer der Wachmänner. »Haltet die Kinder auf!«

Anne und Valerian sprinteten an den Wachleuten vorbei, bevor die überhaupt merkten, wie ihnen geschah. Sie rannten die Treppe hinauf, immer zwei Stufen auf einmal nehmend, rasten durch den Tunnel und hinaus auf die Knochenbrücke. Leider hatten die Wachleute am anderen Ende die Schreie gehört und kamen direkt auf sie zu, um nachzusehen, was los war.

Anne und Valerian blieben stehen. »Wir schaffen es nicht an denen vorbei«, meinte Valerian.

Anne sah zu dem schmalen Spalt aus Licht weit über ihnen. »Kannst du mich von hier aus mit einem Feuerball in die Hauptstadt schicken?«

Valerian folgte ihrem Blick. »Ich weiß nicht, ob ich mich schon wieder verwandeln kann.«

Inzwischen hatten sich Soldaten an beiden Enden der Brücke versammelt.

»Du musst«, drängte Anne. »Es ist unsere einzige Chance.«

»Ich werde es versuchen. Aber ich kann nichts versprechen.«

Valerian schloss die Augen und konzentrierte sich. Die Wachleute kamen näher.

»Na los«, flüsterte Anne. »Du schaffst das.«

Valerian holte ein paarmal tief Luft und ballte dann die Fäuste.

Die Wachleute hatten sie beinahe eingeholt.

Diesmal konnte Anne zusehen, wie Valerian sich verwandelte. Sein Hals wurde lang und dünn, und seine Haut rot und schuppig. Seine Arme und Beine wuchsen zu langen, kräftigen Gliedmaßen heran, und aus seinem Rücken sprossen Flügel. Der rote Drache erhob sich auf die Hinterbeine und breitete die Flügel aus, während seine Schuppen in dem dünnen Lichtstrahl funkelten, der von weit oben zu ihnen herabfiel. Aus dem Augenwinkel sah Anne, wie die Wachleute so hastig zurückwichen, dass sie beinahe übereinanderstolperten.

Dann begannen Valerians Flügel zu schrumpfen, seine Beine gaben unter ihm nach, und er stürzte krachend auf die Brücke. Die Wachleute fassten neuen Mut, zogen ihre Schwerter und kamen wieder auf sie zu.

»Valerian!«, rief Anne.

Der Drache wandte sich ihrer Stimme zu. Es war ihm anzusehen, welche Anstrengung es ihn kostete, aber er nahm noch einmal alle Kraft zusammen und richtete sich langsam auf. Anne war sich sicher, dass Valerian jeden Moment zusammenbrechen oder seine Drachengestalt verlieren würde, doch er holte ein letztes Mal tief Luft und spie einen leuchtend grünen Feuerball aus.

Und dann war Anne auf dem Weg.

DAS ULTIMATIVE HANDBUCH FÜR ABENTEURER

WIE SIE VERMEIDEN, VON EINEM DRACHEN GEBISSEN ZU WERDEN

hält folgenden Ratschlag bereit:

Wenn Sie vermeiden wollen, von einem Drachen gebissen zu werden, verzichten Sie darauf, ihm den Kopf ins Maul zu stecken.

19

Der Herold des Todes

Auf dem Weg *wohin* war allerdings noch mal eine ganz andere Frage.

Nachdem der Feuerball sie abgesetzt hatte und der Rauch verflogen war, nahm Anne ihre Umgebung in Augenschein. Um sie herum standen hohe Gebäude, was darauf hindeutete, dass Valerian es tatsächlich geschafft hatte, sie in die Hauptstadt zu schicken. Sie stand auf irgendeinem Vorplatz, konnte jedoch nichts entdecken, was ihr irgendwie bekannt vorkam. Was aber wohl auch keine allzu große Überraschung war, wenn man bedachte, wie wenig sie bisher von der Hauptstadt gesehen hatte. In der Nähe befand sich eine Treppe, die zu einer höhergelegenen Terrasse führte, und Anne rannte hoch, um sich einen besseren Überblick zu verschaffen.

Ihr Herz schlug einen Purzelbaum. Der Saphirpalast lag nur ein paar Häuserblocks entfernt.

Außerdem war es immer noch früher Nachmittag, was bedeutete, dass Valerian sie nicht nur an den richtigen Ort geschickt hatte, sondern dass es ihm allem Anschein nach gelungen war, einen Premium-Feuerball zu erzeugen, durch den sie so gut wie keine Zeit verloren hatte.

Schnell rannte sie los, die Treppe runter, quer über den Vorplatz, durch den nächsten Ausgang …

… und schnurstracks in jemanden hinein. Sie gingen beide zu Boden. Als Anne wieder zu Atem gekommen war, sah sie sich einem vertrauten Gesicht gegenüber.

»Hauptmann Copperhelm!«, rief sie.

Er hatte mehrere Wachleute bei sich, und sie alle hatten ihre Schwerter gezückt und auf sie gerichtet.

»Wo in drei Teufels Namen kommst du denn her?«, fragte Copperhelm. Während er sich aufrichtete, brummte er mürrisch vor sich hin. »Da will man einen wild gewordenen Feuerball untersuchen, der einfach so vom Himmel fällt, und wird von einem entflohenen Häftling über den Haufen gerannt.«

Anne packte ihn bei den Schultern. Das schien die Wachleute noch mehr aufzubringen, doch sie ignorierte sie.

»Hauptmann Copperhelm, Sie müssen mich zu dem Kupfernen Ritter bringen, der in der Königlichen Bibliothek zurückgeblieben ist.«

Copperhelm klopfte sich den Staub von der Weste. »Ich freue mich ebenfalls, dich zu sehen.«

»Wir haben nicht viel Zeit. Ein riesiger Metalldrache will die Hauptstadt dem Erdboden gleichmachen.«

Copperhelm zeigte auf einen Punkt hinter ihr. »Du meinst, so einer wie der, der da gerade angeflogen kommt?«

Anne drehte sich um. Hoch am Himmel kam die riesige Metall-Drachenkönigin in rasender Geschwindigkeit auf sie zu. Die wenigen Luftschiffe des Rats, die in der Hauptstadt zurückgeblieben waren, versuchten, sich ihr in den Weg zu stellen, doch die Drachenkönigin sauste ungebremst hindurch.

Anne wandte sich wieder an Copperhelm. »Wo ist der Ritter?«

Copperhelm gab den Wachleuten einen Wink. »Fangt an, die Hauptstadt zu evakuieren. Kappt die Verbindungen zu den äußeren Ebenen, damit sie davonschweben können. Wenn noch irgendwelche Kriegsschiffe übrig sind, sorgt dafür, dass sie das Riesenvieh piesacken und ablenken. Aber achtet darauf, dass sie es auf keinen Fall direkt angreifen.«

Die Wachleute salutierten und rannten davon.

Copperhelm zeigte auf Anne. »Und du – mitkommen!«

Er führte Anne ins Gebäude. Sie folgten einem verschlungenen Pfad treppauf und treppab, bis sie vor einem Turm mit einer verriegelten Tür standen. Copperhelm winkte einen Wachmann herbei, der ihnen aufschloss.

»Hier unten«, sagte er.

Sie liefen mehrere Treppen hinab und fanden sich schließlich vor einem winzigen Büro wieder.

»Wo ist der Gefangene?«, fragte Copperhelm den Wachmann, der darin saß.

»Letzte Zelle«, antwortete der. Er eskortierte sie durch einen langen Gang, an dessen Ende sich eine weitere Tür befand. Diese war riesengroß und ebenfalls verriegelt. Anne lugte durch den Schlitz in der Tür. In der Zelle stand der siebte Kupferne Ritter. Sie konnte sogar die eingravierte 7A an seinem Kragen entziffern.

»Ich muss da rein«, sagte sie.

»Immer langsam, kleines Fräulein«, erwiderte der Wachmann. »Diese Dinger sind gefährlich. Vor ein paar Tagen haben sechs von diesen Rittern auf ihrer Flucht aus dem Palast Dutzende unserer Wachen verletzt.«

»Hat sich dieser hier seither schon mal gerührt?«, fragte Anne.

»Na ja, nein, aber was, wenn er plötzlich zum Leben erwacht, während du da drin bist? Wie will ein kleines Mädchen wie du ihn dann aufhalten?«

»Öffnen Sie die Tür, und ich zeige es Ihnen.«

»Sie haben sie gehört«, sagte Copperhelm und hielt dem Wachmann eine seiner Notfallkarten unter die Nase. »Jetzt machen Sie schon auf.«

Der Wachmann schloss die Tür auf und eilte hastig davon. Ohne zu zögern, ging Anne auf den Kupfernen Ritter zu. Copperhelm folgte ihr auf den Fersen. Sie sprang auf das obere Bett und nahm den Helm des Ritters unter die Lupe. Wie sie erwartet hatte, steckte kein Drachenstein drin. Nana musste ihn bei ihrem Angriff rausgeschlagen haben, und sie hatten es wegen der vielen Glasscherben von der zerstörten Vitrine nicht bemerkt. Anne zog den Drachenstein, der aus Rokks Kopf gefallen war, aus der Tasche und fügte ihn in den Helm ein.

»Jeffery, kannst du diesen Stein auf den Handschuh einstellen?«, fragte sie.

Jeffery kam in seinem üblichen Lichtblitz hervorgeschossen. »Schon geschehen.«

Anne streckte die Hand aus und drückte auf den Knopf im Kragen des Ritters. Wie bei den anderen tat sich ein Spalt auf, und die Rückenplatten glitten beiseite.

Und dann fiel Jocelyn heraus.

Die echte Jocelyn, hoffte Anne.

»Hilfe!«, rief Anne.

Copperhelm hatte gerade noch rechtzeitig die Hände ausgestreckt. Zusammen fingen sie Jocelyn auf und legten sie auf das untere Bett.

»Das war ja mal ein beeindruckender Zaubertrick«, meinte Copperhelm anerkennend. »Bist du sicher, dass nicht du die Zauberin in eurem Trupp bist?«

Anne grinste. »Das war erst der Anfang.«

Copperhelm schnaubte.

Jocelyn begann, sich zu regen. »Du lieber Himmel, was ist denn hier los?«, fragte sie und sah sich in der Zelle um. »Wurde ich verhaftet?«

»Wollen Sie die Akademie schließen?«, fragte Anne. »Und dass ich Saint Lupin's verkaufe?«

Der sonst so unerschütterliche Copperhelm starrte sie entgeistert an. »Die Akademie schließen? Und verkaufen? Was redest du denn da?«

»Ich muss sicherstellen, dass das hier die echte Jocelyn ist.«

»Wer sollte sie denn sonst sein?«, fragte Copperhelm.

»Glauben Sie mir, da gibt es mehrere Möglichkeiten.«

Jocelyn setzte sich auf. »Liebes, selbstverständlich kannst du mit Saint Lupin's machen, was immer dir beliebt. Aber wenn du glaubst, dass ich deswegen die Akademie schließe oder dich gar von deinen Aufgaben entbinde, lass dir gesagt sein, dass du dich geschnitten hast. Du bist meine Schülerin, ganz egal, wo die Akademie am Ende auch steht.«

Anne umarmte sie. »Sie sind eindeutig die echte Jocelyn.«

»Was soll das alles?«, fragte Copperhelm.

»Das kann ich nicht erklären, weil ich es selbst noch nicht richtig verstanden habe«, antwortete Anne. »Aber jetzt brauche ich ganz dringend diesen Ritter, um die Drachenkönigin aufzuhalten.«

Copperhelm nickte. »In Ordnung. Mach dir unseretwegen keine Gedanken. Ich sorge dafür, dass alle heil hier rauskommen.«

»Das weiß ich.«

Anne stieg in den Ritter, und die Rückenplatten schlossen sich hinter ihr. Kurz geriet sie in Panik, als sie sich in völliger Dunkelheit wiederfand, doch dann legte sich der Lichtkreis um ihren Kopf, und die Monitore gingen an.

Jeffery erschien neben ihr im Helm. »Hey, warte auf mich.«

Anne lenkte den Ritter aus der Zelle. Nana musste ihn bei ihrer Attacke beschädigt haben, denn er bewegte sich nicht annähernd so geschmeidig wie der andere, mit dem sie unterwegs gewesen war. Sie trieb ihn zu einem gleichmäßigen Laufschritt an. Überraschte Wachleute sprangen beiseite. Ein paar waren nicht schnell genug, sodass Anne sie über den Haufen lief, aber sie behielt ihr Tempo unbeirrt bei.

Alles sie nach draußen kam, herrschte dort das reinste Chaos. Wie angekündigt, war die Drachenkönigin am äußeren Rand der Hauptstadt gelandet und arbeitete sich nun in deren Kern vor, wobei sie durch Gebäude pflügte, die ihr im Weg standen, und sämtliche Luftschiffe zerstörte, die ihr zu nahe kamen.

Der Ritter hastete die Straße entlang und bog um eine Ecke. Der Saphirpalast lag direkt vor Anne, aber einige Türme waren eingestürzt, und der Weg vor ihr war voller Trümmer. Sie versuchte drüberzuspringen, doch der Ritter geriet ins Stolpern und schien außerstande, ihren Befehl auszuführen. Offenbar war er noch schwerer beschädigt als angenommen. So würde sie eine Ewigkeit brauchen, um ans andere Ende der Stadt zu gelangen – zumindest, wenn sie an der Oberfläche blieb. Die Minenschächte dagegen würden ihr sicher erlauben, ungehindert voranzukommen.

Sie rannte die Treppen zum Palast hinauf und in die Eingangshalle. In der Nische, die zu den Minen führte, stand ein Wachmann, der gerade einen Schlüssel im Schloss einer brandneuen Tür umdrehte. Als er Anne – oder vielmehr den Kupfernen Ritter – erblickte, die schnurstracks auf ihn zukam, zog er sein Schwert und wappnete sich für den Kampf.

»Öffnen«, sagte Anne, und das Visier ihres Helms glitt beiseite.

Bei ihrem Anblick ließ der Wachmann das Schwert erleichtert sinken. »Was macht denn ein kleines Mädchen wie du in dieser Maschine?«, fragte er.

»Öffnen Sie die Tür!«, schrie Anne.

Der Wachmann schüttelte den Kopf. »Ich habe die strikte Anweisung, niemanden da runterzulassen. Eine Bande Kinder hat Unfug mit den Loren getrieben und die alte Tür abgefackelt. Ist das zu fassen?«

Niemand konnte behaupten, dass Anne nicht höflich um Erlaubnis gefragt hatte. Sie schloss das Visier und lenkte den Ritter auf die Tür zu. Der Wachmann sprang im letzten Moment zur Seite, bevor der Ritter die Tür eindrückte und sie aus den Angeln hob.

»Hey! Die bezahlst du aber!«, rief der Wachmann hinter ihr her.

Anne rannte die Treppe hinunter, immer zehn Stufen auf einmal nehmend. Sie knarrten bedrohlich unter den schweren Schritten des Ritters, aber sie hielten. Es war nicht ganz einfach, den Ritter auf Spur zu halten, weshalb er unterwegs mehrmals gegen die Seitenwände krachte. Unten angekommen, eilte Anne durch den langen Korridor, an dessen Ende sich zwei Türen befanden.

Sie rannte durch die Tür, die sie schon beim letzten Mal genommen hatten und die in die zentrale Höhle führte. Wenn es ihr gelang, eine weitere Lore auf die Gleise zu setzen, wäre sie sogar noch schneller.

»Was ist eine Höhle der Mag-Bindestrich-Eins-E?«, fragte Jeffery.

»Was hast du gesagt?« Anne brachte den Ritter zum Stehen.

Jeffery zeigte nach hinten auf den Korridor. »Ich hab nur das Schild auf der anderen Tür vorgelesen.«

»Aber warum hast du es so komisch ausgesprochen?«

»Äh, weil das da so steht.«

Anne lief zur Gabelung zurück.

»Nein, siehst du? Da steht Höhle der Magie«, sagte sie.

»Guck mal genauer hin. Das ist kein großes I. Das ist eine Eins. Und davor steht ein ziemlich verblasster Bindestrich. Also: ›Mag-Bindestrich-Eins-E.«

Anne nahm das Schild unter die Lupe. Jeffery hatte recht.

Mag-Bindestrich-Eins-E.

MAG-1E.

Anne fiel die Aufschrift auf dem Rücken der Kupfernen Ritter wieder ein:

Magische Aufklärungs-Geländeeinheit, kurz: MAG.

»Jeffery, du bist ein Genie!«, rief Anne.

»Das ist ja wohl offensichtlich.«

Anne ließ den Ritter die Tür eintreten, wobei der Rahmen zersplitterte.

»Unser Türenbudget für diese Mission dürfte mehr als ausgeschöpft sein«, bemerkte Jeffery.

Anne traute ihren Augen kaum. Vor ihr lag eine weitere riesige Höhle, in deren Mitte sich ein Sockel befand. Er war genauso groß wie der, auf dem bis vor Kurzem eine gewisse Drachenstatue gestanden hatte. Auf diesem Sockel stand ein dreißig Meter hoher Ritter, in dessen Brustpanzer 1E eingraviert war. Er hielt ein gigantisches Schwert in der Hand.

»Wow«, staute Jeffery. »Den müssen wir definitiv ausprobieren.«

Anne rannte zu dem Sockel, aber ihr Ritter kam nicht hoch. Sie befahl ihm, die Rückenplatte zu öffnen, und stieg aus.

»So viel dazu«, sagte sie. »Zum Glück haben wir offenbar Ersatz gefunden.« Sie sah an dem riesigen Ritter hoch. »Ich glaube, Hiro ist ganz froh, dass er jetzt nicht dabei ist.«

Auf der Rückseite des Sockels gab es eine Treppe, und sie rannte hinauf. Wie der Metalldrache war auch der Ritter aus Hunderten von ineinandergreifenden Metallplatten gefertigt. Anne stellte ihren Fuß auf die unterste Platte an seinem Bein und kletterte los. Sie kam zügig voran und befand sich binnen kürzester Zeit auf Höhe seines Handgelenks. Sie sprang hinüber und hangelte sich an seinem Arm entlang zu seiner Schulter hoch. Von dort arbeitete sie sich in seinen Nacken vor, bis sie fand, wonach sie gesucht hatte: einen großen Kreis mit dem

Bild eines Sperlings. Sie drückte mit aller Kraft drauf. Im Rücken des Ritters öffnete sich eine Klappe, und Anne sprang hinein.

Wie bei den Kupfernen Rittern fühlte es sich an, als würde sich das Innere an ihre Körpermaße anpassen. Doch dann tat sich nichts mehr.

»Jeffery, warum funktioniert er nicht?«, fragte sie.

»Eine Sekunde.« Jeffery verschwand in einem der Monitore und ließ sie in völliger Dunkelheit zurück.

Sekunde um Sekunde verstrich.

»Jeffery?«, rief Anne schließlich. »Bist du noch da?«

Plötzlich verschwand das Innenleben des Ritters um sie herum, und sie fand sich in einem schwarzen, etwa drei mal drei Meter großen Würfel wieder, der von einem kleinen weißen Licht an der Decke erhellt wurde.

»Wo bin ich?«, fragte sie.

»Ich hab die Benutzeroberfläche vorübergehend abgeschaltet. Kannst du eine Luke im Boden sehen?«

Sie blickte sich um und entdeckte eine runde Metallplatte mit einem eingelassenen Griff. »Ja.«

»Mach sie auf.«

Anne zog am Griff und öffnete die Luke. Sofort kam Jeffery herausgeschossen.

»Ich glaube, da unten findest du alles, was du brauchst«, verkündete er.

Anne steckte den Kopf durch die Öffnung. Dort unten

befand sich eine weitere Kammer, und darin lag eine riesige Kristallformation, die wie der Herzstein aussah.

Anne ließ sich in die Kammer fallen. Sie zog Emmanuelles Drachenstein aus der Tasche und legte ihn auf den Kristall. Zunächst geschah nichts, doch dann verschmolz der Drachenstein mit dem großen Kristall. Anne kletterte wieder nach oben. Im nächsten Moment verschwand die Kammer, und um sie herum erschien wieder das Innere des Ritters. Ein Ring aus Licht legte sich um ihren Kopf, die Monitore gingen an, und plötzlich war sie dreißig Meter groß.

»Das ist der Wahnsinn«, staunte sie.

Der riesige Metallritter ließ sich genau wie die Kupfernen Ritter steuern, wenn auch in einem erheblich größeren Maßstab. Er reagierte auf all ihre Impulse. Sie musste nur daran denken, was sie machen wollte, und der Ritter gehorchte sofort. Sie ließ ihn von seinem Sockel steigen und ging mit ihm zur Wand.

»Wie sollen wir hier rauskommen?«, fragte Anne.

»Na ja, der Drache ist über uns, daher würde ich vorschlagen, wir gehen nach oben«, meinte Jeffery.

Gegen diese Logik ließ sich schlecht etwas einwenden. Anne riss die linke Faust des Ritters hoch und rammte sie gegen die Decke. Es staubte, und einige kleinere Felsbrocken fielen herab. Nach ein paar weiteren Schlägen brach die Faust des Ritters durch den Palastboden über ihnen. Mithilfe des Schwerts vergrößerte Anne das Loch und kletterte hinauf. Als der Ritter sich aufrichtete, durchstieß sein Kopf die nächsten sechs Stockwerke und das Dach des Palastes. Sobald er wieder festen Boden unter den Füßen hatte, ließ Anne ihn so vorsichtig, wie es einem dreißig Meter großen Ritter eben möglich war, aus dem Palast klettern. Dabei stieß sie versehentlich die Fassade um, wodurch hinter ihr das Dach oder das, was noch davon übrig war, einstürzte. Anne zuckte zusammen, doch sie hatte keine Zeit, sich damit zu befassen.

Die Drachenkönigin wütete auf der übernächsten Ebene. Anne lenkte den Ritter durch die Stadt, während sie versuchte, sich an das Gefühl zu gewöhnen, plötzlich dreißig Meter groß zu sein. Da sie fürchtete, dass die Brücken dem Gewicht des riesigen Ritters nicht standhalten würden, sprang sie kurzerhand von einer Ebene zur nächsten. Bei der krachenden Landung zermalmte sie mehrere einstöckige Gebäude unter sich. Sie konnte bloß hoffen, dass es den Soldaten gelungen war, die Stadt rechtzeitig zu evakuieren.

Anne trieb den Ritter an. Sie rannte die breite Allee entlang, die von einem Ende der Ebene zum anderen führte, sprang ab und segelte mühelos über den nächsten Abgrund.

Jetzt hatte auch die Drachenkönigin sie bemerkt.

Mit erhobenem Schwert stürmte Anne auf sie zu. Die Drachenkönigin streckte ihr Vorderbein aus, um sie aufzuhalten, doch Anne schlug zu und das Schwert hieb eine tiefe Kerbe in den Schuppenpanzer. Die Drachenkönigin brüllte auf und holte mit ihrem Schwanz aus. Anne hatte bereits damit gerechnet und wich geschickt aus – krachte dabei aber leider in ein weiteres Gebäude.

Die Drachenkönigin rammte ihren Kopf gegen die Brust des Ritters, wodurch er rückwärts in einen steinernen Turm fiel, der unter seinem Gewicht einstürzte. Bevor Anne sich aufrappeln konnte, versetzte die Drachenkönigin dem Ritter einen weiteren Schlag mit ihrem Schwanz. Diesmal konnte Anne nicht ausweichen. Der Drachenschwanz traf den Ritter an der Schulter und warf ihn um, sodass er einen ganzen Straßenzug unter sich begrub.

Als Anne aufstehen wollte, sprang die Königin auf den Rücken des Ritters und drückte ihn ein weiteres Mal zu Boden.

»Das ist aber nicht nett«, sagte Anne.

Sie schlug mit dem Schwert um sich, und schaffte es irgendwie, ihre Gegnerin damit zu streifen. Die Drachenkönigin taumelte zurück, was Anne genügend Zeit verschaffte, den riesigen Ritter wieder aufzurichten. Die beiden Titanen versetzten einander eine Reihe gewaltiger Schläge, die wie Donner über die Ebene hallten.

Anne holte zu einem erneuten Schwerthieb aus, doch diesmal biss die Drachenkönigin zu und grub die Zähne tief in das Handgelenk des Ritters, sodass er das Schwert fallen ließ. Die Königin wirbelte den Ritter herum, griff nach dem Schwert und stieß es ihm bis zum Heft in den Rücken. Die Klinge durchbohrte die Rüstung und kam auf der Vorderseite wieder heraus. Alarmsirenen heulten los.

Anne duckte sich unter den ausgestreckten Klauen der Drachenkönigin weg und drehte sich hinter sie. Sie schlang die Arme des Ritters um den Torso des Drachen und zog ihn an sich. Das Schwert, das aus der Brust des Ritters ragte, bohrte sich in den Rücken der Drachenkönigin. Anne warf sich nach vorne, sodass der Ritter auf dem Drachen landete und die Klinge noch tiefer in dessen Körper trieb.

Immer mehr Alarmsirenen heulten auf, und auf Annes Monitor blinkte das Wort SYSTEMFEHLER.

Es hatte nicht geklappt.

Die Drachenkönigin steckte vorübergehend fest.

Aber der riesige Metallritter war endgültig außer Gefecht.

Anne kletterte aus der Luke am Rücken des Ritters.

Die Drachenkönigin versuchte aufzustehen, aber aufgrund des erlittenen Schadens und des Gewichts des Ritters, das auf ihr lastete, gelang es ihr nicht. Anne wusste jedoch, dass es wohl nur eine Frage der Zeit war, bis sie sich befreien würde.

»Irgendwelche Vorschläge?«, fragte sie Jeffery.

»Wie wär's mit angreifen?«, erwiderte er.

»Jeffery, ich schaffe es doch nie im Leben, dem Ding auch nur einen Kratzer zu verpassen.«

»Wer hat gesagt, dass du sie von außen angreifen sollst?«, entgegnete er.

»Du willst, dass ich da *reingehe*?«

»Das ist nicht so abwegig, wie es klingt. Penelope hat doch diese Metallklappe abgerissen. Kletter da rein und richte so viel Schaden an, dass das Ding nicht mehr funktioniert. Das ist im Grunde deine einzige Chance.«

»Aber ich habe ja nicht mal eine Waffe.«

»Dann lass dir was einfallen.«

Anne sah zu dem riesigen Drachen hoch. »Das ist definitiv meine letzte Mission.«

Geschickt hangelte sie sich am Hals des Ritters entlang. Von dort konnte sie sich problemlos auf den Rücken der Drachenkönigin fallen lassen. Sie fand das Loch, wo die fehlende Metallplatte gesessen hatte, aber bevor sie dorthin gelangte, fing der Drache an, sich zu schütteln und zu winden. Anne tastete sich vorsichtig weiter, Schritt für Schritt, bis sie die Öffnung erreicht hatte. Der Drache warf sich weiter hin und her, und es kostete Anne alle Mühe, sich auf den Beinen zu halten. Sie holte tief Luft und ließ sich in das Loch fallen.

Obwohl der Drache immer noch um sich schlug, fand Anne in seinem Inneren genügend Möglichkeiten, sich festzuhalten, denn um sie herum war alles voller Zahnräder, Stützstreben und herabhängender Drähte. Sie arbeitete sich weiter vor, auch wenn sie keine Ahnung hatte, welche Richtung sie einschlagen sollte. Hauptsache, weiter nach drinnen.

»Hil…fe.«

Anne hielt inne. Wer konnte denn hier nach ihr rufen?

»Hil…fe«, bat die Stimme erneut.

»Hallo?«, rief Anne. »Ist da jemand?«

Die Stimme klang, als läge sie direkt vor ihr. Anne kletterte über Kabel und Zahnräder und zwängte sich durch einen engen Durchgang.

»Hilfe«, wiederholte die Stimme jetzt deutlich näher.

Anne krabbelte auf einen Lichtschein zu, der aus einer kleinen Öffnung drang. Sie ließ sich in eine große Kammer herabsinken, die wie jene aussah, die sie in ihrem Ritter gefunden hatte. In der Mitte des Raums lag der Herzstein.

»Hil…fe«, sagte die Stimme, die direkt aus dem Herzstein kam.

»Eure Majestät?«, fragte Anne.

»Du musst … dieses Ungeheuer … töten.«

Anne sah sich um. »Ihr meint diesen Metalldrachen?«

»Ja.«

»Aber … bittet Ihr mich damit nicht, *Euch* zu töten?«

»Nicht mich … Jemand anders hat … die Kontrolle übernommen.«

Anne hatte Mühe zu begreifen, was sie da gehört hatte.

»Wollt Ihr damit sagen, dass jemand anders die Kontrolle über Euch übernommen und das hier ausgelöst hat?«

»Ja.«

Anne dachte an die Doppelgänger. Vielleicht hatte sie sich geirrt, und es war gar nicht die Königin gewesen, die die falschen Komiteemitglieder gelenkt hatte, sondern diese hatten in Wahrheit die Königin gesteuert.

»Das … Schwert«, hauchte die Königin.

Anne zog eine Augenbraue hoch. »Das Dreihändige Schwert? Das hab ich nicht.«

»Ruf … es.«

»Aber es befindet sich noch auf der Drachenebene.«

»Ruf … es«, wiederholte die Königin.

Anne überlegte fieberhaft, aber ihr fiel eigentlich nur eine Möglichkeit ein.

Sie hob ihren Panzerhandschuh. »Schwert aktivieren«, sagte sie.

Ein riesiges Schwert, das exakte Abbild des Dreihändigen Schwerts, materialisierte sich über dem Handschuh. Anne streckte die Hand aus und schloss die Finger um den Griff. Wie schon die beiden Schlüssel fühlte es sich in ihrer Hand ganz fest an, wie ein solides Hologramm. Und trotz seiner immensen Größe konnte sie es mühelos schwingen. Überraschenderweise steckte dort, wo der Drachenstein hingehörte, ein Stein im Knauf. Und was noch überraschender war: Der Stein hatte genau denselben Gelbton wie ihre Augen.

»Jetzt … stoß das Schwert … in den Stein.«

»Aber gibt es keinen Weg, Euch vorher zu retten?«, fragte Anne.

»Keine … Zeit. Du musst … den Stein … zerstören.«

Anne zögerte. Sie dachte an die Frage, die sie der Drachenkönigin hatte stellen wollen. An Projekt A.N.V.I.L. und daran, was das Konstrukt zu ihr gesagt hatte. Dass die Frage nach ihrer Herkunft bloße Zeitverschwendung sei. Aber sie musste es einfach wissen.

»Woher komme ich?«, fragte sie.

Die Königin schwieg eine Weile, und Anne fürchtete schon, sie würde ihr die Antwort verweigern. Doch dann erhob sie ihre Stimme: *»Aus zwei Welten geboren … der alten und neuen … suche die Frau aus Glas in ihrem Turm … Sie wird alles enthüllen.«*

Schon wieder ein Rätsel. Trotzdem war das mehr, als sie von irgendjemandem sonst erfahren hatte.

»Danke«, sagte Anne.

»Jetzt … bring es zu Ende … bevor es zu spät ist.«

Anne rang mit sich. Sie wusste nun, dass die Königin auch nur ein Opfer gewesen war. Wie konnte Anne sie da töten? Solch ein Schicksal hatte sie nicht verdient.

Etwas Großes traf den Drachen. Die gesamte Kammer bebte unter dem Einschlag, und Anne fiel hin. Gleich darauf folgte der nächste Schlag, und dann ein dritter. Im nächsten Moment verschwand eine Wand der Kammer, und Sonnenlicht drang herein. Der Drache hatte sich mit seiner eigenen Klaue ein Stück Metall aus der Flanke gerissen. Die Klaue warf das zerknüllte Metall weg, griff in die Kammer und tastete nach Anne. Die konnte in letzter Sekunde ausweichen, wenn auch nur haarscharf. Die Klaue krachte gegen die Wand und zerfetzte Streben und Kabel. Dann wurde Anne hinausgezogen, und der Drache stieß ein Brüllen aus, das ihr buchstäblich durch Mark und Bein ging. Sie war sich sicher, dass die Klaue sie kein zweites Mal verfehlen würde.

Sie eilte zum Herzstein und berührte ihn mit der Spitze des Schwerts.

Die Klaue kehrte zurück.

»Verzeiht mir«, flüsterte Anne.

Dann schloss sie die Augen und stieß mit aller Kraft zu. Sie spürte, wie die Klinge in den Herzstein drang, und trieb sie bis zum Heft hinein. Diesmal kreischte der Roboterdrache auf, so hoch und laut, dass Anne beinahe taub wurde. Doch sie hielt das Schwert eisern fest, während der Drache sich im Todeskampf hin- und herwarf.

Die Kammer kippte zur Seite, als der Drache sich ein letztes Mal aufrichtete. Er holte noch einmal tief Luft und brach dann zusammen. Mit einem donnernden Krachen schlug er auf dem Boden auf. Der Herzstein löste sich und zerbarst in Tausende Kristallsplitter, die auf Anne herabregneten.

Dann wurde es still.

Anne rappelte sich mühsam auf. Sie bahnte sich einen Weg zu dem Loch, das der riesige Metalldrache in seine eigene Brust gerissen hatte, und kletterte über verbogene Stützstreben und die Überreste des Panzers nach draußen.

Sie sah sich um. Überall herrschten Chaos und Zerstörung. Die Hauptstadt lag fast vollständig in Trümmern. Häuser waren zertrampelt worden. Hier und da brannten Feuer. Den meisten Schaden hatte der Drache angerichtet, aber sie konnte nicht bestreiten, dass auch der riesige Ritter seinen Teil dazu beigetragen hatte.

Wieder ging ihr die letzte Zeile des Rätsels durch den Kopf: *Und lass das Wunderwerk Herold des Todes sein.*

Jetzt verstand sie es. Mit *Wunderwerk* war nicht die Königin gemeint, wie Anne vermutet hatte. Es bezog sich auf MAG-1E, den überdimensionalen Roboter. Nur war der Ritter nicht der Bote des Todes gewesen. Er hatte lediglich die wahre Botin transportiert.

Sie.

Anvil von Saint Lupin's, Drachentöterin.

In

DAS ULTIMATIVE HANDBUCH FÜR ABENTEURER

WISSENSWERTES ÜBER FORTSETZUNGEN

heißt es, dass eine gute Fortsetzung
folgende Elemente beinhalten muss:

1) Neue Figuren
2) Noch mehr und größere Explosionen
3) Eine weitere unnötig komplizierte Weltrettungsgeschichte
4) Mindestens eine unerwartete Wiederauferstehung

20

Drachentöterin

Anne hielt vor dem Rektorenbüro von Saint Lupin's inne und holte tief Luft. Jocelyn blieb neben ihr stehen. Sie legte Anne eine Hand auf die Schulter und rang sich ein aufmunterndes Lächeln ab. Dann traten sie gemeinsam ein. Morgendliches Sonnenlicht flutete den Raum. Lord Greystone war schon da. Er stand aufrecht hinter dem Schreibtisch, den schwarzen Mantel über die eine Schulter gehängt, während auf der anderen seine Krähe Neeva hockte. Zu seiner Linken trug der Obersthofmeister eine finstere Miene zur Schau. Rechts von Greystone stand eine ernst dreinblickende Frau, die ebenfalls von Kopf bis Fuß in Schwarz gekleidet war – zweifelsohne gehörte auch sie dem Rat der Zauberer an.

Jocelyn drückte Anne noch einmal schnell die Hand und trat dann zurück.

Greystone deutete auf das X auf dem Boden. »Wenn du so freundlich wärst«, sagte er zu Anne.

Anne stellte sich auf das X und sah ihn an.

»Du wurdest heute einbestellt, um dich für deine Verbrechen zu verantwor…«, setzte Greystone an.

Der Obersthofmeister räusperte sich, und Greystone verzog genervt das Gesicht.

»Was ich sagen wollte: Du wurdest heute einbestellt, um für einige – ausgesprochen schwerwiegende – Verstöße gegen die Missionsregeln geradezustehen. Professor emeritus Baronin Kitty von Hamsterkiller und ich vertreten den Rat der Zauberer.« Er zeigte auf die Frau in Schwarz. »Der Obersthofmeister ist als Abgesandter der Hauptstadt anwesend. Und dazu kommt die Leiterin deiner Akademie.« Er neigte den Kopf in Jocelyns Richtung.

Anne zupfte nervös am Ärmel ihres Mantels, doch als Jocelyn ganz leicht den Kopf schüttelte, ließ sie die Arme sinken.

Greystone hielt ein Blatt Papier hoch. »Hiermit wird dir Folgendes zur Last gelegt: das Aktivieren einer illegalen Drachentöter-Mission; die Missachtung einer direkten Anweisung seitens des Rats, genauer des Abenteuerministers persönlich, aufgrund einer allgemeinen Ausgangssperre in der Hauptstadt zu verbleiben; das Nichtverhindern des Todes der Drachenkönigin; die Ermordung der Drachenkönigin …«

»Werfen Sie mir damit im Grunde nicht zweimal dasselbe vor?«, wandte Anne ein.

Greystone bedachte sie mit einem durchdringenden Blick, und Anne beschloss, lieber nichts mehr zu sagen.

»Das Steuern eines antiken Riesen-Killerritters«, fuhr er fort, »das Herbeiführen von willkürlicher Zerstörung und Chaos mittels des oben genannten Riesen-Killerritters sowie das Auslösen einer daraus resultierenden allgemeinen Panikstimmung …«

»Ich habe die gigantische MAG-Einheit doch nur benutzt, um den riesigen Drachen aufzuhalten, der bereits dabei war, alles zu zerstören!«

Diesmal ging Greystone gar nicht mehr auf ihren Einwand ein. Ungerührt las er weiter: »Und zu guter Letzt die Zerstörung eines Weltkulturerbes, nämlich des Saphirpalastes. Darüber hinaus gibt es eine Anklage wegen Beihilfe gegen ein Mitglied deines Trupps namens Rokk, der Roboter.« Er ließ den Zettel sinken. »Was hast du dagegen vorzubringen?«

»Die Anklage gegen Rokk ist nicht fair«, sagte Anne. »Die Drachenkönigin hat ihn gesteuert.«

Greystone lächelte bösartig. »Wenn es dir nicht gelingt, etwas zu deiner Verteidigung beizutragen, wird dir ein Verteidiger zugewiesen – und diese Aufgabe kommt ganz zufällig dem Abenteuerminister zu, also mir. Wie lautet deine Antwort?«

»Die Drachen haben die Anklage bezüglich des Todes ihrer Königin in allen Punkten fallen gelassen«, mischte sich Jocelyn ein. »Ich kann mir nicht vorstellen, wie der Rat einen Prozess gegen Anne gewinnen will, wenn der Hauptkläger sich weigert, daran teilzunehmen.«

»Das sehe ich genauso«, meinte der Obersthofmeister.

Die Frau in Schwarz nickte fast unmerklich.

»Nun gut.« Greystone legte seine Unterlagen beiseite. Besonders glücklich wirkte er nicht darüber. »Bleiben noch die restlichen Anklagepunkte. Miss Anvil und ihre kleine Abenteurerbande haben Schäden von erheblichem Ausmaß angerichtet, und ich habe nicht vor, es bei einem Klaps auf die Finger zu belassen. Sie werden die Konsequenzen für ihr Verhalten tragen.«

Anne funkelte ihn trotzig an. »Und die wären?«

»Zuallererst einmal werdet ihr für die Kosten sämtlicher Reparaturen aufkommen, bis zur kleinsten Teetasse.«

Jocelyn musste sich am Schreibtisch abstützen. »Aber das würde die Akademie in den Ruin treiben.«

»Das ist nun wirklich nicht mein Problem«, erwiderte Greystone kühl. »In Anbetracht der jüngsten Ereignisse und Entdeckungen ist der Rat allerdings bereit, euch ein wenig entgegenzukommen. Erstens: Das Preisgeld für eure erste Mission geht vollständig an den Rat der Zauberer, zuzüglich aller Schätze, die ihr möglicherweise gefunden habt. Damit sind zwar nicht alle Kosten gedeckt, aber es ist zumindest schon mal ein Anfang.«

Anne nickte widerstrebend.

»Zweitens: Ihr verzichtet auf sämtliche im Zusammenhang mit der aktuellen Mission erworbenen Besitzrechte. Das gilt insbesondere für die Kupfernen Ritter – sowohl für die intakten als auch für die auffindbaren Überreste derer, die zerstört worden sind. Und natürlich für den MAG-1E-Ritter. Sie alle werden versteigert, und von den Erlösen werden die übrigen Schäden beglichen.«

»Auf keinen Fall!«, rief Jocelyn und war mit einem Satz an Annes Seite. »Sie wissen ganz genau, dass die Ritter dann bei irgendwelchen Privatleuten landen, die sie in ihrem stillen Kämmerlein vor der Öffentlichkeit verstecken. Dabei gehören sie in ein Museum, wo jeder sie betrachten und studieren kann.«

»Entweder ihr lasst euch auf diesen Vorschlag ein oder der Rat übernimmt Saint Lupin's und alles, was sich auf dieser Ebene befindet, und verkauft stattdessen das.«

Jocelyn kochte vor Wut, aber Anne wusste, dass sie nicht viel dagegen machen konnte.

»In Ordnung«, willigte sie ein. »Der Rat kann die Kupfernen Ritter und die gigantische MAG-Einheit haben.«

Greystone lächelte. »Freut mich, dass wenigstens einer hier vernünftig ist.«

»Unter einer Bedingung«, ergänzte Anne.

Greystone kniff die Augen zusammen. »Und wie könnte diese Bedingung wohl lauten?«

»Rokk darf auf Saint Lupin's bleiben.«

»Kommt nicht infrage. Er war in den Diebstahl des Dreihändigen Schwerts verwickelt und hat vor einer ganzen Reihe von Zeugen versucht, die Drachenkönigin zu ermorden. Er wird ausgeschaltet und unter permanente Überwachung gestellt.«

»Niemand schaltet Rokk aus«, widersprach Anne. »Sie können ihm gerne verbieten, Saint Lupin's jemals wieder zu verlassen, aber Sie werden ihn nirgendwohin mitnehmen.«

Greystone beugte sich vor. »Du bist nun wahrlich nicht in der Position, Bedingungen zu stellen. Vielleicht sollte ich unsere Abmachung jetzt gleich für null und nichtig erklären und dich verhaften lassen. Draußen steht eine ganze Kompanie von Soldaten des Rats.«

Anne widerstand dem Drang, sich die feuchten Hände an ihrem Mantel abzuwischen. »Von mir aus können Sie sie gerne hereinrufen. Aber ich glaube nicht, dass Sie das tun werden.«

»Ach nein?«

»Nein. Ich glaube nämlich, dass Sie diese Kampfanzüge aus der Alten Welt sehr viel mehr wollen als die Akademie oder dass ich und Jocelyn ins Gefängnis kommen. Um ehrlich zu sein, würde ich glatt darauf wetten.«

»Wenn der Rat diese Ebene übernimmt, geht damit auch automatisch ihr gesamtes Vermögen in seinen Besitz über. Was sollte mich also davon abhalten, sie mir einfach zu nehmen?«

»Das hier.«

Anne hob zwei Finger an ihre Lippen und stieß einen lauten Pfiff aus. Drei riesige Köpfe schoben sich durch das Fenster hinter ihnen. Drei riesige Drachenköpfe.

»Falls Sie es vergessen haben: Fünf der Ritter – oder das, was von ihnen übrig ist – befinden sich immer noch in der Arena auf der Drachenebene«, erklärte Anne. »Die Drachen haben mir versichert, dass sie sie zerstören, bevor der Rat auch nur ein Auge darauf werfen kann, falls Sie nicht bereit sind, auf meine Bedingungen einzugehen. Aber vielleicht reicht Ihnen ja auch der eine, der noch in der Hauptstadt rumsteht. Ach so, den gigantischen Metalldrachen behalten die Drachen natürlich auch – nur für den Fall, dass Sie vorhatten, den ebenfalls in Besitz zu nehmen.«

Greystone warf ihr einen finsteren Blick zu. Seine Hand zuckte kurz zu seinem Schwert, bevor er sie wieder sinken ließ.

»Nun gut«, sagte er zähneknirschend. »Wir bekommen die Ritter, und im Gegenzug bleibt der Roboter hier. Fürs Erste. Über den Verbleib des gigantischen Metalldrachens verhandelt der Rat direkt mit dem Clan der Drachen. Und zu guter Letzt«, ergänzte er und griff nach einem weiteren Blatt Papier, »wird der Saint-Lupin's-Abenteuerakademie vorläufig die Missionslizenz entzogen, bis der Rat der Zauberer eine vollständige Untersuchung durchgeführt hat.«

Anne öffnete den Mund, um zu protestieren, doch Jocelyn hinter ihr hustete dezent, und Anne blieb stumm.

Greystone raffte seine Unterlagen zusammen, ging um den Schreibtisch herum und blieb neben Anne stehen. »Ich rate dir, von jetzt an ein bisschen vorsichtiger zu sein«, zischte er. »Nach deiner ersten Mission bist du zu einer Art Kuriosität geworden. Aber diesmal hast du dir echte Feinde gemacht. Feinde, von denen du nichts weißt und die mindestens eine

Nummer zu groß für dich sind. Also genieß deinen kleinen Sieg, solange du kannst.«

Anne musste an ihr letztes Aufeinandertreffen mit Greystone in diesem Büro denken. Das war kurz nach ihrer ersten Mission gewesen, und sie erinnerte sich, dass sie damals eine Kette mit etwas, das verdächtig wie ein Kristall aussah, an seinem Hals bemerkt hatte. Konnte das auch ein Drachenstein gewesen sein? Sie suchte nach irgendeinem Hinweis darauf, konnte aber nichts entdecken.

Greystone, Professor von Hamsterkiller und der Obersthofmeister verließen das Büro. Gleichzeitig zogen sich auch die Drachen zurück, sodass nur noch Anne und Jocelyn übrig waren.

»Nun, das hätte wahrlich besser laufen können«, meinte Jocelyn. »Aber auch viel, viel schlechter.«

»Tut mir leid, dass das dabei rausgekommen ist«, sagte Anne.

»Mach dir keine Gedanken, Liebes. Ich habe schon damit gerechnet, dass sie uns die Lizenz entziehen. Und mit der Untersuchung befassen wir uns, wenn es so weit ist. Bis dahin können wir als ganz normales Internat weitermachen, und das gibt uns immer noch mehr als genug zu tun. Aber ich freue mich, wie tapfer und gelassen du dich wieder einmal gegeben hast. Und auch wenn ich das schon mal gesagt habe, möchte ich dir noch einmal von ganzem Herzen dafür danken, dass du mich gerettet hast. Es muss hart gewesen sein, meiner Doppelgängerin die Stirn zu bieten, und ich ziehe meinen Hut vor deiner Entschlossenheit und deinem kühlen Kopf. Ich wage sogar zu behaupten, dass du selbst Greystone eine ziemliche Nuss zum Knacken gegeben hast.«

Anne spürte, wie ihre Wangen ganz warm wurden. Sie wusste nicht, ob sie sich jemals daran gewöhnen würde, von einem Erwachsenen gelobt zu werden, nachdem sie in den ersten dreizehn Jahren ihres Lebens nie auch nur ein Wort der Anerkennung aus dem Mund der Oberin gehört hatte.

»Es wäre beinahe schiefgegangen«, wandte sie ein. »Tut mir leid, dass Sie jetzt keine Gelegenheit mehr bekommen, sich die gigantische MAG-Einheit näher anzusehen.«

Jocelyn grinste verschlagen. »Da bin aber nicht die Einzige.«

Anne runzelte die Stirn. »Was soll das heißen?«

»Hauptmann Copperhelm hat mich heute Morgen darüber in Kenntnis gesetzt, dass der riesige Ritter verschwunden ist.«

····◈◈◈····

Anne machte sich auf die Suche nach Valerian und fand ihn schließlich auf der Zugbrücke, wo er den Zombiehaien zusah, die im Wasser herumtollten. Seine Kleidung war gewaschen und gebügelt worden, und über seiner Schulter hing ein nagelneuer Rucksack. Die drei Drachen, die den Kopf durchs Bürofenster gesteckt hatten, warteten am anderen Ende auf ihn.

»Du hast dich also entschieden?«, fragte Anne. »Du bleibst nicht bei uns?«

Valerian nickte. »Dass die Königin selbst in die Mission verwickelt war, hat die Drachen schwer getroffen. Sie brauchen jetzt ihren König – und der bin zufälligerweise ich. Immerhin scheinen sie dadurch, dass ich geholfen habe, die größte Katastrophe zu verhindern, ihre Meinung über Halbdrachen geändert zu haben. Oder zumindest ein Teil von ihnen.«

»Und was ist mit dem Stein deiner Mutter?«

»Wir haben mehrere Suchtrupps losgeschickt, aber bis jetzt ohne Erfolg. Man sollte eigentlich meinen, dass es nicht so schwer sein kann, einen dreißig Meter großen Ritter aufzuspüren, der in der Weltgeschichte herumspaziert. Aber wenn sie wirklich dort draußen ist, werden wir sie ganz sicher irgendwann finden. Das müssen wir einfach, jetzt, da der andere Herzstein zerstört worden ist. Ich mag gar nicht daran denken, dass ich der letzte Drachen sein könnte, der jemals einen Stein erhalten hat.«

»Na ja, wenn es dir irgendwann zu langweilig wird, den ganzen Tag mit Drachen abzuhängen, bist du hier jederzeit willkommen«, sagte Anne. »Ich würde mich freuen, dich als offizielles Mitglied in unseren Trupp aufzunehmen.«

»Ich bin mir nicht sicher, ob Penelope das genauso sieht. Sie wirft mir die ganze Zeit böse Blicke zu.«

Anne lachte. »Die wird sich schon irgendwann daran gewöhnen. Immerhin hat sie auch gelernt, mit Hiro auszukommen. Apropos Blicke: Ich hab immer noch das Auge deiner Mutter.«

»Behalte es. Wir haben das andere Auge aus dem Luftschiff geholt, mit dem die Kupfernen Ritter unterwegs waren. Außerdem hat man als Drachenherrscher gewisse Privilegien.« Er zeigte auf seine eigenen Augen.

»Okay, danke. Und danke auch für die Hilfe vorhin«, ergänzte Anne und deutete mit einem Kopfnicken auf die Drachenwächter. »Das hat am Ende echt den Ausschlag gegeben.«

Valerian lächelte. »Das ist doch das Mindeste, was ich tun konnte.«

»Wie kommst du zurück? Per Feuerball?«

»Wir fliegen«, antwortete Valerian. »Ich brauche jedes Training, das ich kriegen kann. Aber ich achte darauf, dass wir genügend Pausen einlegen.«

Anne trat zurück.

Valerian schloss die Augen, und der rote Drache erschien. Er stieß ein herzhaftes Brüllen aus, schlug mit seinen mächtigen Schwingen und erhob sich zusammen mit den anderen Drachen in die Lüfte. Anne sah ihnen nach, bis sie in der Ferne hinter einer Ebene verschwanden.

Anne saß mit Penelope und Hiro am Rand der Ebene. Penelope warf kleine Zweige hinab und sah ihnen nach, bis sie aus ihrem Blickfeld verschwanden. Hiro war in eine dicke Gebrauchsanweisung vertieft.

»Das heißt dann also zurück zur Routine«, meine Penelope.

»Sieht so aus«, erwiderte Anne. »Auch wenn ich unsere Routine nicht unbedingt als Routine im herkömmlichen Sinne bezeichnen würde.«

»Schon irgendwelche Fortschritte mit dem Rätsel der Königin?«

»Noch nicht. Ich habe so ein Gefühl, als ob das noch eine Weile dauern wird.«

Penelope gähnte. »Na ja, wenn dir das irgendwann zu langweilig wird, kannst du mal versuchen rauszufinden, was es mit den Drachensteinen auf sich hat. Ich meine, mit wie vielen von den Dingern hatten wir es inzwischen zu tun?«

Hiro blickte von seinem Buch auf. »Sieben in den Kupfernen Rittern. Sieben bei den falschen Komiteemitgliedern und Jocelyn. Einem bei Rokk. Einem von Emmanuelle. Einem von der Drachenkönigin. Einem, der mit der Oberin abgestürzt ist. Und einem bei Mr Shard.«

»Vergiss nicht den bei Greystone«, ergänzte Anne.

»Wir wissen nicht sicher, ob das wirklich ein Drachenstein ist«, wandte Hiro ein.

»Ich finde, das ist schon irgendwie naheliegend.«

Penelope schüttelte den Kopf. »Wer denkt sich diese Missionen eigentlich aus? Ich meine, echt jetzt: Eine Level-dreizehn-Mission, die man in vier Tagen schaffen soll? Eine Drachenkönigin, die sich selbst tötet? Irgendwie kommt mir das einerseits total beliebig vor, und andererseits scheint es fast so, als würde es da irgendeinen Zusammenhang geben.«

»Es fühlt sich definitiv an, als hätte das jemand im Vorfeld so geplant«, pflichtete Anne ihr bei. »Die Frage ist nur: War das schon vor Tausenden von Jahren, und jetzt läuft das alles halt automatisch ab, wie bei einer Maschine? Oder zieht die Person, die dahintersteckt, immer noch die Fäden?«

»Als wären wir Marionetten«, meinte Hiro.

»Ich krieg schon Kopfschmerzen, wenn ich nur daran denke«, stöhnte Penelope.

»Das war's jedenfalls erst mal mit weiteren Missionen, und zwar für lange Zeit«, verkündete Anne. »Und diesmal ist es mein voller Ernst.«

Hiro ließ sein Buch sinken. »Oh wow«, sagte er. »Mir ist gerade was eingefallen.«

»Was?«, wollte Anne wissen.

Er schlug sich mit der flachen Hand gegen die Stirn. »Das könnte … das wäre einfach unglaublich.«

»Sie hat nett gefragt«, brummte Penelope. »Wenn ich fragen muss, tut's weh. Also spuck's lieber aus.«

Hiro schlug das Buch zu und sprang auf. »Kommt mit«, rief er und rannte in den Wald.

Penelope schüttelte drohend die Faust. »Ich schwör's euch, irgendwann …«

Anne und Penelope holten Hiro vor dem Eingang zu Schacht elf ein. Das war der Schacht, der in das abgebrannte Labor hinabführte, in dem ihre erste Mission zu Ende gegangen war. Neben Hiro standen die drei Eisernen Ritter, die zu

Saint Lupin's gehörten. Sie hatten gegenwärtig die Aufgabe, Kohle zu fördern.

»Du wolltest Kohle?«, fragte Anne.

»Nein«, antwortete Hiro. »Ich wollte mir das hier ansehen.«

Hiro stand auf einem Felsen hinter einem der Ritter. Anne stieg zu ihm hinauf und folgte der Richtung seines Fingers. Im Nacken des Ritters war ein Kreis mit einem eingravierten Vogel, genau wie bei den Kupfernen Rittern.

»Aber das kann nicht sein«, sagte Anne. »Die Königin hat doch behauptet, die Kupfernen Ritter seien einzigartig.«

»Möglicherweise wusste die Königin ja doch nicht alles«, erwiderte Hiro.

Anne streckte zögerlich die Hand aus und drückte auf den Vogel. Sie konnte es noch nicht so recht glauben. Doch dann ertönte ein scharfes Zischen, und im Rücken des Eisernen Ritters tat sich ein Spalt auf.

Ein Lächeln breitete sich auf Annes Gesicht aus.

»Na ja«, sagte sie. »Eine Mission ist vielleicht doch noch drin.«

»Jawoll!«, rief Penelope und reckte die Faust in die Luft. »Die Ritter von Saint Lupin's ziehen wieder ins Gefecht!«

Anne lag in ihrem Bett. Sie hatte ein langes, heißes Bad genommen, und ihr Bett war frisch bezogen. Über der Decke sorgten zwei nagelneue bunte Flickendecken für zusätzliche

Wärme. Penelope am anderen Ende des Zimmers schlief wie immer schon tief und fest und schnarchte, dass sich die Balken bogen.

Die Kerze auf dem Nachttisch war fast ganz heruntergebrannt, doch Anne war noch nicht bereit, sie auszublasen. Stattdessen betrachtete sie den Panzerhandschuh, der daneben lag.

»Jeffery?«, flüsterte sie.

Jeffery kam in seinem Lichtblitz herausgeschossen. »Was gibt's?«

Anne lächelte. »Ich wollte nur wissen, ob du noch da bist. Ich dachte, du hättest dich vielleicht schon zurückgezogen.«

»Ohne mich zu verabschieden? Da solltest du mich inzwischen aber echt besser kennen.«

Anne lächelte erneut. Eine einzelne Träne rollte ihre Wange herab.

Jeffery hüpfte vom Nachttisch auf ihre Bettkante. »Hey, was ist denn los?«

Anne schüttelte den Kopf. »Keine Ahnung. Ich habe endlich einen ersten Hinweis bekommen, der mir helfen könnte herauszufinden, wo ich herkomme. Eigentlich müsste ich darüber doch glücklich sein, oder? Aber nach all den Dingen, die in den letzten Tagen passiert sind, und nach all den Entscheidungen, die ich treffen musste, glaube ich, dass es … dass es noch eine Weile dauern wird, bis ich über diese Mission hinwegkomme.«

Jeffrey streckte seinen winzigen Flügel aus und tätschelte ihr die Hand. »Falls es dir hilft: Manchmal gibt es Dinge, über die man einfach nicht hinwegkommen kann, und das ist völlig in Ordnung. Dann muss man eben einen Weg finden, damit zu leben.«

Sie schniefte. »Danke.«

»Gern geschehen«, sagte er. Er salutierte mit seinem Flügel und verschwand endgültig – oder jedenfalls bis zur nächsten Mission.

Anne blieb wach.

Sie war immer noch nicht bereit einzuschlafen. Noch nicht.

Aber es war nur eine Frage der Zeit.

ENDE

(Ganz sicher nicht)

Ziemlich sicher ein Epilog

Und so wurde Anne offiziell der Titel »Drachentöterin« verliehen, mit dem Nana sie von nun an bei jeder Gelegenheit ansprach, selbst wenn sie sie nur bat, ihr das Salz zu reichen. Anne ging das ziemlich schnell ziemlich gründlich auf die Nerven. Saint Lupin's verlor vorübergehend seinen Status als offizielle Abenteuerakademie, aber da auch eine ganz normale Schule eine Leiterin braucht, konnte Jocelyn weiterhin alle fröhlich herumkommandieren. Hauptmann Copperhelm erhielt ein Festgehalt von der Hauptstadt, musste im Gegenzug aber seine restlichen Notfall-Einsatzkarten aushändigen und versprechen, dass er aufhören würde, die Wachleute anzubrüllen. Professor Sassafras tauschte sein Bett gegen eine Schubkarre ein.

Rokk setzte Holzhacken auf die Liste seiner täglichen Aufgaben, und das Dreihändige Schwert erwies sich für diesen Zweck als ausgesprochen nützlich.

Hiro bekam eine Sonderausgabe des Versandhauskatalogs des Rats der Zauberer (»NEU! Jetzt mit noch mehr Zaubersprüchen!«) mit der Post zugestellt und probierte gleich als allererstes den Flammenwerfer-Zauber aus. Dieser Versuch nahm kein gutes Ende.

Penelope verfeinerte ihre Fähigkeiten im Umgang mit dem Schwert und wurde so gut darin, dass sie niemanden mehr versehentlich in den Po stach. Wenn, dann tat sie es nur noch mit voller Absicht.

Und Anne beschloss, die alte Schmiede von Saint Lupin's wiederzueröffnen und das Schmiedehandwerk zu erlernen, weil sie fand, dass es wohl langsam mal Zeit wurde. Zudem sorgte sie dafür, dass die Eisernen Ritter jederzeit auf Abruf bereitstanden.

Nur für alle Fälle.

OSWALD: DATENSATZ WIEDERHERSTELLEN

M70: BEFEHL KANN NICHT AUSGEFÜHRT WERDEN. DER DATENSATZ KANN NICHT WIEDERHERGESTELLT WERDEN. VERSUCH, EINE HIGH-LEVEL-FORMATIERUNG DER WORLD-ENGINE DURCHZUFÜHREN, IST EBENFALLS FEHLGESCHLAGEN.

OSWALD: ERKLÄRE

M70: DIE DRACHENKÖNIGIN WURDE BESIEGT, BEVOR SIE GENÜGEND SCHADEN ANRICHTEN KONNTE, UM EINE NEUFORMATIERUNG AUSZULÖSEN.

OSWALD: STARTE LEVEL-DREI-DIAGNOSE

M70: BEFEHL KANN NICHT AUSGEFÜHRT WERDEN. VORHANDENE DATEN SIND UNZUREICHEND.

OSWALD: VERSUCHE WORKAROUND

M70: BEFEHL WIRD AUSGEFÜHRT. INITIIERE HACKER-PROGRAMM. LADE »PIRATENSCHATZ-MISSION«.

Ein noch geheimerer Epilog

Nicht lange nach diesen Ereignissen erschienen auf einer Ebene in der hintersten, finstersten, unheimlichsten Ecke der Hierarchie, die noch kein Mensch oder Drache je erblickt hatte, auf einem Bildschirm, der von einer so dicken Staubschicht bedeckt war, dass man gewissermaßen eine Röntgenbrille brauchte, um irgendetwas darauf zu erkennen, die folgenden Worte:

LOGIN-NAME: OSWALD
PASSWORT: *****

M70: WILLKOMMEN ZURÜCK, USER OSWALD. SEIT DEM LETZTEN LOGIN SIND ZWEIUNDSIEBZIG TAGE VERGANGEN.

OSWALD: ÖFFNE ORDNER/PROJEKT ANVIL

M70: ORDNER GEÖFFNET.

OSWALD: STATUSUPDATE

M70: »DRACHENTÖTER-MISSION« ABGESCHLOSSEN. ERGEBNIS DER LEVEL-ZWEI-DIAGNOSE: ERGEBNIS NICHT VERFÜGBAR. DATENSATZ WURDE GELÖSCHT.

WEITERFÜHRENDE LESELISTE FÜR MÖCHTEGERN-ABENTEURER

(nur für Schüler, die nicht schon während ihrer ersten Mission gestorben sind)

ABENTEUERLEHRE FÜR FORTGESCHRITTENE

- *Eintausend Missionen für Couch-Abenteurer*
- *Wie man im Angesicht der Gefahr lacht, ohne der Gefahr ins Gesicht zu lachen*
- *Antike Röhrennetzwerke und andere mystische Reisewege*
- *Die guten und die schlechten Seiten einer Drachentöter-Mission – mit Schwerpunkt auf den schlechten*
- *Das ultimative Do-it-yourself-Handbuch für Abenteurer. Wie Sie ganz leicht die Welt retten und dabei scheitern*

ABENTEURERGESCHICHTE FÜR FORTGESCHRITTENE

- *Geschichte ist so langweilig, dass wir nur die ersten zehn Seiten dieses Buchs geschrieben haben (der Rest ist leer)*
- *Das unsichtbare Örtchen oder: Warum die Leute in Büchern scheinbar nie auf Toilette müssen*
- *Die offizielle, ungekürzte Fassung der gekürzten Fassung der Abenteuerlehre*
- *Geschichte als Mythos und Mythos als Geschichte und noch mal Geschichte als Mythos*

KAMPFTECHNIK FÜR FORTGESCHRITTENE

- *Wie man Lavakäfer bekämpft*
- *Blitzstäbe: Ein Einkaufsratgeber*
- *Kampfanzüge der Alten Welt und ihre Funktionsweise*
- *Das Eichhörnchen: Liebenswerter Flauschepelz oder Ausgeburt des Bösen?*

MAGIE FÜR FORTGESCHRITTENE

- *Magie als Sport*
- *Dreiundfünfzig Arten, wie Sie offensichtliche Logikfehler in Ihrer Mission mithilfe von Magie hätten beheben können*
- *Magie gibt es nicht, Band 1: Echte Beweise für falschen Zauber*
- *Magie gibt es nicht, Band 2: Sie hätten beim ersten Mal schon auf uns hören sollen*
- *Magie gibt es nicht, Band 3: Also, langsam wird's echt lächerlich*

DRACHENKUNDE FÜR FORTGESCHRITTENE

- *Hilfe, ein Drache hat mein Bein gefressen! (und andere tragische Missgeschicke)*
- *Eine kurze Geschichte der Drachenherrscher*
- *Wie Sie die Drachenprüfung überleben – kleiner Hinweis: Keine Chance!*
- *Wie Sie ein Buch über das Rechtswesen der Drachen schreiben, das nicht versehentlich bei einem Grillfest als Nachtisch serviert wird*

Danksagung

Ich kann es immer noch nicht fassen, dass ich hiermit meinen Lebensunterhalt bestreiten kann. Das alles habe ich vielen, vielen wunderbaren Menschen zu verdanken, die sowohl diese Reihe als auch meine Schriftstellerkarriere im Allgemeinen über die Jahre unterstützt und gefördert haben.

Ich danke Elizabeth Kaplan, meiner Agentin, für ihre unschätzbar wertvollen Hilfestellungen und dafür, dass sie jeden einzelnen Entwurf gelesen und mir mit klugen Ratschlägen und aufmunternden Worten zur Seite gestanden hat. Sie ist es auch, die sich mit größter Professionalität und Effizienz um all die Dinge kümmert, die das Schriftstellerdasein so mit sich bringt, obwohl sie rein gar nichts mit dem Schreiben selbst zu tun haben, sodass ich mich mit meiner ganzen Energie dem Geschichtenerzählen widmen kann.

Ich danke Lisa Yoskowitz, meiner Lektorin bei Little, Brown Books for Young Readers, für ihre anhaltende Begeisterung für diese Reihe und für ihre scharfsinnigen und aufschlussreichen Kommentare. Von einer Lektorin wie ihr kann ein Autor nur träumen, und es war mir eine wahre Freude, in den vergangenen zwei Jahren mit ihr zusammenzuarbeiten und von ihr zu lernen. Durch ihren Beitrag sind dieses Buch und die gesamte Reihe so viel stärker geworden.

Überhaupt danke ich dem gesamten Team von Little, Brown für ihren unermüdlichen Einsatz, darunter Kheryn Callender, Jenny Choy, Jeff Campbell, Melanie Chang, Saraciea Fennell, Jen Graham, Karina Granda, Mike Heuer, Allison Moore, Lisa Moraleda, Emilie Polster, Jessica Shoffel, Carol Scatrochio, Victoria Stapleton, Hallie Tibbets, Megan Tingley und Karen Torres. Ein besonderes Dankeschön geht an Jacques Filippi von der Canadian Manda Group.

Ich danke Mariano Epelbaum, dessen wunderschöne Gestaltung das Herz der Geschichte und ihrer Figuren so unvergleichlich einfängt.

Ein riesengroßes Dankeschön an all die fantastischen Buchhändler dort draußen, die den ersten Band der Reihe mit solchem Einsatz an die Käufer gebracht haben. Ich weiß Ihre Begeisterung und Unterstützung sehr zu schätzen.

Danke auch an meine Freunde und Schriftstellerkollegen für ihre unerschöpflichen Ermunterungen und Anregungen (und, falls nötig, wertvolle Kritik): Tim und Nadine Beers, Laura Capasso, DJ Church und Danayi Munyati, Tatum Flynn, Keith Grant, Kimberley Johnson, Kim Long, Casey Lyall, Wendy McLeod-MacKnight, Paul und Rebekah Maxner, Rob und Jill Nylen, Phillip White und allen in der Best-Word-Autorengruppe.

Und zu guter Letzt möchte ich meiner Familie danken, ganz

besonders Wendy und unseren drei Jungs, die mir so großzügig all den Raum lassen, den ich zum Schreiben brauche, und mein Leben mit Freude und Lachen erfüllen.

White, Wade Albert:
Saint Lupin's Academy
Drachen spucken auch nur Feuer
ISBN 978 3 522 50551 2

Aus dem Englischen übersetzt von Ulrike Köbele
Lektorat: Julia Przeplaska
Umschlaggestaltung und -typografie: Timo Grubing
Innentypografie und Satz: Kadja Gericke
Reproduktion: Medienfabrik GmbH, Stuttgart
Druck und Bindung: GGP Media GmbH, Pößneck
Printed in Germany.

Die englische Originalausgabe erschien unter dem Titel *The Adventurer's Guide to Dragons (and Why They Keep Biting Me)* bei Little, Brown and Company, New York. This edition published by arrangement with Little, Brown and Company.